KB123140

꿈의 수호자

Yume no Moribito

Text copyright ⓒ 2000 by Nahoko Uehashi
Illustrations copyright ⓒ 2000 by Makiko Futaki
First published in Japan in 2000 by KAISEI-SHA Publishing Co., Ltd., Tokyo
Korean language translation rights arranged KAISEI-SHA Publishing Co., Ltd.
through Japan Foreign-Rights Centre/Shinwon Agency Co.

꿈의 수호자

초판 1쇄 찍은날 2016년 4월 12일
초판 1쇄 펴낸날 2016년 4월 20일

지은이 우에하시 나호코 **옮긴이** 김옥희
펴낸이 고지영 · 양애라
편집 구태은 **디자인** 이하나
마케팅 박신용 **경영지원** 국지연
펴낸곳 스토리존

등록 2015년 8월 11일 제307-2015-45호
주소 서울시 성북구 북악산로 1062, 1층(종암동)
전자우편 storyzone1@naver.com
페이스북 www.facebook.com/storyzone
블로그 blog.naver.com/storyzone1
전화 02) 310-9101 **팩스** 02) 310-9102

ISBN 979-11-957529-3-5 04830
　　　979-11-957529-0-4 (세트)

※잘못된 책은 구입하신 서점에서 바꿔드립니다.

꿈의 수호자

우에하시 나호코 지음 김옥희 옮김

ʃZ 스토리존

서장

꽃의 씨앗이 싹틀 때

신요고 황국 서쪽에 인접한 로타 왕국의 어느 마을 광장에서 나이든 소리꾼 하나가 풀썩 쓰러졌다. 오랫동안 주민들에게 사랑받아온 떠돌이 소리꾼 노인 로셋타가 마을의 밤축제에 초대받아 노래하던 도중에 갑자기 쓰러진 것이다.

밤의 어둠 속에 화톳불이 탁탁 튀고, 사람들이 불안한 듯 떠들어대는 소리가 광장에 가득 찼다. 하지만 로셋타에게는 어느새 그 소리가 파도소리처럼 멀어지는 듯했고, 이와 동시에 별이 총총히 박힌 하늘은 더욱 가깝게 보였다. 로셋타는 불현듯 몸이 가벼워지는 느낌을 받았다. 마치 물속에 있는 것처럼 몸이 제멋대로 떠다녔다. 아련하게 내려다보니 자신이 바닥에 누워 있었다.

'혼이 육신을 떠나는 건가….'

그래도 몸과 혼이 아직 완전히 분리되지는 않았다. 땅을 내려다보는 몸의 이마에서부터 반짝이는 실이 한 줄기 나와 저 아래 육신과 이어져 있었다. 그 반짝이는 실을 끌며 로셋타는 빠른 속도로 육체로부터 멀어져갔다. 그의 혼이 이대로 저세상으로 빨려들어가, 몸과 혼을 잇는 실이 끊어지며 죽음을 맞이할 때를 맞은 것이다. 물론 그가 평범한 사람이라면.

로셋타는 흰빛의 꼬리를 끌며 유성이 어두운 허공을 날듯이 빠른 속도로 날고 있었다. 신기하게도 혼이 되었는데도 손발이나 몸이 있는 것처럼 느껴졌다. 로셋타는 헤엄치는 것처럼 허공을 손으로 가르거나 발장구치며 비행을 즐겼다.

그러다가 문득 가슴 부근에 타는 것 같은 열기를 느꼈다. 양손을 가슴에 대자, 손으로 뭔가가 대구루루 굴러떨어졌다. 로셋타는 손 안에 떨어진 물건을 살펴보고는 쓸쓸해 보이는 미소를 지었다. 손에서 희미하게 빛나는 것은 자그마한 꽃씨였다.

'아아, 정말로 내가 죽는 거로구나.'

지나간 삶이 기나긴 이야기처럼 뇌리를 스치고 지나갔다. 로셋타는 쓸쓸한 마음을 뱉어내듯이, 손 안에 있는 씨앗에게 조용히 속삭였다.

'내 시대가 끝난다. 이제 네 시대를 시작하자꾸나….'

씨를 어디에 뿌릴지는 일찌감치 정해두었다. 십여 년 전에 여행한 이웃 나라 신요고 황국의 산으로 둘러싸인 아름다운 호수, 그곳만큼 이 씨앗이 싹트기에 적합한 장소는 없다.

그 호수 속, 원목으로 지은 궁전을 꿈꾸자. 그때 자주 노래하며 무척 좋아했던 이야기처럼. 그곳에서 씨앗을 싹트게 하는 거다. 여기까지 생각한 순간 그의 혼은 단숨에 머나먼 거리를 날아가, 이미 타국의 호수 위를 날고 있었다. 이곳 호수에도 그의 고향과 마찬가지로 노래를 좋아하는 자그마한 정령들이 있어서 죽어가는 그의 혼에게 작별인사를 보내주었다.

로셋타는 호수로 빨려들어갔다. 물이 차갑지는 않았다. 그저 동트기 직전의 푸르스름한 어둠처럼 고요하고 푸른 물속으로 미끄러져갈 뿐이었다.

그 푸른 물의 밑바닥에 깊은 어둠이 보였다. 망자의 혼을 맞이하는 저세상일 것이다. 누군가의 혼이 그 어둠으로 스윽 빨려들어가는 것이 보였다. 그 속에서 혼은 생전의 기억을 전부 잊고, 완전히 새로운 혼으로 바뀐 다음 언젠가 또다시 이 세상에 태어나게 된다. 완전히 새로운 혼이 되지 않으면 다시 인간 세상에 태어나는 것은 허용되지 않는다.

로셋타의 혼은 저세상의 어둠이 시작되는 곳 바로 앞에서 천천히 멈췄다. 로셋타가 손바닥으로 감싸고 있던 씨앗 껍질에 빛이 휙 스치자, 갑자기 씨앗이 갈라지더니 순식간에 벌어졌다. 거기서 흘러나온 희미한 빛은 마치 물방울처럼 부풀어올라 눈 깜짝할 사이에 로셋타를 그 안에 가두고, 얇은 기포 막으로 저세상의 어둠으로부터 격리시켰다.

로셋타는 눈을 감고 꿈을 꾸었다. 원목으로 지은 장엄하고 아름다운 궁전을. 그 궁전에는 광대한 중정이 있고, 한가운데에 물이 콸콸 솟아나는 샘이 있다….

눈을 뜨니 그 샘이 정말로 눈앞에 있었다. 로셋타는 미소 지으며 씨앗을 샘 안에 슬쩍 떨어뜨렸다. 씨앗이 손에서 떠난 순간, 로셋타는 극심한 피로를 느꼈다. 서 있는 것조차 힘들어진 것이다. 그는 샘 옆에 벌렁 드러누웠다. 이대로 잠들어버리자고 생각했을 때, 얼굴에 그림자가 드리웠다. 무거운 눈꺼풀을 들어올리니 웬 젊은이가 자기를 내려다보고 있었다. 젊을 적 자기와 빼닮은 얼굴이었다. 그가 소리 없는 목소리로 진지하게 말했다.

'로셋타, 고마워요. 꽃의 씨앗은 무사히 싹을 틔웠어요. 이번에는 꽃이 저세상의 어둠을 대신해 당신의 혼을 새롭게 만들어 새로운 인생으로 보내줄 차례에요. 이제부터 인간 세상

에 갓난아이로 태어나 새 삶을 살게 될 그 사람은 얼마 후에
이 꽃이 씨앗을 맺으면 그 씨를 지키고 키우게 될 거예요. 당
신은 꽃 속에서 잠들고, 꽃은 당신 속에서 잠들지요. 영원히
돌고 도는 시간 고리의 다음 회전을 시작합시다. 자, 마지막
숨결로 노래를 불러주세요. 나와 인연을 맺어 당신의 혼을
다시 낳아서 인간 세상으로 보내줄 어머니의 혼을 청하기 위
해.'

'노래라고?'

로셋타가 주름투성이 얼굴을 찡긋하며 미소 지었다. 노래,
언제나 함께해온 노래라.

'그래, 부르자. 마지막 노래를.'

로셋타가 살짝 입을 열어 마지막 호흡을 실어서 노래를 내
보냈다.

꽃의 세계가 떨리고, 그 잔잔한 떨림이 호수 밖으로 전해
져간다. 그리고 노래는 여러 혼을 흔드는 바람이 되어 천천
히 불어간다. 바람에 이끌리듯 몇몇 혼이 호수 옆으로 모여
들었다. 꿈을 꾸며 잠들어 있는 사람들의 혼이다. 인근 마을
에서 잠든 이들의 혼이, 죽어가는 사람의 슬프고도 아름다운
노랫소리에 끌려 모여든 것이다. 로셋타 옆에 앉아 있던 젊
은 날의 로셋타가 어느 혼을 향해 고개를 돌렸다.

'저 아가씨를 맞아들이기로 하자. 온통 상처투성이에다 죽음의 유혹을 받고 있는데도 저렇게 아름답게 빛나다니. 아아, 얼마나 격렬하게, 그리고 강렬하게 빛나는지! 게다가 마침 이 밤에 이 호수로 찾아와서 잠들었구나. 바로 저 아가씨가 꽃의 씨앗을 품을, 혼의 어머니가 되기에 어울리는 아가씨로다.'

로셋타는 대답하지 않았다. 그의 모습은 이제 거의 보이지 않을 만큼 희미하다. 젊은이가 일어서더니, 첫눈에 반한 처녀를 맞이하기 위해 푸르스름한 어둠 속을 올라갔다.

이날 밤, 산으로 둘러싸인 호숫가에서 잠이 든 어느 가난하고 못생긴 아가씨가 아름다운 꿈을 꾸었다. 그 아가씨는 꿈속에서 잘 다듬은 원목으로 지은 궁전에 사는 젊은이와 사랑에 빠졌고 아들도 낳았다. 아가씨는 꿈에서 깨어난 뒤 이전의 인생을 버렸다.

이윽고 세월이 흘러, 아가씨는 세상에 이름을 떨치는 훌륭한 주술사가 되었다. 그리고 싹이 튼 밤으로부터 52년의 세월이 흐르자 꽃은 만개할 시기를 맞았다.

제1장

꽃의 꿈

1
나무 정령의 소중한 사람

바르사는 꿈을 꾸었다.

해가 완전히 저문 초원에 서 있는 꿈이었다. 별빛조차 없어서 주위는 칠흑같이 캄캄했다. 오로지 풀밭만 산들거리며 무릎을 어루만졌다. 왜 이토록 슬픈 걸까. 바람이 초원을 흐르고, 흐르는 풀이 마음을 흔든다. 높은, 피리 소리처럼 드높은 소리가 발밑부터 타고 올라와 머리카락을 들어올린다.

누군가의 손이 머리를 만지는 듯해 바르사는 대번에 잠에서 깼다. 하지만 잠이 깬 것을 눈치채지 못하도록 눈을 뜨지 않은 채, 잠든 자세 그대로 누가 있는지 주위의 기척을 온몸으로 살폈다.

바르사는 무인이다. 비록 깊이 잠이 들어도 누군가 머리카락을 만질 정도로 다가올 때까지 알아차리지 못했을 리가 없다. 특히 지금은 노숙 중이다. 꿈을 꿀 만큼 깊이 잠들어도 신경의 일부는 끊임없이 깨어 있을 터다. 들쥐가 덤불을 바스락 헤치며 바로 옆을 지나쳐갔다. 분명 사람의 손이 닿은 촉감에 눈을 떴는데 주위에는 전혀 인기척이 없다. 아무리 술법이 뛰어난 자라도 머리에 닿을 정도로 가까이 있는데 바르사가 감지하지 못했을 리가 없다.

'꿈의 여파였을까? 아니면 귀신이라도 어슬렁거리는 걸까?'

바르사는 천천히 힘을 빼고는 살며시 눈을 떴다. 안개를 머금은 흙냄새가 나며, 동틀 녘의 푸르스름한 어둠 속에 나무숲이 어렴풋이 보였다.

그때 갑자기 습지 쪽에서 사람이 여럿 달려오는 소리가 들렸다. 필사적으로 달리는 발소리와 그 뒤를 쫓는 고함소리가, 동틀 녘의 정적 속으로 요란하게 난입해왔다. 바르사는 몸에 친친 감고 자던 기름종이를 소리 없이 벗고는 조용히 몸을 일으켜 손에 익은 단창을 쥐었다. 나무 사이로 내려다보니 하류 쪽에서 어설프기 짝이 없는 걸음걸이로 미끄러운 바위 위를 도망쳐오는 남자의 모습이 어렴풋이 보였다. 사뭇 필사적인 모양새였다.

그 뒤로 세 남자가 쫓고 있었다. 곰 가죽을 걸친 사냥꾼이 아니다. 이 신요고 황국에는 칼을 등에 지는 사냥꾼은 없다. 그보다는 대상(隊商)에게 고용된 용병처럼 보였다. 활을 갖고 있는 남자도 있었지만, 쏠 기미가 없는 것으로 봐 남자를 죽일 생각은 없는 것 같았다. 생포해야 하는 이유가 있을 것이다.

그 정도 파악을 하더니 바르사는 얼굴을 찌푸렸다. 도망치는 자가 한 명이고 뒤쫓는 자가 세 명이라고 해서, 뒤쫓는 쪽이 반드시 나쁜 사람이라는 법은 없다. 죽이려는 것이 아니라면 사정도 모르고 쓸데없이 나설 필요는 없을 것이다.

그렇다 해도 도망치는 남자의 필사적인 모습을 보니 내버려두기도 찜찜하다. 바르사는 속으로 혀를 찼다. 그때 이상한 일이 일어났다. 바위 이끼에 미끄러지지 않으려 애쓰면서 도망치느라 주위를 볼 여유가 없을 텐데도, 남자가 갑자기 얼굴을 들어 마치 거기 있는 것을 알고 있다는 듯 똑바로 바르사를 올려다본 것이다. 남자와 눈이 마주친 순간, 바르사는 저도 모르게 뒷걸음질을 치고 말았다.

'아니 이런.'

아직 완전히 밝지도 않은 컴컴한 숲 속이다. 나무 뒤에 몸을 숨긴 자신을 남자는 어떻게 알아차린 걸까?

남자의 얼굴은 어스름에 묻혀 보이지 않았다. 다만 매달리듯이 이쪽을 올려다보는 것만은 알 수 있었다. 그 한순간으로 마음을 정했다. 바르사는 턱을 바짝 치켜올렸다. 순간 남자가 방향을 바꿔, 온 힘을 다해 바르사 쪽으로 올라오기 시작했다.

"어이! 덤불 속으로 도망칠 생각이다!"

추적자 한 명이 소리쳤다. 그 말에 바르사는 미간에 주름을 모았다. 이런 곳에서 듣게 되리라고는 생각지 않은 언어였기 때문이다.

'산갈어다. 산갈 사람이 왜 이런 북쪽 산속에?'

산갈 왕국은 머나먼 남쪽의 왕국이다. 말을 타고 가도 가장 가까운 국경까지 열흘은 걸린다.

소리친 남자는 습지를 걷는 데 익숙한 것으로 보여, 다른 두 사람보다 앞서서 남자와의 거리를 좁혔다. 도망치는 남자가 거친 숨을 내뱉으면서 풀과 나무뿌리를 붙잡고 몸을 들어올렸을 때, 추적자가 마침내 남자를 따라잡았다.

"이 빌어먹을 자식이! 쓸데없이 성가시게 하고 말이야."

털보 추적자가 손을 뻗어 남자의 옷을 붙잡으려 했다. 그가 허리띠를 잡았다고 생각한 순간, 그 손에 돌멩이가 명중하고는 옆으로 튀었다. 신음하며 손을 움켜쥐고서 얼굴을 든 추적자가 얼어붙은 듯이 움직임을 멈췄다. 날카롭게 벼린 흰 창끝이 정확히 코끝을 겨누고 있었던 것이다.

창 쥔 사람을 슬그머니 올려다본 추적자는 아연실색했다. 창을 거머쥔 사람이 서른 남짓한 여자였기 때문이다. 푸석푸석한 검은 머리를 아무렇게나 뒤로 묶고는 꾀죄죄한 옷을 걸치고 있었다. 침착한 여자의 눈을 보아 이런 싸움에 익숙한 게 분명했다.

"그렇구나. 가까이서 얼굴을 보여주니 어떤 사정인지 조금은 알겠구나."

여자가 나지막이 말했다.

"등에 멘 칼을 보니, 너는 가르신바 노예사냥꾼이렷다."

추적자의 얼굴에 놀라는 빛이 떠올랐다.

"네가 어떻게 그걸…."

그렇게 중얼거린 순간, 추적자의 미간에 피가 맺히더니 순식간에 넘쳐흘러 눈으로 들어갔다. 추적자가 신음하며 양손으로 얼굴을 덮었다. 당하고도 무슨 일이 일어났는지 알 수 없을 만큼 빠른 속도로, 바르사의 창끝이 미간을 스치듯 베고 지나간 것이다.

흘러든 피 때문에 눈을 뜨지 못하면서 추적자가 비틀거리며 발 디딜 곳을 찾았다. 바르사는 추적자 옆을 빠져나가자

마자, 왼쪽 주먹으로 관자놀이의 급소를 쳤다. 추적자는 무릎이 탁 꺾이며 벌렁 나자빠졌다. 기절한 것이었다.

"어이, 어떻게 된 거야?"

겨우 따라잡은 두 추적자가 나무 사이에서 뛰어내려온 사람 형체를 보고는 흠칫 놀라 멈춰 섰다. 단창을 지닌 사람을 발견하고 두 사람은 급히 칼자루에 손을 뻗어 칼을 뽑았다. 달리느라 호흡이 가빠 헉헉거렸지만, 칼을 거머쥔 모습에는 빈틈이 없었다.

추적자들은 도망자가 산으로 달아나기 전에 붙잡으려고 안달이 났지만 함부로 움직이지는 못했다. 눈앞에 선 여자의 창을 쥔 자세가 능숙하고도 빈틈없는 실력을 말해주고 있었기 때문이다. 게다가 내심 이들에게는 망설이는 마음도 있었다. 여기는 신요고 황국의 북쪽에 펼쳐진 청무 산맥이다. 하지만 이 여자는 아무리 봐도 요고인도 선주민 야쿠도 아니다. 다부진 골격과 얼굴 생김새로 봐서는 청무 산맥 너머에 있는 북방의 칸발인이었다.

"넌 누구냐?"

남자 하나가 어설픈 칸발어로 말을 걸어왔다. 바르사가 피식 웃었다.

"무리해서 칸발어를 쓸 필요는 없다, 가르신바."

산갈어로 대답이 돌아오자, 남자들의 눈이 휘둥그레졌다.

"뭔가 착각한 것 같구나. 우리는 산갈의 대상을 호위하는 용병이다. 저 사내는 상품을 훔친 도둑으로…."

그때 추적자의 말을 덮어씌우듯 젊은 사내의 목소리가 들려왔다.

"거짓말이다. 난 아무것도 훔치지 않았다!"

추적자들의 시선이 바르사의 등 뒤로 향했다. 그들의 표정에 여유가 돌아온 것을 보고 바르사는 혀를 찼다.

'바보 같은 녀석. 벌써 도망쳤을 거라고 생각했더니….'

"어설픈 잔꾀는 그만 부리시지."

바르사가 창을 힘껏 휘둘렀다.

"칼자루의 구슬을 오른쪽에 다는 의미를 잘 알고 있다. 산갈에서 어떤 더러운 짓을 하건 내 알 바 아니지만, 이 요고에서까지 인간사냥을 하게 놔둘 수는 없다. '푸른 손'은 그 정도로 호락호락하지 않다."

추적자들의 얼굴이 금세 험악해졌다.

"그렇군. 푸른 손이로군. 그렇다면 살려둘 수 없지."

푸른 손이란 요고의 인신매매조직이다. 바르사는 물론 그런 조직과 관계가 없었지만, 예상대로 제대로 속아준 것 같았다. 남자들이 슬금슬금 간격을 좁혀오기 시작했다. 그들이 손에 든 것은 뒤로 젖혀지는 두꺼운 칼로, 내리쳤을 때 크게 위력을 발휘하는 기마전용 칼이다. 몸체는 별로 길지 않아 공격 간격도 짧다. 바르사의 창은 길이가 어깨 높이 정도 되는 단창이었지만, 그래도 공격 간격은 칼과 비교가 안 될 정도로 길었다.

추적자들은 좀처럼 덤벼들지 않았다. 바르사의 공격을 기다렸다가 재빨리 빠져나가 가슴으로 뛰어들 기회를 노리는 것이다. 혹은 바르사가 한 명을 공격한 순간에 다른 한 명이 급소로 파고드는 수법도 생각하고 있을 것이다.

남자들이 바르사가 어떻게 나올지를 기다리는 동안, 바르사는 그들이 발디딘 곳을 보며 남자들 사이의 거리를 재고 있었다. 바르사의 머릿속에는 이들이 취할 움직임이 또렷하게 그려졌다. 이윽고 마음속 웅성거림이 썰물처럼 스르르 빠져나가고, 긴장감 감도는 정적이 차올랐다.

바르사가 발걸음을 옮기기 시작했다. 마치 친구를 향해 걸어가는 듯한, 그야말로 평범한 걸음걸이였다. 예상 밖의 행동에 남자들은 순간 당황했지만, 서로 눈을 마주 보며 무언의 의견을 주고받았다. 문득 왼쪽 남자가 단창이 미치지 않을 거리를 두고, 재빨리 바르사 뒤로 돌아갔다. 바르사가 동료를 공격한 순간을 노려 등 뒤에서 칼을 던질 작정이었다.

두껍고 무거운 칼이다. 어디를 맞더라도 치명상을 입을 수밖에 없을 것이다. 하지만 바르사는 등 뒤의 남자 따위는 전혀 신경 쓰지 않는 듯, 아무렇지 않게 정면의 남자와 간격을 좁혀갔다.

바르사가 마침내 공격한 순간, 등 뒤의 남자는 물론이고 공격을 당한 정면의 남자조차도 무슨 일이 일어났는지 전혀 알 수가 없었다. 단지 오른쪽 무릎에 뜨거운 통증을 느꼈을 따름이다. 잠시 후에 무릎 힘줄이 끊어진 극심한 통증에 신음하며 남자가 자갈밭으로 곤두박질쳤다. 하지만 이때는 바르사의 몸이 어느새 옆으로 날아 자세를 가다듬은 뒤였다.

미처 칼을 던지지 못한 남자가 당황하며 다시 칼자루를 거머쥐고는 바르사를 향했다. 온몸이 마비되는 듯 공포가 몰려들었다. 바르사의 창이 언제 움직였는지 전혀 보이지 않았기 때문이다.

바르사가 다시 움직여 다가오기 시작하자 사내는 저도 모르게 한 발짝 뒤로 물러섰다. 단창의 공격 범위에서 벗어나려 한 것이다. 그런데도 어쩐 일인지, 부젓가락이 꽂힌 듯한 통증이 무릎에 느껴졌다. 사내는 아연실색해 무릎을 내려다보고는 곧이어 바르사를 올려다보았다. 그는 비명도 지르지 못한 채 자갈밭에 쿵 주저앉았다. 마치 눈에 보이지 않는 긴

창에 찔린 것만 같았다. 이미 전의를 상실한 사내이긴 했지만, 바르사는 칼이 미치지 않을 정도의 거리에서 남자 옆을 지나쳐갔다.

"왜 저쪽 남자의 오른쪽으로 가서 공격하지 않았죠?"

태평스런 목소리가 들려왔다. 고개를 들어 보니 아까 도망치던 젊은이가 걸어오고 있었다. 스무 살을 갓 넘겼을 만한, 학처럼 깡마르고 키가 큰 젊은이였다. 야쿠와 요고인의 혼혈인 듯 평범한 얼굴이지만 옅은 갈색 눈만큼은 무척 인상적인 생김였다.

"한쪽으로 가서 한 번에 한 명씩 상대하면…."

바르사가 빠른 걸음으로 젊은이에게 다가가더니 그의 팔꿈치를 붙잡고 뱅그르르 돌려 세웠다.

"바보냐? 한가하게 얘기할 시간이 있으면 조금이라도 멀리 도망쳐야지."

"하지만 추적자는 세 명뿐인걸요. 모두 뻗었잖아요."

"맨 처음 한 명은 급소를 찔렀을 뿐이야. 조금 후면 정신을 차릴 거다."

"예? 죽인 게 아니에요?"

바르사가 흘끔 남자의 얼굴을 보았다.

"왜 내가 일면식도 없는 너를 위해서 사람을 죽여야 한단 말이냐. 놈들이 적당히 처리해도 될 정도인 것이 다행스러울 따름이다."

바르사는 젊은이를 재촉해 노숙하던 곳까지 돌아와 재빨리 짐을 정리했다. 그러고나서 일단 습지까지 내려가, 거기서부터 바위 위를 한참 되돌아가서 발자국을 없앤 뒤에 눈에 띄지 않는 짐승들의 길을 따라서 산으로 들어갔다.

점심때를 조금 지났을 무렵, 바르사와 젊은이가 발걸음을 멈추었다. 바위 틈새로 흘러나온 물이 자그마한 샘을 이룬 풀밭에 이르러서였다. 산속이긴 해도 초여름 햇살이 대기를 덥혀 두 사람은 땀을 흠뻑 흘렸다. 차갑고 달콤한 샘물로 실컷 목을 축이고 얼굴을 씻자 기운이 솟는 느낌이었다.

바르사는 나무 밑동에 발을 뻗고 앉은 젊은이를 찬찬히 뜯어보았다. 참으로 일관성 없는 옷차림을 하고 있었다. 요고의 평민이 입는 회색 옷, 그것도 무척 낡아빠진 옷을 걸친 주제에, 매고 있는 허리띠는 꽤 고가로 보이는 비단이었다. 어깨에 비스듬히 걸친 주머니만 해도 낡기는 했지만 상당히 고급스런 물건이다. 여자처럼 가냘프고 긴 목과 손발. 얼굴은 평범하지만, 놀라울 정도로 맑은 다갈색 눈이 다시 봐도 인상적이었다.

'떠돌이 광대, 소리꾼이 아닐까.'

여기저기 떠돌아다니는 소리꾼이라면, 제 노래에 심취한 부자 상인의 마나님 같은 사람에게 고가의 허리띠나 주머니를 받을 수도 있을 것이다. 그런 이들은 일부러 눈에 띄도록 보란 듯이 몸에 걸쳐 자기에게 그만한 실력이 있다는 사실을 과시하곤 하니까. 하지만 그런 것치고는 떠돌이 광대들이 흔히 그렇듯 닳고 닳은 교활함은 보이지 않았다.

"아무래도 잘 모르겠구나."

바르사가 천천히 머리를 흔들었다.

"아름다운 처녀라면 납득이 가겠지만 말이다. 도대체 가르신바가 왜 너 같은 남자를 노린 거지?"

젊은이가 고개를 갸웃했다.

"저기, 아까도 말씀하시던데, 가르신바라는 게 뭐죠?"

"뭐? 네가 누구한테 쫓기는지도 몰랐단 말이냐?"

어이없는 표정을 짓던 바르사가 생각을 바꾼 듯이 나지막이 말했다.

"아, 그렇구나. 의외로 그럴 수도 있겠다. 팔려갈 때까지 자기가 누구에게 붙잡혔는지도 모르는 사람이 더 많겠구나."

"아, 예. 여관에서 술에 취한 것까지는 기억하는데, 그다음에 정신을 차렸을 때는 고리짝에 갇혀 있어서 깜짝 놀라…. 기가 막혔죠. 목이 몹시 마른데도 재갈이 물려 있어서 소리칠 수도 없었어요. 그런데 도중에 고리짝에서 꺼내주더니 뭔가 무척 이상한 맛이 나는 물을 마시게 하는 거예요. 재우는 약이었던 것 같아요. 그런데 다행스럽게도."

젊은이가 히죽 웃은 뒤 말을 이었다.

"내가 다른 사람에 비해 웬만해선 약이 안 듣는 편이거든요. 그래서 난처할 때가 많은데, 이번에는 덕분에 살았죠. 동트기 조금 전에 눈이 떠진 거예요. 그래서 약에 취해 있을 거라고 생각해 녀석들이 방심한 틈을 노려 도망친 셈이죠."

바르사가 어깨를 으쓱했다.

"정말로 운이 좋았구나. 가르신바라는 건 산갈인 노예상인을 말한다. 보통 어여쁜 처녀들을 납치해서 부자 상인이나 귀족에게 팔지. 술에 약을 섞어 잠들게 해서 그대로 고리짝에 넣어 옮긴다더구나. 평범한 대상인 척하고 목적지까지 데려가려는 거지. 추잡한 장사인 데다가, 특히 다른 나라에서 인간 사냥이 발각되면 큰일 나니까, 대개는 저런 식으로 상인이나 용병으로 변장하지. 다섯 명이 한 조를 이뤄 일을 한다고 하는데, 제법 큰 조직으로 서로 얼굴을 모르는 녀석들도 많다는 것 같다. 그래서 일을 방해받거나 같은 사냥감을 서로 빼앗지 않도록 포획물 운반 중에는 칼자루의 구슬을 일부러 오른쪽에 붙여 표시한다더구나. 아까 그 녀석들처럼 말이다."

젊은이가 입을 떡 벌리고 듣고 있었다.

"대단하시네요. 어떻게 그런 것까지 아시죠?"

바르사는 문득 장난기가 발동했다.

"그거야 뭐, 같은 업종의 경쟁자니까. 이를테면 너는 이리의 엄니에서 벗어나 곰 발톱 밑으로 들어온 셈이지."

젊은이가 쓴웃음을 지었다.

"당신은 푸른 손일 리가 없어요."

"자신이 있나본데, 너무 쉽게 사람을 믿으니까 납치 같은 걸 당했을 거다."

젊은이는 잠자코 미소를 지었다. 바르사는 그의 표정과 동작이 자아내는 분위기에서 또다시 알 수 없는 위화감을 느꼈다.

"뭐, 그만두자. 아침밥도 거른 데다 아침부터 한판 붙고나니 배가 고파 죽겠구나. 다행히 녀석들을 따돌린 것 같으니 여기서 점심을 먹기로 하자."

바르사가 자루 속에서 말린 사슴고기와 딱딱하게 구운 달콤한 과자를 꺼냈다. 절반을 잘라서 건네니 젊은이가 기쁜 듯이 먹기 시작했다. 향긋한 나무열매 향이 나는 과자를 입에 가득 넣은 채로 젊은이가 물었다.

"이거 죠코무죠?"

바르사가 눈썹을 치켜올렸다.

"아니, 어떻게 잘 아는구나. 맞다. 죠코무다. 보름 이상 보존할 수 있고 배도 든든해서 무척 요긴하지."

"전에 한 번 칸발에서 돈벌이 온 사람들이 나눠줘서 먹은 적이 있어요. 당신은 칸발인인가봐요."

"태생은 그렇지."

앗, 하고 젊은이가 머리를 긁적였다.

"죄송합니다. 아직 살려주신 것에 대해 감사하다는 말씀도 못 드렸네요. 이름도."

바르사가 미소를 지었다.

"그런 것 같구나."

"정식으로 인사드립니다. 구해주셔서 정말로 감사합니다. 저는 유그노라고 합니다."

젊은이가 대지에 엎드려 이마를 땅에 붙이며 요고인들 사이에 통하는 가장 정중한 자세로 경의를 표했다.

"나는 바르사다. 떠돌이 호위무사지. 푸른 손하고는 아무 관련 없으니까 안심해라."

유그노가 해맑은 얼굴로 웃었다.

"그렇군요, 호위무사로군요! 수수께끼 내기를 하는 것 같아 재미있는데요. 칸발인인데 요고어도, 산갈어도 하고, 여자인데 엄청나게 강한 단창술사. 그렇다면 정체는? 이런 식으로요."

"너는 타고난 광대인 것 같구나. 본업은 소리꾼이냐?"

쓴웃음을 지으며 바르사가 말하자, 유그노의 눈이 휘둥그레졌다.

"아니, 어떻게…. 굉장한데요. 용케도 맞추시네요."

"직업상 여러 사람을 만나니까. 왜 가르신바가 소리꾼에게 흥미를 가졌는지는 아직도 모르겠지만. 산갈에도 괜찮은 소리꾼이 많을 텐데."

유그노가 일어서서 샘 가장자리까지 가더니, 웅크리고 앉아서 양손으로 물을 떴다. 실컷 목을 축이고나서 바르사를 돌아보았다.

"하늘에서 좋은 목소리를 내려주신 자는 이 세상에 많겠지요. 하지만 저 같은 운명을 타고난 자는 그렇게 많지 않을 거예요."

젊은이의 어조에 담긴 뭔가가 바르사의 목덜미를 서늘하게 했다.

"당신은 내 목숨을 구해주었어요. 그러니까 돈벌이용이 아닌, 내 진심이 담긴 노래를 들려드리지요."

바르사가 당황해서 손을 들었다.

"잠깐 기다려라. 여기서 노래를 부르면 곤란한데."

유그노는 눈을 가늘게 뜨고는 마치 귀를 기울이는 듯한 자세를 취했다.

"괜찮아요. 노랫소리가 들리는 거리까지 아무도 없대요."

유그노의 눈에 미소가 떠올랐다.

"게다가 아마도 당신은 산속 물가에서 노래 부르면 저주받는다는 전설 때문에 염려하는 걸 텐데, 노래를 들으면 그런 염려가 필요 없다는 사실을 알게 될 거예요."

유그노가 몸에서 힘을 빼고 자연스러운 자세로 서더니 눈을 감았다. 그리고 조용히 숨을 고르기 시작했다. 그러자 신기하게도 소용돌이가 스르르 사라지듯이, 주위의 모든 소리가 점점 사그라들었다. 이윽고 숨소리조차 들리지 않는 정적이 찾아왔다.

유그노의 입에서 가느다란 숨결이 새어 나오기 시작했다. 수풀 사이를 건너가는 바람과도 같이 조용한 울림이었다. 이내 부드러운 선율이 들려왔다. 순간 바르사는 살갗에, 배에, 나아가 몸 전체에 기묘한 진동을 느끼기 시작했다.

유그노의 목소리는 바람보다도 가볍게, 잔물결보다도 섬세하게 대기를 흔들었다. 그리고 나무들 사이사이, 수풀 사이사이에서 또 다른 목소리가, 가늘고 높은, 낮고 굵은, 뭐라 형용할 수 없는 복잡한 선율의 목소리가 울리기 시작했다. 실을 짜듯 목소리와 목소리가 함께 울리고, 울림이 울림을 자아내고…. 바르사는 온몸이 파도에 흔들리며 전율하는 것 같은, 의식마저 전율하는 것 같아 견딜 수 없는 감각에 사로잡혔다. 몸과 마음을 이루는 모든 것이 하나하나 노랫소리에 공명하며 떨렸다. 샘솟는 기쁨이 소용돌이치며 하늘로 올라갔다.

소리가 완전히 사라진 뒤에도 바르사는 꼼짝하지 못했다. 눈도 보이지 않았고 귀도 들리지 않았다. 잠시 후에 주위가 보이고 숲의 소리가 돌아왔을 때, 바르사는 모든 것이 평소보다 훨씬 선명하고 아름답게 보여 놀랐다. 마치 거센 뇌우 후에 하늘이 활짝 개었을 때처럼 녹음이 선명하게 빛나고, 숲의 정기가 콧속에서 머릿속까지 빨려들어가는 기분이었다.

그런 다음에 비로소 가슴이 꽉 죄어오듯 감정이 복받쳐오르며 눈물이 넘쳐흘렀다. 노래를 듣는 동안에는 감정마저 사라졌던 것이다. 바르사는 양손으로 얼굴을 감싸고 꼼짝 않고 있다가, 이윽고 얼굴을 들어 젊은이를 응시했다.

"이럴 수가. 넌 '나무 정령의 소중한 사람' 리투루엔이로구

나. 그렇지? 그런 사람이 정말로 있을 줄이야…."

유그노가 바르사 옆으로 다가와 앉았다.

"예. 태어날 때는 극히 평범한 농사꾼의 자식이었지요. 그저 노래하는 것을 너무 좋아해 일할 때도, 축제 때도, 맘에 드는 아가씨를 유혹할 때도 노래는 내 편이었어요. 노래는 나를… 뭐라고 할까, 노래 덕에 인기가 많았어요. 하지만 부모님은 불안하셨나 봐요. 부모란 자식 일에 관한 한 직감이 작동하는 법이니까요. 어머니가 늘 그러셨지요. '산속, 특히 샘 옆이나 늪 옆에서는 절대로 노래해서는 안 된다. 옛날부터 이런 말이 있잖니? 물가에는 노래를 좋아하는 나무 정령 리가 많이 있어서, 목청 좋은 아이가 노래를 부르면 그 노래에 끌려 나타나 홀린단다. 리의 노래는 사람의 수명을 아주 길게 연장해준다고 하지. 하지만 한번 리의 마음을 사로잡으면 다시는 평범한 사람으로 살 수가 없다'고."

유그노가 쓸쓸하게 웃었다.

"부모의 말은 나중에야 옳다고 깨닫게 마련이죠. 하지만 열세 살이던 나는 리들이 내 노래에 끌리는지 시험해보고 싶어서 견딜 수가 없었어요. 리의 마음을 빼앗을 정도로 비범한 소리꾼인 것을 증명하고 싶었던 거지요. 리들은 무서울 정도로 황홀한 기쁨을 주었어요. 하지만 그 대신 그때까지의 내 모든 것을, 그 일이 없었다면 갖게 되었을 내 미래도 앗아 갔지요."

유그노가 흘끗 바르사를 쳐다보았다.

"내가 몇 살로 보여요?"

"글쎄, 스무 살 정도라고 생각했는데."

유그노가 쓸쓸한 미소를 지었다.

"나는 올해 매미 우는 달이면 쉰둘이 돼요."

"뭐?"

"리와 노래하면 수명이 참으로 길어지지요. 지금 그 노래를 들은 당신도 조금은 늘었을 거예요."

몸도 혼도 떨리며 소용돌이치는 듯하던 그 감각을 떠올리고는 바르사가 천천히 머리를 흔들었다.

"조심해야겠구나. 그 사실이 사람들에게 알려졌다가는 끝장이니까. 가르신바가 노리는 게 당연하지. 너는 불로불사의 영험이 있는 약이나 마찬가지였어. 아무리 비싼 값을 치르더라도 너를 원하는 사람은 수도 없이 많을 게다."

"네, 그건 알고 있어요. 이제까지 무척 조심하며 살아왔어요. 물론 고향 마을에서는 살 수가 없었어요. 서른이 넘어도 열다섯으로밖에 안 보이는 사람은 너무 눈에 띄니까요. 한 곳에 오래 머물 수도 없었어요. 그래서 떠돌이 소리꾼이 되어 남 앞에서는 돈벌이용으로 평범한 노래를 부르며 살아왔지요. 그런데 단 한 번, 엄청난 실수를 저지르고 말았어요. 그 벌로 오늘 같은 일을 당한 거지요. 작년 가을에 어느 여관에서 산갈인 포목상을 만났어요. 여자였는데, 물건 고르는 눈이 무척 뛰어나서 실을 사들일 때도 눈으로 직접 보지 않으면 안심을 못해 요고에 와 있었지요. 무척 아름다운 여성이어서 말이죠, 한눈에 사랑에 빠져버린 거예요. 어쩔 수가 없었어요. 그런 때는 정신을 잃게 되더라고요. 내가 보잘것없는 떠돌이 광대가 아니라는 것을 보여주고 싶어졌죠."

유그노의 입술에 안타까운 웃음이 떠올랐다.

"가족 이외에 내 정체를 밝힌 상대는 그 여자가 처음이었어요. 무척 감동을 받은 것 같더라고요. 내 손을 쥐고 말하더군요. 이듬해 초여름에 다시 물건을 사러 오니까 날짜를 정해두었다가 같은 여관에서 만나자고요. 그저께가 바로 약속한 날인데, 여관에서 기다리고 있었더니 그녀가 보냈다는 남자가 와서 맛있는 술을 사주겠다는 거예요. 그래서…."

유그노는 갑자기 입을 다물고 멍하니 눈을 내리깔았다.

"뭔가 사정이 있었을지도 모르잖아? 장사에 실패해서 어떻게든 큰돈이 필요해졌을지도. 울며 겨자 먹기로 너를 팔기로 했다든가."

유그노가 고개를 들며 살짝 미소 지었다.

"너무하네요. 하지만 맞아요. 그렇게 생각하고 싶어요."

"리는 지금도 가까이 있어?"

"예. 저기하고 저기에 서 있어요."

유그노가 후박나무 뒤와 샘 가장자리의 덤불을 가리켰다. 바르사는 눈을 모아 응시했지만, 그럴 만한 것은 전혀 보이지 않았다.

"모습은 보이지 않아요. 다만 나는 리와 깊이 관계를 맺고 있어서 늘 느끼는 거죠. 나한테는 목소리도 들려요."

"하지만 기척이 없구나. 그런 면으로는 자신이 있는데."

"나무나 풀의 기척과 똑같기 때문일 거예요."

바르사는 문득 오늘 아침에 있었던 일을 떠올렸다. 머리카락을 만져 자신을 깨운 것.

"그렇구나. 그건 리가 너를 살려주고 싶어서…."

중얼거리며 바르사가 유그노를 올려다보았다.

"리는 꿈을 꾸게 할 수도 있느냐?"

"글쎄요. 아마도 할 수 있지 않을까요? 생각해본 적은 없지만."

그렇게 말하고나서 무슨 생각을 했는지 유그노의 얼굴에 밝은 미소가 떠올랐다.

"하지만 사람에게 멋진 꿈을 꾸게 하는 거라면, 나도 할 수 있을지도 몰라요."

"무슨 뜻이지?"

바르사가 되묻자, 유그노는 얼굴이 빨개지며 싱글벙글 손을 저었다.

"아니, 뭐, 그… 아니에요. 잊어주세요."

"그렇게 말하니까 더욱 듣고 싶어지잖아?"

그러나 유그노는 웃기만 했다.

"소리꾼이라면 누구나 그런 능력을 갖고 있다는 거예요."

비밀을 갖게 된 것이 기뻐서 어쩔 줄 모르는 어린아이처럼 유그노의 얼굴이 달떴다. 그런 모습을 바라보는 동안 바르사에게 문득 좋은 생각이 떠올랐다.

"유그노 씨. 가르신바는 상당히 집요하니까, 머리카락이나 수염이 자라서 인상이 바뀔 때까지는 마을에서 떨어진 곳에 숨어 있는 편이 좋겠어. 그리고 말이야, 좋은 은신처를 알고 있는데, 그리 가지 않을래?"

유그노의 미간이 약간 좁아졌다.

"네, 그거야말로 더 이상 바랄 게 없는 제안이지만. 당신의 은신처인가요?"

"아니, 소꿉친구네 집이지만, 어릴 적에 한동안 같이 살아서 내 집이나 마찬가지지. 솔직히 말하면 그 집 주인에게 너를 만나게 해주고 싶어. 탄다라는 주술사 연습생인데, 너를 만나면 틀림없이 무척 기뻐할 테니까."

2

하염없이 자는 사람들

탄다는 누워 있는 조카딸의 맥을 짚었다. 뒤에 늘어서서 불안한 듯, 간절히 애원하는 눈으로 바라보고 있는 큰형 가족의 눈길을 고스란히 느끼면서. 잠든 조카 카야의 얼굴은 열네 살 나이보다 훨씬 어려 보였다. 아이는 시루야라는 덩굴을 짜 만든 엉성한 침구를 뒤집어쓰고 깊이 잠들어 있다. 안색이 별로 좋지 않지만 호흡은 평온했으며, 맥도 조금 느리지만 특별히 이상은 없었다.

"이 상태가 아침부터 계속되고 있다고?"

몸을 뒤로 돌리며 탄다가 묻자, 노시루가 고개를 끄덕였다. 노시루는 탄다의 큰형이자 잠든 소녀의 아버지다.

"응. 흔들어도, 때려도, 무슨 짓을 해도 안 일어나는구나."

"머리를 세게 박았다든가 그런 일도 없었지?"

탄다가 불안한 듯 자기를 쳐다보는 조카들과 형수에게도 눈길을 주었지만, 모두가 분명하게 고개를 저었다.

"어젯밤까지는 평소와 똑같았다. 너도 잘 알 거다. 이 녀석은 워낙 바지런해서 새벽부터 일어나서는 쉬지 않고 일하는 아이거든."

탄다는 카야에게로 시선을 되돌렸다. 손목을 잡아 꽤 세게 흔들어도 카야는 평온한 숨소리를 내며 전혀 깰 줄 몰랐다. 잠든 얼굴이 무척 인상적이었다. 살짝 미소를 띠어 무척 행복해 보이는 것이다.

탄다는 양손을 비비면서 호흡을 가다듬기 시작했다. 주문을 외워 의식의 초점을 좁혀갔다. 오른손으로는 맥을 짚고, 왼손을 카야의 이마에 얹고는 한동안 눈을 꼭 감았다. 한참만에야 한숨을 내뱉으며 눈을 뜬 탄다에게 형이 속삭였다.

"어떠냐? 역시 누군가에게 저주를 받은 것이냐?"

'아니, 절대 그렇지 않다'고 부정하려던 탄다는 순간 형의 눈에 떠오른 표정을 읽었다. 형이 슬그머니 일어서더니 따라오라는 손짓을 한 것이다. 방 한구석으로 탄다를 데려간 형은 아이들에게 들리지 않도록 속삭이기 시작했다.

"가능하면 작은 목소리로 대답해라. 카야가 저주를 받은 것이냐?"

"아니, 그런 기미는 안 보여. 저주의 염려는 없다고 생각해."

"그럼 뭐지? 돌림병이나 뭐 그런 것이냐?"

"아니, 적어도 몸의 병은 아니라고 생각해."

형의 눈이 날카로워졌다.

"그럼 뭐냐?"

탄다는 마치 노려보듯이 자신을 쳐다보는 형에게 차분하게 대답했다.

"솔직히 말해서 나는 카야가 왜 안 깨어나는지 모르겠어. 병은 아닌 것 같고, 저주에 걸린 기미도 없어. 그것만은 확실한데."

형이 콧방귀를 뀌었다.

"저주인지 아닌지, 네가 잘도 알겠구나."

업신여기는 말투로 내뱉은 형이 갑자기 표정을 바꿨다. 이미덥지 못한 괴짜 동생이 작년에 황태자를 구해 나라를 가뭄에서 구한 영웅이라는 사실을 이제야 떠올렸기 때문이다. 형이 당황해 말을 바꿨다.

"아니, 미안하다. 네가 그 정도도 잘못 볼 리가 없잖아. 나쁜 뜻은 없다. 나도 모르게 그만."

탄다가 부드럽게 대답했다.

"여하튼 저주가 아닌 것만은 확실해. 하지만 형이 말하는 대로 나는 아직 미숙해. 마침 지금 토로가이 사부님이 계시니 상의해볼게. 좀 더 확실히 알 수 있을 거야."

형이 잠시 얼굴을 찌푸리고 잠자코 있더니, 이윽고 탄다에게 시선을 되돌렸다.

"그건 고맙지만, 원인을 알더라도 카야가 저런 병에 걸린 원인은 저주로 해주기 바란다."

탄다가 형을 응시했다. 형은 탄다의 시선에 초조해진 듯이 낮게 깔린 목소리로 대답했다.

"너도 잘 알 거다. 카야는 이번 가을에 수확이 끝나면 시집을 가기로 정해졌다. 알 수 없는 병이라고 알려지는 것보다는, 누군가가 저주를 건 것으로 하면 그리 흠이 되지 않을 거야."

탄다가 살짝 고개를 저었다.

"그건 알지만, 누군가가 저주한다는 소문이 나면? 카야하고 사이가 나쁜 처녀랄지, 아무 죄도 없는 자가 의심을 받아 피해 입을지도 몰라. 나는 찬성할 수 없어."

형의 눈빛이 차가워졌다.

"네 조카다, 카야는! 너는 마을 사람이 아니다. 산속에서 혼이나 요괴 같은 것하고 같이 사니까 잘 모르겠지만, 일단 이상한 소문이라도 나봐라. 그런 처녀에겐 평생 소문이 따라다니는 법이다. 누군가가 피해를 입는다고? 그게 걱정이라면 일전에 마을에 온 떠돌이 광대 탓으로라도 해두지 뭐."

거기까지 단숨에 속삭이고나서, 형이 갑자기 어깨를 축 늘어뜨렸다.

"탄다야. 네가 몇 살이지? 내가 서른여덟이니까 너도 이제 스물아홉인가? 다른 사람 같으면 귀여운 딸이 있을 나이인데. 산속에서 여자다운 여자 하나 없이 주술사랑 떠돌이 여자 호위무사하고 같이 지내니까, 뭐라고 해야 하나, 아무리 훌륭한 주술사라고 해도 나에게는 네가 아직 열네다섯으로밖에 여겨지지 않는구나."

탄다가 쓸쓸하게 웃었다. 성실하고 정직해 인망이 두터운 형과의 사이에는 깊은 골이 있다. 아무리 설명하려 해도 넘을 수 없는 골이었다. 끝내 한숨을 내쉰 형이 탄다의 어깨에 손을 얹었다.

"뭐, 너는 이른바 영웅인 데다 사람들에게 신뢰를 많이 받고 있다. 그리고 이렇게 가족도 있고. 수상쩍은 떠돌이 주술사하고는 다르지. 의지할 만한 동생이라고 생각하고 있다. 심한 말을 해서 미안한데, 여하튼 카야 일을 잘 부탁한다."

탄다가 고개를 끄덕였다. 카야의 머리맡으로 돌아간 탄다가 형수 나카에게 말했다.

"형수님, 하루에 세 번은 어떻게 해서든 물을 마시게 해보세요. 목이 메지 않도록 몸을 일으켜서 마실 수 있게 해주세요. 만일 물을 못 마실 것 같으면, 미지근한 꿀물을 주세요. 그리고 가능하면 몸을 청결하게 유지해주세요."

땅딸막한 나카는 일일이 고개를 끄덕이며 듣고 있었다. 모내기가 막 끝나고 바쁜 시기지만, 친지들이 도와주니 어떻게든 해낼 것이다.

형의 집을 나와 산길을 걸으며 탄다는 생각에 잠겼다. 평소 탄다를 아는 사람이 지금 마주친다면 험악한 그의 표정에 깜짝 놀랄 것이다. 동안인 데다 아주 온화한 이 남자는 늘 태평스런 표정이었기 때문이다. 그런 성격 때문에 마을 사람들이 그를 따르고 약초사로도 신뢰하는 것이었다.

하지만 형의 말에서 엿보였듯이 약초사나 주술사는 마을 사람들과 확연히 달랐다. 농민이 아니라서 세금을 내지는 않지만, 대신 흉년이 들었을 때 농민을 구하기 위해 배급되는 식량도 받을 수 없다. 마을 안에 살 수도 없고 축제에 참여할 수도 없으며, 마을 사람과 결혼할 수도 없다. 정령과 이야기하고 혼을 날려 저세상이나 다른 세계를 오갈 수 있는 자로서 두려움의 대상이기도 했다.

탄다가 사는 곳은 청무 산맥 기슭의 산속이다. 신요고 황국의 수도 광선경에서 보통 걸음으로 1단(약 한 시간) 거리인 암자에서 혼자 지낸다. 신요고 황국은 200년 정도 된 나라로, 요고인의 선조는 고국인 요고 황국을 싫어해 멀리 바다를 건너서 녹음이 풍부한 나요로 반도로 옮겨왔다.

요고인이 오기 전에 이 반도에는 야쿠라는 사람들이 살았다. 야쿠는 요고인과는 달리 피부도 눈동자도 검은 사람들로, 자그마한 밭을 일구거나 짐승을 사냥하고, 나무열매나 풀뿌리를 모아 생활했다.

요고인이 온 지 200년이 되도록 황족이나 귀족은 물론이고, 도읍에 사는 상인들도 여전히 요고인의 순혈을 지켰지만, 농민들은 대부분 야쿠와 혼인을 거듭해 지금은 갈색 피부의 농민이 이 나라를 지탱하고 있었다.

탄다에게도 야쿠와 요고인의 피가 섞여 있다. 검정에 가까운 갈색 피부, 짧게 깎은 밤색 머리카락 아래 부드러운 빛의 검은 눈동자, 낮은 코에 애교가 있는, 한없이 사람 좋아 보이는 얼굴이었다. 그런 얼굴이 지금은 잔뜩 굳은 것이다.

탄다의 집은 산속 자그마한 풀밭에 있다. 단칸방에 샘이 있을 뿐, 몹시 작은 집이다. 원래는 그의 주술 사부가 살던

집이었으나 사부가 종종 훌쩍 사라지는 버릇이 있어서 어느 틈엔가 탄다가 물려받은 꼴이 되었다. 미닫이문을 열자 술을 데우는 냄새가 코를 찔렀다. 방 한가운데에 있는 화덕에서 노파가 질냄비를 휘젓고 있었다.

"지독한 냄새로군. 사부님 대체 뭘 만들고 있는 거죠?"

노파가 얼굴을 들었다. 주름투성이 검은 피부에 텁수룩한 백발, 단춧구멍처럼 가느다란 눈과 넓적하게 벌어진 코. 한 번 보면 잊을 수 없을 정도로 못생긴 노파였지만, 그 눈에는 노인이라고는 생각할 수 없는 강렬한 정기가 서려 있다. 이 못생긴 노파가 바로 탄다의 사부이자 당대 가장 유능한 주술사로 소문난 토로가이였다.

"술로 새를 삶고 있다."

토로가이가 퉁명스럽게 말하고는 얼굴을 찌푸렸다.

"무슨 일이냐? 왜 그렇게 복잡한 얼굴이지?"

탄다가 화덕 앞에 앉더니 오늘 보고 온 조카의 상태를 차근차근 설명했다.

"불안하게만 할 것 같아서 형한테는 말하지 않았지만, 아마 유체이탈일 거예요."

"일체 진단을 해봤느냐?"

일체 진단이란 오른손으로 손목을 쥐고서 왼손으로 이마

를 만지는 촉진이다. 환자의 혼과 탄다의 혼을 이어 보는 주술이었다.

"예. 생명은 있었지만 카야 안에는 혼이 없었어요."

사람 안에는 눈에 보이지 않는 실로 묶인 생명과 혼이 있다. 생명은 사람이 죽으면 다른 생물의 태내에 깃들어 새로운 혼과 결합함으로써, 영원히 이 세상을 맴돈다. 혼은 다양한 생각과 마음이며, 꿈을 꾸는 것도 혼의 작용이다. 꿈은 대부분 혼이 기억이나 욕망을 뒤섞어 만들어내는 것인데, 때로는 혼이 육신을 빠져나가 다른 세계를 떠돌아다니는 경우가 있다. 그런 때 꾼 꿈은 다른 세계에서 실제로 일어난 일이다.

사람이 죽으면 생명과 이어진 실이 끊어지고, 이렇게 놓친 혼은 저세상으로 빨려들어갔다가 전생의 모든 것을 잊은 후 새로운 혼이 되어서 이 세상에 다시 태어난다. 하지만 원한처럼 강렬한 집착을 남기고 죽었을 때는 생명과의 실을 끊긴 혼이 생전의 기억을 끌어안은 채 이 세상에 계속 머무는 경우가 있다. 이것이 유령이라고 불리는 것이다.

토로가이 같은 주술사는 이런 혼을 위로해 저세상으로 보내주는 방법을 알고 있으며, 탄다도 사부를 도와 몇 차례 혼을 다룬 적이 있다. 그 덕에 조카 안에 혼이 없는 것을 확실히 알 수 있었던 것이다. 토로가이가 목덜미를 문지르면서 나지막이 말했다.

"오늘 아침 내가 슈가를 만나러 가지 않았느냐?"

"아아, 예. 바로 그 성독박사 말이죠?"

성독박사란 이 나라의 종교와 학문을 관장하는 박사를 뜻한다. 별의 궁에 머물며 왕과 긴밀하게 소통하면서 나라를 이끄는 주인공이다. 슈가라는 자는 여러 성독박사 중에서도 천재로 소문나 일찌감치 출세한 젊은이인데, 묘한 인연으로 토로가이와 알게 되어 은밀히 정보를 주고받곤 했다.

"그래. 바로 그 슈가가 네 조카와 똑같은 증상에 대해 상의를 하더구나."

"네? 또 누군가가 계속 잠들어 있다는 건가요?"

"그게 말이다, 제1황비가 이미 이틀째 계속 잠든 채라는구나."

탄다는 깜짝 놀랐다. 제1황비란 황제의 장남, 즉 황태자를 낳은 황비를 뜻한다. 하지만 제1황비는 1년 전쯤 사랑하는 황태자 사그무를 병으로 잃어, 그 이후 슬픔을 이기지 못해 산의 별궁에 칩거하고 있다고 들었다.

"이틀이나…."

탄다가 중얼거렸다.

"확실히 우연으로는 생각할 수가 없네요. 도대체 원인이

뭘까요?"

"제1황비 쪽은 전혀 원인을 알 수가 없다고 하던데, 네 조카애는 어떠냐? 형님은 뭔가 짚이는 데가 없다더냐?"

"형은 그렇다네요. 다만 저는 짐작 가는 일이 한 가지 있어요."

토로가이가 한쪽 눈썹을 치켜올렸다.

"저는 카야하고 사이가 좋거든요. 그다지 자주 만나지는 않지만, 단둘이 이야기할 수 있을 때면 카야가 종종 속내를 털어놨죠. 괴짜 숙부에게나 털어놓을 수 있는 그런 것들요."

탄다가 웃었다.

"얼마 전에 노래하러 온 떠돌이 소리꾼이 있었는데, 목청이 무척 좋은 젊은이였다더군요. 카야는 경망스러운 아이가 아니에요. 오히려 얌전한 편인데, 아무래도 그 젊은이에게 한눈에 반해버린 것 같아요. 물론 아련한 짝사랑이죠. 바로 다른 마을로 떠난 젊은이를 쫓아갈 것도 아니고, 그저 꿈같은 연심을 품었을 따름이죠."

탄다가 쑥스러운 듯 턱을 문질렀다.

"그런데 며칠 전에, 이 아이를 이웃마을에 사는 열여덟 살이나 연상인 농부에게 시집보내기로 결정한 거예요. 그 뒤로는 뭐라 표현할 길 없이 우울해 계속 기분이 좋아지지 않는

다더군요. 이런저런 생각으로 고민이 많을 나이이기도 하고, 그런 기분이 어떤 계기가 되지 않았을까 싶네요."

그때 문득 탄다에게 어떤 생각이 떠올랐다.

"그리고 카야의 혼에 닿으려 했을 때, 좋은 냄새가 났어요. 꽃향기 같은. 누군가의 저주를 받았을 때는 저주에 사용한 도르가 뿌리의 단내가 나잖아요? 카야에게서는 그런 냄새가 나지 않았어요. 그래서 저주는 아니라고 판단했죠. 아니면 혹시 제가 모르는 꽃으로 저주를 걸 수도 있나요?"

토로가이는 대꾸하지 않았다. 멍하니 화덕의 불을 바라보는 눈길이 어딘가 다른 시간을 응시하는 것 같았다. 이런 상태가 되면 대답을 재촉해도 소용없다는 것을 탄다도 잘 알았다. 나이 든 주술사를 내버려두고 탄다는 엉거주춤한 자세로 냄비를 들여다보았다. 그리고 익숙한 손놀림으로 거품을 걷어내기 시작했다. 국물을 한 입 먹어보더니 얼굴을 찌푸리며 물을 조금 붓기도 했다. 탄다가 넣은 채소와 감자에 새고기 국물이 배어 적당히 졸아들 무렵, 마침내 토로가이가 몸을 꿈쩍였다. 탄다가 대접에 국물을 떠서 토로가이에게 건넸다.

토로가이는 양손을 덥히듯 대접을 들더니, 이윽고 걸신들린 것처럼 먹기 시작했다. 초여름이 다가오지만 산속의 밤은 쌀쌀하다. 술을 넣은 뜨거운 국물은 뱃속부터 온몸을 훈훈하게 데워줬다. 식사를 마친 뒤 라몬 잎 끓인 차를 마시면서 토로가이가 불쑥 말했다.

"저 세계에 꽃의 밤이 찾아온 건지도 모르겠다."

"꽃의 밤요? 저 세계란 나유그를 말하는 건가요?"

야쿠족은 지금 눈에 보이는 세계 사그뿐만 아니라, 평소에는 보이지 않는 세계 나유그가 있다는 것을 누구나 안다. 요고인은 믿지 않지만, 토로가이도 탄다도 주술의 힘을 빌어 나유그의 풍경을 본 적이 있고, 거기에 사는 존재들과 이야기를 나눈 적도 있다.

"탄다야. 이건 너에게도 말한 적이 없는 이야기다. 말하고 싶지 않았던 거지. 이 이야기를 하려면 재미라곤 눈곱만큼도 없는 내 과거도 이야기해야 하기 때문이지."

평소 강한 어조로 툭툭 내던지듯 말하는 토로가이가 뭔가를 망설이는 것처럼 단어를 골라가며 이야기했다.

"사그와 나유그에 대해서는 너도 잘 알 게다. 이 세상과 겹쳐 있는 다른 세계 나유그. 주술의 힘을 사용하면 우리는 깨어 있는 상태에서도 나유그를 볼 수가 있지. 하지만 나유그는 바닥이 없는 늪과 같아서 말이다. 깊이 들어갈수록 끝없이 펼쳐지는 세계란다. 어설픈 주술사는 얕은 곳을 들여다본 것만으로도 만족하곤 한다. 그래도 상관없다. 어설픈 녀석에게 그 깊은 세계는 목숨이 위태로울 정도로 위험한 곳이니까."

토로가이가 이를 드러내며 히죽 웃었다.

"내 사부 노르가이는 깊은, 아주 깊은 곳까지 간 사람이다. 나도 이 나이에 이르러서야 비로소 노르가이 사부님과 비슷한 정도의 깊이를 알게 되었다. 탄다야. 전에 가르쳐주었듯이, 다른 세계는 나유그만 있는 것이 아니다. 사그와 나유그의 관계처럼 서로 중첩되어 존재하는 세계도 있는가 하면, 물속 기포처럼 가까워졌다 멀어졌다 하는 세계도 있다."

토로가이가 한숨을 쉬었다.

"나는 아직 주술이 뭔지 전혀 모르던 때에 묘한 세계를 만나고 말았다. 아들을 잃은 직후의 일이었지."

탄다는 어안이 벙벙해 토로가이의 얼굴을 보았다.

"사부님의 아들 말인가요? 아이를 낳은 적이 있다고요?"

토로가이가 벌레라도 씹은 듯한 얼굴로 탄다를 노려보았다.

"대체 나를 뭐라고 생각하는 거냐? 나한테도 젊은 처녀 시절이 있었단 말이다!"

"아, 예. 그거야 물론 그렇겠지만요."

"아이는 셋 낳았다. 아들 둘에 딸 하나지. 그런데 내 고향은 여기보다 훨씬 척박하고 가난한 마을이어서, 셋 다 네 살도 되기 전에 죽고 말았다."

토로가이는 처음으로 탄다에게 과거를 이야기했다. 너무나도 슬픈, 그리고 무척 기이한 이야기였다.

3
꽃지기

"지금은 그런 마을이 거의 남지 않았지만, 내가 태어난 곳은 야쿠족만 사는 자그마한 마을이었다. 마을 사람 전부 일가친척인 셈이지. 야쿠에게는 먼 친척이라 하더라도 친척하고는 결혼하지 않는 관습이 있어서, 대개 강 하류에 있는 요고인 마을과 혼인을 많이 했다. 상상할 수 있겠지만, 나는 태어났을 때부터 조금 이상한 여자애였단다."

토로가이가 탄다를 향해 우스꽝스럽게 웃었다.

"꼭두새벽에 일어나서 하루 종일 일하고 잠자는 것, 그리고 시집가서 아이 낳고 나이 들어서 죽는 것을 누구나 당연시하지. 그 이외의 삶 같은 건 생각조차 하지 않는 마을에서, 나는 늘 뭔가 다르고 좀 더 특별한 삶이 있으리라는 기대를

품고 살았다. 축제 때면 찾아오는 떠돌이 광대가 들려주는
이야기에 가슴 두근거리며 머나먼 타국을 꿈꾸었지. 하지만
먹고 살기에 급급한 생활에 그런 꿈은 가슴속 깊숙이 묻어둔
잿불과 같은 것이었지. 열네 살이 되자, 얼굴도 한 번 보지
못한 채로 강 하류 마을에 사는 농부의 아내가 되었다."

토로가이의 눈에 엄혹한 빛이 깃들었다.

"기분 나쁜 사내였다. 일은 열심히 했지만 그뿐이었지. 아
내한테 다정하게 대하려는 마음도 없었고, 아이가 태어나도
별로 귀여워하지 않았다. 여자는 대개 아이를 열 명 정도 낳
지만, 그중 살아남는 것은 넷 정도였지. 인근 마을보다 훨씬
가난해서 말이다. 나도 열다섯에 첫애를 낳고, 이어서 둘을
낳았다. 하지만 모두 정말로 어처구니없이 죽어버렸다. 남편
은 별로 슬퍼하지도 않았다. 어쩔 수 없다는 얼굴을 하고 있
더구나. 아이는 얼마든지 또 생긴다고 생각한 거겠지. 하지
만 나는 그렇게 생각할 수가 없었다. 아이를 잃고 나서 한동
안은 그 아이의 웃음소리가 들리는 것 같기도 했고, 발밑에
달라붙는 느낌이 들기도 했다. 그 무렵부터 조금씩 이상해졌
을 게다. 다른 여자들이 이겨낸 슬픔을 나는 극복할 수가 없
었지. 옛날부터 마음에 품고 있던 잿불과도 같은 그 마음이
깜빡깜빡 빛나는 커다란 불꽃으로 커간 건지도 모른다. 마지

막 아이를 잃고나서 나는 산의 부름을 받고야 말았다."

탄다가 살짝 고개를 끄덕였다. 아이를 잃은 여자가 불현듯 자취를 감춰버리는 경우가 있다. 그러고는 보름쯤 지날 무렵, 너덜너덜해진 옷을 걸치고 산속을 헤매다가 발견되곤 한다. 그런 때 마을 사람들은 '저 여자는 산의 부름을 받았다'고 한다.

"숨을 쉴 수 없을 것만 같았지, 마을에 있으면. 산나물을 뜯으러 산에 들어갈 때만 마음이 편안해졌다. 그러다가 뭘 하고 있어도 어느새 산 쪽을 바라보게 되고, 정신을 차리고 보면 산속에 서 있을 때도 있었지. 올라온 기억도 없는데 말이야. 그날도 밭일을 하는 동안 머리가 몹시 아파져서… 정신을 차려보니 산속에 서 있었다. 평소 같으면 잠시 나무 그늘에 있다가 남편이 알아차리기 전에 내려가지만, 그날은 아무래도 마을로 돌아가고 싶지가 않았다. 이대로 산속으로 깊숙이 들어가면 무엇이 있을까? 안으로 안으로 깊숙이. 가다가 쓰러져서 죽어버린다면, 그래도 괜찮다고 생각했다. 마침 지금과 비슷한 계절이어서 산은 숨이 막힐 듯한 신록의 냄새로 가득 차 있었다. 그 푸른빛 속을 나는 하염없이 걸었지. 나무뿌리에 발이 걸리고 온몸을 덤불에 긁히면서…. 동틀 무렵에 쓰러질 지경이 되어서야 산으로 둘러싸인 드넓은 호숫가에 이르렀다. 동트기 전의 푸른 어둠 속에서 호수는 적막에 휩싸여 있었지. 잔물결 하나 일지 않는 거울 같은 수면에 흰 안개가 천천히 흘러갔다. 나는 호숫가에 쪼그리고 앉아 그대로 잠들어버렸던 것 같다. 그러고는 이상한 꿈을 꾸었다. 호숫가에 잠든 나 자신에 대한 꿈이었지. 풀숲에 눕자 뭐라고 형용할 수 없이 기분 좋은 바람이 불어와서 내 몸을 어루만지더구나. 죽은 내 아이가 부르는 것 같은 느낌이 들어서 당황해 몸을 일으켰다. 그러자 수면에서부터 호수 밑바닥까지에 걸쳐 뭔가가 보이기 시작하더구나."

"뭐가 보였죠?"

"커다란 궁전이었다. 거꾸로 뒤집힌 상태로 말이다. 마치 궁전이 건너편 호숫가에 있어서, 그것이 호수에 비치는 것처럼. 다만 건너편 호숫가에는 아무것도 없고 호수 속에만 궁전이 보였던 거지. 당시에는 궁전 따위 본 적도 없었지만, 나는 떠돌이 광대가 들려준 이야기를 무척 좋아했단다. 특히 옛날 옛적에 번창했던 나라의 귀인들이 지금도 커다란 궁전에서 즐거웠던 시절을 꿈꾸는 이야기를 좋아했지. 어릴 적에는 잠들기 전에 이야기를 만들며 즐기곤 했다. 그중에서 가장 마음에 든 것이 귀인과 사랑에 빠지는 이야기였지. 바람도 비도 사정없이 들이칠 듯 쓰러져가는 오두막 안에서, 침구 하나

없이 토방에서 재를 뒤집어쓴 채 잠들면서 그런 꿈을 꾸었던 거지. 낮 동안의 나는 못생기고 가난한 처녀였다. 하지만 꿈속에서는 귀인이 되어 있는 거야. 시집을 간 뒤에는 그런 꿈조차 완전히 잊었지만.

그런데 그때 호수 밑바닥에 나타난 것은 예전에 꿈꾸던 것과 똑같은 커다란 궁전이었다. 원목을 엮어 지은 복잡한 지붕이 지금도 눈에 선하구나. 건물끼리 잇는 복도가 몇 개나 있고, 거대한 문이 호수 밑바닥을 향해 치솟아 있었지. 그 문에서 사람으로 보이는 것이 나타나더니 내 쪽으로 걸어왔다. 키가 큰 젊은이였지. 생전 본 적 없는 긴 회색 옷을 걸치고 그윽한 녹색 허리띠를 묶고 있었어. 그야말로 꿈속답게 그 젊은이는 나를 보고서 놀라지도 않고 '춥네요' 하고 말을 걸어오더라. '춥네요' 하고 나도 대답했지. 젊은이가 호숫가의 자갈 위에 모닥불을 피웠다. 불을 쬐면서 우리는 즐겁게 이야기를 나눴지. 무슨 이야기를 했는지는 이제 기억이 안 나지만…. 아, 잊을 수 없는 이야기가 한두 가지 있다. 젊은이는 꽃지기라고 했다. 사람의 꿈을 양분 삼아 피는 꽃의 파수꾼이라는 것이었지.

'로셋타라는 사람이 오늘 죽었습니다. 꽃씨를 품어주는 사람이었어요. 노래를 부르면서 여기저기 떠돌며, 많은 사람들의 꿈과 교감하며 살아온 사람이었죠. 그래서 그의 혼은 늘 꿈으로 가득 차 있었어요. 씨앗에게는 싹을 틔울 양분이 풍부한, 최고의 숙주였지요. 숨이 멎는 마지막 순간에 그 사람이 꽃씨가 싹트는 꿈을 꾸어 이 세계가 탄생했어요. 꽃은 이 세계 그 자체죠. 씨앗이 발아하면 이 세계가 탄생하고, 꽃이 지면 이 세계도 사라져버립니다. 하지만 꽃이 씨를 남겨 좋은 숙주의 혼에서 싹을 틔우면, 그 씨가 발아했을 때 이런 식으로 또다시 새로운 세계가 태어나지요. 나는 씨가 발아했을 때 태어난 꽃의 파수꾼이에요. 꽃을 키워서 씨앗이 깃들, 다음 세대의 숙주가 되어줄 혼에게 새로운 삶을 부여하는 것이 내 임무지요.'

젊은이가 일어서서 나에게 손을 뻗었다. 나도 그 손을 잡았다. 몸이 붕 떠오르는 느낌이 들며 무척 기분이 좋더구나. 젊은이에게 이끌려 나는 호수 속 거꾸로 뒤집힌 궁전으로 미끄러지듯이 내려갔다. 푸르디푸른 호수였다. 하지만 물은 없고 푸른빛뿐이었지. 나는 그것을 동틀 녘의 푸른빛이라고 생각했다. 해가 떠오르기 직전, 바로 그 동틀 녘의 푸른빛이라고 말이다. 궁전에는 사람 기척이 전혀 없었다. 건물만 고즈넉이 서 있었지. 올려다보니 까마득히 높은 곳에 나무 지붕이 있었다. 그 지붕에 물의 파문과도 같은 빛이 춤추던 것을 기억하고 있다.

우리가 내려선 곳은 하얀 토담으로 둘러싸인 광대한 정원이었다. 이름도 모를 나무들이 우거져 정원이라기보다는 마치 숲 같았지. 정원 한가운데쯤에 무서울 정도로 맑은 샘이 있었는데, 그 샘 밑바닥의 흰 모래 안에서부터 자그마한 싹이 올라오고 있었다."

토로가이는 책상다리를 하고서 팔꿈치를 괴고는 탄다를 바라보았다.

"거기서 대체 뭘 했는지, 내가 얼마 동안 거기 있었는지조차 기억나지 않는다. 기억하는 거라곤 무척 행복했다는 것, 오로지 꽃지기 청년을 사랑했다는 것뿐이다. 그때까지 한 번도 느낀 적이 없는 격렬한 사랑의 감정을 그 젊은이에게 느꼈지. 그러다가 임신을 해서 아이를 낳았다. 아마도 남자아이였을 거다."

타오르던 숯이 약한 소리와 함께 무너져 내렸다.

"꽃지기가 아들을 팔에 안고 어르며 말하더구나. '이 아이는 나와 당신 사이에 태어난 혼, 이 세계와 당신의 세계를 잇는 가교. 당신의 세계에 태어난 후에도 이 아이는 밤마다 꿈속에서 여기로 찾아와 생생하고 즐거운 그 꿈으로 꽃의 성장을 도울 거요. 그리고 꽃이 만개하면 수정해줄 꿈을 유혹해,

머지않아 씨앗을 품고 당신의 세계를 걸어갈 새로운 숙주가 될 것이오.'

'로셋타라는 사람처럼요?' 하고 묻자, 꽃지기가 고개를 끄덕이더구나.

'그렇소. 이 아이의 혼은 예전에 로셋타로 불렸다오. 하지만 지금은 우리 아이라오. 새로운 인생을 걸어갈 혼이지요.'

나는 알 수가 없었다. 꽃지기가 왜 나처럼 못생긴 여자에게 반했는지를. 그 이유를 물어보자, 그는 놀란 듯했다.

'못생겼다고요? 무슨 말이오? 당신은 강하고 아름답소. 상처입고 죽음에 이끌려 꿈을 꾸면서도 이토록 빛날 수 있다니…. 꽃지기인 나와, 강하고 아름다운 혼인 당신. 꽃의 씨앗을 품어 혼을 낳는 부모가 되기에 이보다 적합한 자들이 과연 있을까요?'"

화덕의 불이 토로가이의 얼굴에 복잡한 그림자를 드리웠다.

"그렇게 말하고 꽃지기는 꽃의 밤에 대해 이야기해주었다.

'저 정원의 싹이 수십 년 후에는 크게 자라서 아름다운 꽃송이를 몇 개나 달고 만개하면 꽃의 밤이 찾아온다오. 그때 수정을 하기 위해 당신의 세계로부터 꿈들이 유혹당해 올 거요. 수정은 맨 처음에 찾아온 꿈이 해주지만, 씨가 맺히기 위해서는 많은 꿈이 꽃송이에 깃들어 꿈을 꿔주어야만 한다오.

그 대신 꽃은 꿈들에게 기분 좋은 꿈을 꾸게 해주지요. 이윽고 씨가 맺히면 바람이 붑니다. 당신의 세계와 이 세계 사이를 이어 꽃을 떨어뜨릴 바람이….'

그가 그렇게 말한 순간 살갗에 바람이 휙 지나간 느낌이 들더구나.

'유혹당한 꿈들은 어떻게 되죠?' 내가 묻자, 꽃지기가 내 눈을 들여다보며 대답했지.

'꿈들이 돌아가기를 원한다면, 그때 바람을 타고 돌아가게 될 겁니다….'"

토로가이가 눈을 들어 탄다를 응시했다.

"꽃지기는 그 정도만 말했지만, 의미는 충분히 이해할 수 있었다. 나는 돌아가고 싶지 않았다. 비록 그대로 죽는다 해도 마을 생활로는 돌아가고 싶지 않았다. 꽃의 세계로 들어가게 된 그때 사실은 나는 죽음의 유혹을 받은 건지도 모른다. 종종 살아 있는 존재에게 무엇보다 강렬한 것은 살고 싶다는 소망이라고들 하지. 하지만 왜일까? 사람은 때로 견딜수 없을 정도로 강렬한 죽음의 유혹을 느낄 때도 있다.

그 꽃의 세계에서는 아침 이슬에 젖어 싹을 키우는 듯 싱싱한 생명의 냄새가 났지만, 어딘가에서 동트기 전의 정적과도 같은 죽음의 냄새도 감돌았다. 삶과 죽음이 수면에 떠 있는 거품 막처럼 얇은 막으로 나뉜 채 서로 마주하고 있는 것 같았지."

"하지만 살고 싶다는 마음만 있으면 돌아올 수 있는 거죠?"

"아마 그럴 게다."

탄다가 참고 있던 숨을 후우 내뱉었다.

"그렇다면 틀림없이 돌아올 거예요. 카야의 경우는 사부님처럼 절망하고 있었던 건 아니거든요. 죽음에 끌릴 정도로 절망했던 사부님도 돌아올 수 있었으니까, 카야는 틀림없이 괜찮겠죠?"

토로가이는 대답하지 않았다.

"사부님?"

"그래. 카야는 틀림없이 괜찮을 거다. 하지만 내 경우는…."

토로가이가 입술을 일그러뜨리며 쓸쓸한 미소를 지었다.

"꽃지기는 내가 강하다고 했다. 그 꿈에서 돌아와 살아갈 수 있는 강인함을 갖고 있다고 봤기에 그는 나를 숙주의 어머니로 택했을 것이다. 하지만 지금도 가끔 생각할 때가 있다. 나 혼자였다면 과연 돌아올 수 있었을까."

"예?"

"그때 나를 원래 있던 세계로 이끌어준 사람이 있었다. 꽃지기 청년과 얘기를 나눌 때, 갑자기 은은히 빛나는 새가 날아들어왔다. 눈이 내리는 아침처럼 차가운 바람을 몸에 걸친 새가 내 옆에 내려앉더니, 스르르 사람으로 변하더구나. 키가 크고 홀쭉한 중년 여인으로 말이다. 여자는 주위를 빙 둘러보더니 눈썹을 살짝 치켜올리며 나를 내려다보았다. 그러고는 이렇게 말했어.

'꽤나 아름다운 꿈을 꾸고 있구나.'

기분 좋은 꿈을 꾸고 있는데 갑자기 찬물을 뒤집어쓴 것만 같아 나는 화를 냈다. 그녀가 내 표정을 보더니 얼른 손을 들더구나.

'안 돼! 화내면 안 된다. 네가 화내면 요괴가 나올지도 모르니까.'

나는 무슨 말을 하는 건지 도통 알 수가 없었다. 그저 화가 치밀어, 화가 치밀어서…! 그래서 소리쳤다, 여기서 나가라고. 두려웠던 것이다. 관계도 없는 사람이 들어오는 바람에 꿈이 깨지고 잠에서 깨어나는 것이. 그래서 필사적으로 여자를 쫓아내려고 했다. 내버려두라고, 이렇게 소중한 꿈을 깨지 말아달라고 외치며. 그걸 보고 내가 얼마나 깊이 꿈에 빠져들었는지를 알아차렸을 게다. 여자가 몸을 숙여 내 어깨에 손을 얹었다. 눈이 섬뜩할 정도로 깊은 빛을 띠고 있었다. 난

생 처음 보는 아름다운 눈이었지. 내 뺨을 양손으로 가만히 감싸고는 말하더구나.

'아무래도 쓸데없는 참견을 해야 할 것 같구나. 괴롭겠지만 빨리 눈을 뜨는 편이 좋다. 여기는 저세상에 너무 가깝다. 이대로 여기 있으면, 남겨두고 온 몸이 약해져서 조만간 죽게 되지.'

나는 그 손에서 벗어나려고 했다. 돌아가고 싶지 않았다. 그런 인생으로 돌아갈 바에는 사랑하는 청년과 꽃꿈 속에서 죽어버리는 편이 훨씬 행복하게 여겨졌으니까. 하지만 여자는 나를 꽉 붙잡고 놔주지 않았다. 그리고 한 마디 한 마디에 마음을 담아 말하더구나.

'너는 네가 생각하는 것보다 훨씬 강하다. 그걸 나는 잘 안다. 죽을 생각이라면, 정말로 모든 것을 버릴 생각이라면 다른 인생을 살 수도 있을 텐데. 이 꿈처럼 푸근하고 행복하지는 않지만, 뜻밖의 기쁨도 있는 인생을 말이다. 이 세상에는 네가 모르는 것이 아직 무척 많으니까!'"

토로가이가 피식 웃었다.

"나는 차가운 바람이 얼굴을 훑고 지나간 느낌을 받았다. 몸속에 꿈틀거리는 힘을 느꼈지. 아직 죽고 싶지 않다는 생각이 불현듯 솟구친 것이다. 뒤돌아보니 꽃지기 청년이 쓸쓸해 보이는 미소를 짓고 있더구나.

'당신이 돌아갈 때가 온 것 같군요. 자, 우리 아들의 혼을 데려가주시오. 그렇게 하면 이 아이는 당신 세계에서 누군가의 아이로 태어날 수 있으니까요.'

아들을 받았을 때 나는 견딜 수 없이 슬프더구나. 꽃지기한테 나는 이 아이의 혼을 낳아 인간 세상으로 보내기 위해 필요한 존재일 뿐이었다는 생각이 든 거지. 그러자 꽃지기가 살며시 내 머리카락을 어루만졌다.

'토무카, 그런 얼굴 하지 마시오. 나와 당신의 인연은 끊어지지 않는다오. 언젠가 반드시 다시 만날 기회가 있을 거요.'"

토로가이가 긴 한숨을 쉬었다.

"눈을 떴을 때 나는 호숫가의 풀밭에 누워 있었다. 날은 샜지만 해가 이제 막 떠오르기 시작할 무렵이었지. 나는 서둘러 일어나서 모닥불의 흔적을 찾았지만, 물론 그런 것은 어디에도 없더구나. 자, 알겠지? 나는 그것이 꿈이었다는 것을 알았다. 하지만 평범한 꿈은 아니라는 것도 느꼈지. 그래서 갈대밭 속에서 키 큰 중년여자가 나타나서 나에게 미소를 던졌을 때도 놀라지 않았다. 그 사람이 내 가슴을 손가락으로 가리키더구나. 그 순간 예리한 통증이 흐르고, 가슴에서부터 반딧불 같은 빛이 날아올라 휙 하늘로 떠오르나 싶더니, 산 너머로 사라져버렸다.

'지금 그 빛을 보았느냐?'

나는 저리는 쓸쓸함을 가슴에 안고 고개를 끄덕였다. 그러자 여자가 만족스러운 듯이 말하더구나.

'역시 소질이 있구나. 괜찮은 주술사가 될 소질이 말이다.'

'그 빛은… 아들의 혼인가요?' 하고 묻자, 그녀가 고개를 끄덕였다.

'그럴 것이다. 저건 혼의 빛이니까. 솔직히 말하자면 나도 처음 본 터라 확실히 말할 수 없지만 말이다. 처음이라는 말에 생각났는데, 그 꿈도 묘한 꿈이었지. 네 혼을 쫓아갈 수 있었으니까 그건 아마 나유그의 어디였을 텐데, 기묘한 방식으로 네 꿈과 저 세계가 서로 영향을 주고받는 것 같더구나. 게다가 빠져나오기 힘든 세계였다. 마치 소용돌이 속 같았지. 자칫하면 나도 붙잡혔을지도 모른다. 그 분위기로 봐서 추측하건대, 마침 너를 돌려보낼 시기가 된 것 같아서 무사히 돌아올 수 있었지만….'"

토로가이가 쓴웃음을 지었다.

"그녀가 하는 말이 당시의 나로서는 전혀 이해되지 않았다. 게다가 아들의 혼이 어떻게 되는 건지 그게 마음에 걸렸지. 나는 여자를 붙잡고 흔들며, 아들의 혼에게 무슨 짓을 했느냐고, 어디로 보내버렸느냐고 소리쳤단다. 여자가 손을 들어 달래듯이 말하더구나.

'나는 아무 짓도 하지 않았다. 단지 네가 가슴에 안고 있던 혼을 손가락으로 가리켰을 뿐이다. 혼은 스스로 날아오른 것이다. 지금쯤은 어딘가 산 너머에 사는 여자의 뱃속에 들어가 있겠지.'

나는 내가 낳은 혼이 다른 여자의 아이가 된다는 말에 놀라기도 했고 화가 나기도 했지! 내가 노발대발하자, 다시 내 어깨에 손을 얹고는 말하더구나.

'그렇게 화내지 마라. 네 혼도 네 어머니가 만든 것이 아니니까. 죽은 누군가의 혼이 저세상으로 가서 과거의 모든 것을 잊고, 네 어머니의 뱃속에 들었다가 태어난 거니까. 이 세상은 그렇게 이루어진다. 하지만 네 혼의 아들은 보통 사람과는 다른 운명을 겪을 것 같구나.'

그러고나서 그녀는 놀라울 정도로 다정한 눈으로 나를 보며 말했다.

'이 세상의 혼은 묘한 실로 이어져 있다. 네 아들도 언젠가 너와 만날 날이 올지 모른다. 그날을 기대해도 좋다'라고 하더구나."

토로가이가 탄다를 보며 살짝 미소 지었다.

"그녀가 대주술사 노르가이다. 내 주술 사부지. 그날 밤 사부는 산에서 노숙을 하다 한밤중에 등불도 없이 소름끼치는 얼굴로 걸어가는 나를 발견하고는 몰래 뒤쫓아 왔다더구나. 내가 잠들고 곧바로 나를 유혹한 것과 똑같은 그 바람을 느꼈다고, 그 밖에도 몇 개나 되는 혼이 호수 위에 몰려드는 것을 바라보고 있었다고 했다. 그녀도 혼이 되어 그 바람의 세계로 가려고 했다더구나. 호수 속에 거꾸로 뒤집힌 궁전이 보여서 '아아, 저것이 바람이 불어온 세계로구나' 하고 생각했지만, 보이기는 하는데 아무래도 그 궁전에 다다를 수가 없었다는 거지. 그러다가 호숫가에 있는 내 곁으로 묘한 빛을 띤 젊은이가 다가오는 것을 본 것이다. 그리고 내 혼이 그 젊은이와 함께 궁전으로 사라지는 것도. 유혹을 받아 흘러든 다른 혼들은 젊은이와 내가 호수 속의 궁전으로 사라지자 포기하고 돌아갔다고 하는데, 주술사인 그녀는 내가 어떻게 될지 염려했던 거지.

다른 세계로 들어가는 것은 매우 위험한 일이다. 그 주술사도 무척 망설였지만, 해가 떠오를 무렵 비로소 마음을 정하고 내 몸과 혼을 묶은 실을 따라 꽃의 세계로 뛰어들었다고 했다. 꿈을 꾸던 나에게는 아이를 낳을 정도로 긴 시간이었지만, 이쪽 세계에서는 동틀 녘부터 해가 떠오르기까지의 짧은 시간이었던 거지.

아침 햇살 아래에서는 그것 역시 꿈같은 이야기로 들리더구나. 하지만 나는 왠지 다시 태어난 것만 같았다. 남편이 있는 마을로는 다시 돌아가지 않았다. 나는 토무카라는 원래 이름을 버리고 노르가이를 따라 산을 넘어, 마침내 주술을 배워 주술사 토로가이가 되었다. 이미 50년도 넘게 지난 옛일이지."

탄다와 토로가이의 눈이 마주쳤다.

"꽃의 밤이라…. 그 꽃이 자라서 수정할 시기를 맞이한 걸까요?"

토로가이가 귀를 벅벅 긁었다.

"글쎄다. 다만 네가 조카를 봤을 때 꽃냄새가 났다고 했지? 그래서 떠올린 거다, 이 꿈을."

탄다가 휴우 한숨을 쉬었다.

"어쨌든, 이유가 뭐든 카야를 깨우기 위해서는 초혼제를 지내야겠죠?"

마음가짐이 나쁜 주술사 중에는 돈을 받고 저주를 걸어달라는 부탁을 들어주는 자도 있다. 그런 주술사가 건 주술로 혼을 빼앗긴 사람을 구하기 위해, 토로가이와 탄다도 초혼제 주술을 행하는 경우가 있다. 자기 혼을 날려보내 다른 사람의 혼을 쫓아가는 주술로, 자칫 위험해질 수도 있는 일이었다. 토로가이가 애제자를 주의 깊게 쳐다보았다.

"그게 말처럼 간단하지 않아. 꽃의 세계는 노르가이 사부에게도 미지의 세계였단다. 사부님은 들어가기는 쉽고 나오기는 어려운 세계라고 했다. 소용돌이 속처럼 말이다. 게다가 만일 다른 사람들이 경험하는 꽃의 세계가 내가 경험한 것과 비슷하다면, 꽃 속에 잠든 혼들은 정말로 바라던 꿈을 꾸는 셈이다. 알겠느냐? 그 잠은 거역할 수 없을 만큼 기분 좋은 꿈이야. 완전히 사로잡아버리지. 거기 잠든 혼들은 돌아올 수 없는 것이 아니다. 돌아오고 싶지 않은 것이지.

지금 꽃의 밤이라는 것이 찾아왔다면, 그 세계는 절정기, 다시 말해 가장 강력할 때다. 그 속에 혼 하나가 몰래 들어가서 기분 좋은 꿈을 꾸는 혼을 데리고 나와야 하지. 대단히 위험한 일일 수밖에 없어. 붙잡혀서 두 번 다시 돌아올 수 없게 될지도 모른다. 그걸 알고 하는 말이겠지?"

탄다가 고개를 끄덕였다.

"카야가 자연스럽게 깨어나기를 기다리는 편이 나을지도 모르겠지만, 그렇다 해도 내 몸을 지키기 위해서 팔짱끼고 지켜보는 사이에 죽기라도 한다면 견딜 수 없을 거예요. 며칠 더 시간을 두고 곧 시도해볼까 해요."

토로가이가 콧방귀를 뀌었다.

"너는 어딘가 바르사와 닮았구나. 해야 한다고 생각하면 제 일은 뒷전으로 미뤄버리지. 하지만."

토로가이가 엄격한 눈빛으로 말했다.

"바르사와 너 사이에는 결정적으로 다른 점이 있다. 아느냐? 그 녀석은 몹시 외로운 녀석이라서, 늘 언제든 삶이 끝나도 그만이라고 생각하지. 미래를 꿈꾸지 않기 때문에 목숨을 거는 순간의 과감함이 다르다. 하지만 너는 그렇지 않다. 너에게는 미래에 대한 꿈이 있다. 앞으로 다가올 인생에 기대를 품고 있다. 네가 목숨을 거는 건 꼭 해야 한다는 신념을 위해서지."

"그래서 정말로 중요한 순간이 왔을 때, 과감함이 부족하다는 건가요?"

"아니다."

토로가이가 웃었다.

"아마도 너는 신념을 위해서 죽을 거다. 그런 바보지. 하지만 싫지 않을까, 응? 마지막 순간에 앞으로 있을지도 모르는 미래를 떠올리며 죽어가는 건. 네가 그런 죽음을 맞이하는 걸 원치 않을 따름이다."

탄다는 콧잔등에 주름을 모으며 허탈하게 웃었다.

"그만두세요. 재수 없으니까."

탕 소리를 내며 밥그릇을 내려놓은 토로가이는 앉은 채로 손을 뻗어 화덕에 덮혀둔 침구를 끌어당겼다.

"여하튼 내일 그 조카애의 상태를 보러 가지. 초혼제를 지낼지 말지는 그 후에 결정하자."

⟫⟩❋⟨⟪

토로가이가 탄다에게 꿈 이야기를 할 무렵, 바르사와 유그노는 산속에서 노숙을 하고 있었다. 바람이 강한 밤이었지만 여행에 익숙한 두 사람은 바람막이가 될 바위를 찾아 모닥불을 피우고 이야기꽃을 피웠다.

유그노는 떠돌이 광대인 만큼 옛날이야기를 많이 알아 참으로 즐거운 길동무였다. 밤에는 목소리가 멀리까지 이르기 때문에 자그마한 목소리로 속삭이듯이 노래하는데, 그것이 오히려 이야기에 어울리는 분위기를 자아냈다. 아주 먼 옛날에 멸망한 나라의 전설을 담은 노래를 끝마치자 바르사가 감동한 듯이 신음했다.

"그런 이야기는 누구한테 배우는 거지? 역시 사부가 있는 것이냐?"

유그노가 대나무 물통의 물로 목을 축이더니 입술을 쓱

닦았다.

"네, 사부가 있는 경우도 있어요. 하지만 내 경우는 여기저기 떠돌다가 만나는 광대와 서로 아는 이야기를 주고받지요. 국경까지 가다보면 요고인뿐만 아니라 칸발인이나 산갈인 소리꾼도 만나거든요. 바르사 님도 그렇지만, 우리도 세 가지 말쯤은 어느 정도 알아듣지요."

"그렇구나. 그러고보니 나도 떠돌이 광대를 꽤 많이 만났는데, 모두 세 가지 정도는 구사하더구나."

나뭇가지에 꽂아 굽던 나무열매 떡을 유그노가 입 안 가득 베어 물었다. 그러고는 손을 무릎에 문지르더니 조금 자라기 시작한 수염 주위를 긁적였다.

"그런 식으로 옛날이야기를 노래하다보면 재미있는 일이 있지요. 멀리 떨어진 나라인데도 전설이 비슷한 경우가 있거든요."

유그노가 밤하늘을 올려다보았다. 천공의 바람이 구름을 움직여, 가느다란 달이 모습을 드러냈다 사라지곤 했다.

"이따금 생각해요. 솜털을 날리는 꽃이 있잖아요? 그런 솜털처럼 이야기도 하늘을 훨훨 날아서, 이곳저곳 토지에서 꽃을 피우지 않을까 하는 생각을요."

바르사가 살며시 미소 지었다.

"결국 너는 솜털을 실어서 나르는 바람인 셈이로구나."

"그런 셈이죠."

유그노가 밝게 웃었다. 그러더니 문득 생각난 듯이 바르사를 보았다.

"나는 말이죠, 이곳저곳 여러 대지에 꽃을 피울 뿐만 아니라 신분도 초월해서 꽃을 피워요. 소리꾼 유그노도 제법 유명하거든요. 최근에 이레쯤 전에는 어쩌다보니 제1황비마마를 노래로 위로해드렸을 정도니까요."

바르사가 놀란 눈으로 유그노를 말끄러미 쳐다보았다.

"뭐? 이 나라의 황족은 신분이 낮은 자들과는 절대로 상종하지 않을 거라고 생각했는데."

"우리 떠돌이 소리꾼이나 춤꾼은 달라요. 우리는 신분을 초월한 사람들이에요. 떠돌이 소리꾼의 노래에는 행운을 가져다주는 힘이 있거든요."

"아, 그렇구나. 그래서 신년 축제 때 불려가는 거로구나."

"그래요. 우리끼리 얘기지만, 제1황비마마는 황태자 전하를 병으로 잃고나서 거의 1년 가까이 산의 별궁에 칩거하셨다고 해요. 그래서 제1황비마마를 위로해드리기 위해 연회가 열렸는데, 그 연회에서 뭔가 마음을 달랠 노래를 부르라고 초대를 받았지요. 얼마나 성대했는지! 새 황태자마마를 비롯해서 성도사님이랑 귀족들이 죄다 있었어요. 그렇게 신분이 높은 분들 앞에서 노래한 것은 평생 처음이었는데, 아마도 마지막이 되겠지요."

새 황태자라는 말을 듣는 순간 바르사의 가슴이 저렸다. 기이한 인연으로 만났다가 헤어질 수밖에 없었던 소년의 모습이 가슴에 떠올랐기 때문이다. 제2황자였던 소년 챠그무는 정령의 알을 잉태하는 바람에 아버지인 황제에게 쫓기는 신세였다. 바르사, 탄다와 함께 반년 이상이나 도피생활을 한 터였다. 이런저런 사건을 겪고, 작년 여름에 챠그무는 궁으로 돌아갔다. 제1황비의 아들인 황태자 사그무가 세상을 떠남으로써 제2황비의 아들인 챠그무가 머지않아 황제가 될 운명이 되었기 때문이다.

'사그무 황태자가 죽지 않았다면, 그 아이는 지금도 나와 함께 있을까?'

지금도 이따금 그런 생각이 머릿속을 스쳐 괴로워지곤 한다. 유그노는 바르사의 심경을 모르는 채 혼자서 이야기를 이어갔다.

"물론 산의 별궁에서 노래했어도 나는 중정에 서서 노래하고, 제1황비마마는 멀리 떨어진 안쪽 방의 비단 천 너머에 계셔서 그림자조차 안 보였지만요."

키득키득 웃으며 유그노가 갑자기 바르사의 얼굴을 가까이서 들여다보았다.

"그때 부른 노래를 지금 들려드릴까요?"

바르사는 상념에서 깨어나 고개를 끄덕였다. 유그노가 기쁜 듯이 노래하기 시작했다. 사랑노래였다. 부드럽고 밝은 가락인데도 왠지 미묘하게 슬프고 애달프게 느껴지는 선율이었다. 바르사는 듣기가 괴로워졌다. 챠그무의 얼굴, 헤어지던 순간 몹시도 슬퍼 보이던 그 얼굴이 떠올라 가슴을 꽉 조여왔다. 만약 자기가 그 아이의 어머니였다면. 그런 운명으로 태어났다면 좀 더 풍요롭고 행복하게 살 터인데. 아무 소용도 없는 생각이 노랫가락을 타고 마음을 휘저었다.

이윽고 노래가 끝나자, 바르사는 크게 숨을 들이마시며 필사적으로 그 노래의 여운을 지우려 애썼다. 가슴에 구멍이 뻥 뚫린 듯 견딜 수 없는 허무감을 한시라도 빨리 지우고 싶었다.

바르사는 땀에 젖은 손으로 얼굴을 닦고는 유그노를 지그시 응시했다. 유그노가 그 시선을 의식하고 눈썹을 치켜올렸다.

"왜 그래요? 마음에 안 들어요?"

"아니, 이유가 뭘까. 무척 아름다운 노래지만 지금 그 노래는…"

바르사가 단어를 찾느라 잠시 생각에 잠겼다.

"뭐라고 할까, 잃어버린 것을 무척 그리워하게 만드는 노래구나. 더 이상 절대로 손에 들어오지 않을 것을 애타게 그리워하는 애달픔이 느껴졌어. 아들을 잃은 황비에게 들려주기에는 조금 잔인한 노래가 아닐까?"

유그노가 놀란 듯이 되물었다.

"잔인하다고요?"

"응. 이 노래는 제1황비에게 아들을 떠올리게 하지 않았을까? 죽은 아들이 돌아오는 것도 아닌데. 그리워도 절대 돌아오지 않을 시간을 떠올리게 하는 것은 잔인한 일이지."

유그노가 마치 새처럼 고개를 갸우뚱했다.

"그럴까요? 비록 잠시라도 행복했던 시절을 다시 맛볼 수 있다면, 그러는 편이 행복할 거라고 생각하는데요. 실제로 올봄에는 여기저기서 이 노래를 불렀는데, 모두가 눈물을 흘릴 정도로 반응이 좋기도 했고. 아마도 지금쯤 이 노래를 들은 것을 감사하고 있을걸요."

한없이 밝은 유그노가 빙긋 웃는 모습을 보며, 바르사는 더 이상 이견을 말할 마음이 사라졌다.

"그럴까? 그렇다면 좋은 노래겠지. 나는 풍류 같은 것은 잘 모르니까, 단지 취향에 안 맞는 거겠지."

유그노는 과연 광대답게 풀이 죽은 기색도 없이 기분을 바꿔주겠다며 밝은 노래를 불렀다. 하지만 바르사의 가슴에선 조금 전 들은 노래의 애달픈 울림이 좀체 사라지지 않았다.

4
출구 없는 방

제1황비가 기이한 병에 걸렸다는 소문은 은밀하게, 그러나 재빨리 선상 전체로 퍼져갔다. 신요고 황국의 수도 광선경은 청궁천과 조영천 사이에 낀 부채꼴 모양 대지에 펼쳐져 있다. 부채에 비유하자면 손잡이에 해당하는 부분, 즉 북쪽 끝에 황제가 기거하는 궁전이 있고, 그 남서쪽에 제1황비부터 제3황비까지가 사는 제1궁, 제2궁, 제3궁이 있다. 네 개의 궁은 정식으로는 요고의 궁이라고 하지만, 사람들은 보통 선상이라는 이름으로 불렀다. 이 선상과 그 남쪽, 귀족이 사는 선중 사이에 이 나라의 종교와 학문의 중심지 별의 궁이 있다. 그리고 맨 아래, 더 남쪽으로 낮게 자리한 선하는 서민들이 사는 마을이다.

황제의 장남, 즉 황태자를 낳은 황비를 이 나라에서는 제
1황비라 부른다. 하지만 제1황비는 1년쯤 전에 사랑하는 아
들 사그무 황태자를 병으로 잃었다. 그 이후로 황비는 슬픔
이 치유되지 않아 산의 별궁에 칩거하고 있었다. 그 제1황비
가 계속 잠든 채로 이레를 넘기고 있다는 것이다.

황족의 눈을 똑바로 쳐다보면 그것만으로 눈이 먼다고들
한다. 황족은 신의 자손이며 그 눈에는 신력이 깃들어 있다.
그런 힘은 의식하지 않아도 물이 낮은 곳으로 흐르듯이 흘러
가기 때문에, 감당해낼 힘이 없는 자가 접촉하면 상처를 입
는다고 여겨져왔다. 그런 신의 자손 황족이 병에 걸렸다는
것은 무서운 소식이었다. 그것은 곧 이 나라를 지키는 신의
힘이 약해진 증거라고 할 수도 있기 때문이다.

하지만 지금 제2궁의 후미진 방에서 공부에 열중하는 소
년에게 이런 사건은 따분한 나날에 바람구멍을 내는 일이기
도 했다. 열세 살 황태자 챠그무는 아버지인 황제로부터 강
인한 눈썹과 콧날을, 어머니인 제2황비로부터는 민첩하게
움직이는 검은 눈동자를 물려받았다.

제1황비의 아들인 형 사그무 황태자가 세상을 떠나면서 챠
그무는 황태자가 되었다. 하지만 챠그무에게는 결코 반가운
일이 아니었다. 이 예민한 소년에게는 머지않아 황제가 되어

야 한다는 황태자의 지위가 저주로밖에 여겨지지 않았기 때문이다.

황태자 챠그무 앞에는 이 나라의 지도와, 바스락거릴 만큼 얇은 천에 그린 별자리 지도가 겹쳐 놓여 있었다. 한낮의 햇빛이 활짝 열린 창문으로 들이쳤다. 궁궐 3층에 자리 잡은 이 방의 창문 아래에는 깊고 넓은 해자가 있어서, 창밖에서 들려오는 것이라곤 새소리와 나뭇잎이 살랑살랑 스치는 소리 정도였다. 그 정적 속에서 챠그무가 자신의 교육을 담당하는 젊은 성독박사와 문답을 주고받는 목소리가 울려퍼졌다.

"천도는 1천 년도 더 된 오랜 옛날에 우리 선조가 대륙에 건설한 고(古)요르사 왕국 시대부터 계속 전해왔다고 한다. 그렇다면 1천 년 이상 세월이 지나도록 전혀 변한 것이 없느냐?"

챠그무의 질문에 성독박사가 조용하지만 분명한 목소리로 대답했다.

"천도는 우리 요고인의 천신이 세상을 움직이는 이치입니다. 천도 신앙은 천년 이상 전혀 변하지 않았습니다. 즉 근본은 변하지 않은 것입니다. 다만 어떻게 천도를 읽을 것인가 하는 해석 기술은 계속 진보했기 때문에 그만큼 지식도 축적되었습니다. 가령 우리 조상을 대륙의 요고 황국으로부터 이

비옥하고 아름다운 나요로 반도로 인도해 신요고 황국을 세우는 데 기여한 대성도사 카이난 나나이는 성독박사라는 제도를 창설했습니다. 그때까지는 네 가족의 혈통을 잇는 자가 천도를 관장하는 신관을 세습해왔는데, 나나이는 전국에서 신분에 관계없이 영리한 소년들을 모아 별 과거를 치러 적성을 보고, 이들을 집중적으로 가르치고 키움으로써 천도에 새로운 바람을 불어넣었지요. 수습생 박사 단계를 거쳐, 지력이 뛰어나고 마음이 올바르면 비록 평민의 아이라도 최고의 지위인 성도사에 오를 수 있는 제도를 만든 것도 나나이입니다. 그가 나타나지 않았다면 가난한 어부의 아들인 저는 지금쯤 노를 젓고 있겠지요."

젊은 성독박사가 미소를 지었다.

"그대는 나나이의 재림이라는 말을 들을 정도로 영민하고 담력도 갖추었다. 그대 같은 자에게 나라를 움직일 기회를 준 나나이는 진정 걸물이로다."

챠그무는 그렇게 말한 뒤 어두운 어조로 덧붙였다.

"나나이의 뜻을 본받아 황제도 혈통이 아니라 이 나라 백성 중에서 재능이 뛰어난 자를 선발하면 좋을 텐데."

성독박사의 얼굴이 갑자기 흐려졌다.

"전하."

"걱정 마라, 슈가. 너니까 하는 얘기다."

슈가라 불린 성독박사가 목소리를 낮추라는 듯 손짓했다. 슈가는 황태자의 기분을 아프도록 잘 알았다. 이 소년은 아마도 1천 년 이상 이어진 황족의 역사 중 가장 불가사의한 체험을 한 황태자일 것이다.

1년 반 전에 아직 제2황자였던 챠그무는 이 세계 사그와 중첩되는 다른 세계 나유그의 물의 정령 뉴가로임의 알을 잉태했다. 신의 피가 흐르는 황자가 토착 정령의 알을 품은 것을 알게 된 황제는 친아들임에도 불구하고 챠그무를 제거하려고 했다. 황제로서 단호한 결단력을 보여야만 했기 때문이다. 그러나 챠그무는 황제가 보낸 암살단으로부터 구해준 여자 호위무사 바르사와 그 소꿉친구인 약초사 탄다, 그리고 주술사 토로가이의 도움으로 고난을 이겨냈다.

그때 챠그무를 구하는 데 또 다른 방향에서 힘이 된 것이 슈가였다. 그 사건이 일어났을 때 슈가는 아직 스무 살이라는 나이에도 불구하고 성도사의 오른팔이 되어 움직였다. 그리고 별의 궁과 조정 정사 중 가장 추잡하고 어두운 부분을 알게 된 것이다. 이 사건이 슈가에게 가져다준 또 하나의 만남이 있었다. 그때까지 전혀 몰랐던 지식, 야쿠의 주술사 토로가이가 그에게 보여준, 세계를 바라보는 다른 시각이었다.

출세의 계단을 올라 언젠가 성도사가 될 것이 유력하다고 알려진 슈가지만, 정작 그의 내면에는 깊은 방황이 숨겨져 있었던 것이다.

슈가는 혹시라도 누가 엿들을까 저어하며 낮은 목소리로 이야기를 시작했다.

"전하의 심정은 잘 압니다. 이 궁의 모든 것이 어둡고 퀴퀴한, 꽉 닫힌 상자처럼 여겨지시겠지요. 그래서 그 상자를 뒤집어엎고 싶다고 생각하실지도 모르겠습니다. 모든 것을 뒤엎어 새 바람을 불어넣는다는 것은 몹시 매력적인 일이고, 말씀하신 대로 그럴 필요성이 있을 때가 있습니다. 그러나 전하, 부디 마음속에 간직해두십시오. 대성도사 나나이가 시도한 대개혁은 확실히 별의 궁을 바람직한 방향으로 이끌었습니다. 하지만 조직이라는 것은 한번 틀이 잡히면 또다시 그 안에는 볼썽사나운 분쟁이 싹트는 법입니다. 그리고 언젠가 바람을 불어넣었던 상자의 공기가 다시 탁해지게 마련이지요."

챠그무가 강한 어조로 반박했다.

"탁해지면 또다시 바람구멍을 뚫으면 되잖느냐!"

슈가가 씁쓸하게 웃었다.

"전하, 부디 그런 솔직함은 다른 이들 앞에서 드러내지 않으시길 바랍니다. 솔직함은 황태자에게 그리 득이 되는 태도가 아니니까요."

챠그무가 불만스러운 듯 얼굴을 찌푸렸지만, 슈가는 개의치 않고 말을 이었다.

"여기저기서 소문이 들려옵니다. 전하, 일전에 황제 폐하께서 고르신 칼을 두고 트집을 잡으셨다 하더군요."

"트집을 잡은 게 아니다. 아바마마께서 의견을 물으셨기에 내 생각을 말씀드렸을 따름이다."

황제는 아름다운 칼을 좋아해서 칼을 많이 모았다. 일전에도 정교하게 장식된 칼을 갖고 이름난 상인이 찾아온 참이었다. 황제에게 칼을 전달하던 날, 챠그무는 학업 진척 등에 대해 답하느라 황제 곁에 가까이 앉아 있었다.

챠그무가 보기에도 참으로 아름다운 칼이었다. 칼자루에도 칼집에도 옻칠을 입히고, 금과 자개로 상감을 한 검이었다. 그러나 황제가 칼집을 벗겨 어떠냐며 보여주었을 때, 챠그무는 크게 실망했다. 챠그무는 솔직하게 대답했다.

"장식해둘 보물로서는 멋진 칼이라고 생각합니다. 그러나 사람을 찌르는 것이 목적인 평평한 날에 피를 빼내는 홈이 없으면 실전에서는 도움이 되지 않을 것입니다. 찌른 면이 칼에 딱 달라붙어 뺄 수 없게 되고 마니까요."

황제는 "그런가" 하고 고개를 끄덕였다. 그 순간 아버지의 안색이 흐려진 것을 챠그무는 알아차리지 못했다.

　"왜 불쾌해하셨을까? 그런 칼을 기꺼이 사면 사람들이 우습게 볼 텐데."

　슈가가 지그시 챠그무를 응시했다.

　"전하. 황제는 사람이 아닙니다. 황제께서 몸소 칼을 쥐고 싸워야 하는 때는 이 나라가 멸망할 때입니다. 황제는 실전용 칼 같은 건 모르셔도 되지요. 그 칼의 장단점을 판단해 황제께 조언을 드리는 것은 곁에서 모시는 무관의 임무입니다. 황제는 평민과 전혀 다른, 하얀 솜으로 감싸인 것처럼 깨끗한 영혼을 갖고 있기에, 요고 사람들이 황제를 나라의 혼으로서 모시는 겁니다. 그런 황제가 계시니 깨끗한 나라라고 자랑할 수 있는 거지요. 황제는 사람을 죽이는 피비린내 나는 일을 태연하게 입에 담거나 하시면 안 됩니다."

　챠그무의 눈에 강렬한 빛이 서렸다.

　"설사 그 깨끗한 얼굴의 이면에서 친자식을 죽이는 일을 구상하고 실행해도 말인가?"

　"물론입니다. 겉으로 드러나지만 않는다면."

　챠그무는 잠자코 그 말의 의미를 생각하다가 잠시 뒤 고개를 가로저었다.

"그 말의 의미는 잘 알겠다. 하지만 나는 그런 황제는 되고 싶지 않구나. 되고 싶지 않다기보다 될 수가 없을 거다. 나는 평민의 생활을 잠시나마 속속들이 경험했다. 나에게는 나라라는 것이 그들 하나하나가 섞인 집합체로 떠오른다. 어쩔 수 없는 일이다. 아바마마처럼, 혹은 선대 황제들처럼 궁 밖의 일은 전혀 모르는 채 꿈속에서 사는 척하는 것은 불가능하다. 그러고 싶지도 않다."

슈가는 황태자의 예리한 지성에 위태로움을 느꼈다. 머지않아 황제가 될 자로서 이 지성과 배려심, 감성은 스스로를 망칠 위험이 될 수도 있다. 불리한 상황에 몰리면 치명적인 단점으로 작용할 수도 있기 때문이다. 그러나 혹시라도 그 감성과 지성을 무기로 삼을 수 있다면? 분명 이 황태자는 나나이처럼 언젠가 이 나라에 변혁을 불러일으킬지도 모른다.

슈가가 조용히 말했다.

"불가능해도 하셔야만 합니다. 모든 것을 뒤엎어도 계속 이 나라를 지탱할 만한 힘과 지혜를 가질 그날까지는. 그런 날이 오리라고 저는 믿습니다."

그 말에 챠그무는 크게 충격을 받았다. 잠시 아무 말 없이 앉아 있던 챠그무가 한숨을 내쉬고는 빙긋 웃었다.

"그대는 잔소리할 기회를 포착하는 재주가 좋구나. 그 말은 명심해두기로 하지."

창밖에서 만개한 스라야의 꽃향기가 바람을 타고 들어왔다. 챠그무가 크게 호흡하며 향기를 들이마셨다.

"향기란 묘한 것이로구나. 추억을 또렷이 되살아나게 하는 힘이 있다고 생각지 않느냐? 이 스라야 향기를 맡으니 산의 별궁이 떠오르는구나. 그곳 중정에 커다란 스라야 고목이 있어서…."

말을 하려다 멈춘 챠그무가 문득 슈가를 응시했다.

"그러고보니 오늘 아침 별궁에서 제1황비마마의 환후에 대해 새로운 전갈이 왔다고 하더구나."

슈가가 한숨을 쉬었다.

"전하. 지금은 잡담 시간이 아닙니다."

챠그무가 미소를 지었다.

"고지식하게 그러지 말아라. 그대와 얘기를 나눌 때만큼은 숨을 좀 돌리게 해줘야지. 슈가, 제1황비마마께 무슨 일이 일어나고 있는지 진실을 가르쳐다오."

잠시 망설이던 슈가가 이윽고 결심한 듯 이야기를 시작했다.

"제1황비마마는 벌써 이레 동안 한 번도 깨어나지 않고 계속 주무시고 계십니다."

챠그무가 놀라 몸을 앞으로 내밀었다.

"그런 병이 있느냐? 아니면 뭔가의 저주일까?"

"수면병이라는 것이 있다는 얘기는 들은 적 있습니다. 제1황비마마는 마음 깊이 상처를 입으셨고, 그것이 낫지 않아 제1궁을 나와 산의 별궁에 칩거하셨을 정도이니, 어쩌면 마음의 병 때문에 계속 주무시는 건지도 모르겠습니다. 다만."

슈가가 목소리를 낮췄다.

"아직 극비입니다만 사실은 잠에서 깨어나지 않는 사람이 제1황비마마만이 아닌 듯합니다."

"뭐라고?"

"이제부터 제가 드리는 말씀을 절대 다른 사람에게 말하지 않겠노라고 맹세하시겠습니까?"

챠그무가 지그시 슈가를 응시했다.

"물론, 맹세하지."

슈가가 작은 소리로 속삭였다.

"사실은 제가 한 달에 한 번 은밀하게 선하로 내려가 토로가이와 만나곤 합니다."

챠그무의 눈이 휘둥그레졌다.

"정말이냐!"

"예. 1년 전 그 사건 때, 저와 토로가이는 한 가지 약속을 했습니다. 제가 천도를 토로가이에게 가르치는 대신, 토로가이도 야쿠의 주술을 제게 가르쳐준다는 것이지요. 물론 이런 일이 별의 궁에 알려지면 저는 파문당할 테고, 그리 되면 제 주위에는 기뻐할 자가 많이 있지요."

슈가가 빙긋이 웃었다.

"그렇기 때문에 정말로 은밀히 이루어지는 지식 교환인 셈입니다."

말을 하던 슈가에게는 문득 자기도 이 황태자와 같은 부류일지 모른다는 생각이 들었다. 몸 안에 위험 요소를 품고 있는 것은 마찬가지라고 할 수도 있을 터이니 말이다. 챠그무가 슈가의 손을 쥐며 다그치듯 묻기 시작했다.

"토로가이는 잘 있느냐? 독설도 여전하냐?"

"예. 도저히 일흔을 넘긴 노파라고는 생각할 수 없는 기력이지요."

"바르사는? 탄다는 잘 있느냐?"

"바르사는 한동안 못 만났다고 합니다만, 탄다는 잘 있다고 합니다."

챠그무는 눈물이 쏟아질 것 같아 당황스런 마음을 감추며 눈을 감았다. 소년의 심정을 헤아리고서 슈가가 담담히 말을 이었다.

"그저께 토로가이를 만났는데, 그때 마음에 걸리는 이야기를 들었습니다. 청무 산맥 안의 어느 마을에도 제1황비마마처럼 잠에서 깨어나지 못하는 여자가 있다고 합니다. 만일 이런 증상이 점점 퍼지기라도 했다가는 큰일이니까, 가능한 한 빠른 시일 내에 다시 한 번 토로가이와 만나 이야기를 나눌까 합니다."

챠그무가 눈을 뜨고는 지그시 슈가를 올려다보았다.

"슈가, 부탁이다. 앞으로 나에게도 그들의 이야기를 전해다오."

슈가는 챠그무의 심정을 충분히 이해할 수 있었기에 가슴이 아팠다. 문득 격한 후회가 밀려왔다.

'경솔했구나. 황태자에게 말하는 게 아니었는데.'

챠그무는 황태자로서의 인생을 창문이나 출구가 없는 방 안에서의 삶으로 여긴다. 지금 슈가는 밖을 내다보는 창을 열어버린 것이다. 그러나 아무리 창밖을 내다봐도 그 방에서 밖으로 나가는 문은 없는 셈이다.

❧❈❧

슈가가 토로가이와 만난다는 사실을 알게 된 날 밤, 챠그무는 좀처럼 잠을 이루지 못했다. 눈을 감았는데도 이런저런 추억이 떠올랐다가 사라지기를 되풀이했다. 창을 거머쥔 바르사의 모습. 다부지면서도 따뜻한 손. 듣기 좋은 목소리. 쌀인 눈에 갇힌 산속의 자그마한 동굴집과 그곳에서 바르사가 들려준 슬픈 사연들. 탄다의 온화한 목소리와 맛있는 산채전골. 외풍이 들이치는 허름한 집에서 바르사와 탄다, 토로가이와 함께 넷이 살던 그리운 나날.

'탄다와 바르사는 어떻게 되었을까? 잘되고 있을까? 하지만 토로가이가 한동안 바르사하고는 만난 적이 없다고 하니, 바르사는 또 어딘가 먼 곳에서 호위무사를 하고 있는 걸까?'

챠그무가 슬며시 미소 지었다.

'마음속으로는 서로 끌리는 것이 어린 나에게도 훤히 보였는데, 왜 그리 서툰 걸까, 그 두 사람은.'

미소가 갑자기 일그러지며, 챠그무의 뺨에 눈물이 흘러내렸다.

'아아, 모두 만나고 싶다!'

한때는 마치 가족처럼 지내던 이들과 다시 만나지 못한다고 생각할 때마다 가슴이 찢어질 듯 괴로웠다. 1년여 시간이 지나고 그리운 감정이 체념과 함께 조금씩 약해지던 참인데, 오늘 슈가의 이야기로 또다시 상처가 벌어지고 말았다.

'황제 따위, 되고 싶지 않아.'

황제는 사람이 아니다. 황제가 되면 더 이상 아무도 챠그무를 사람으로는 대하지 않을 것이다. 친근하게 마음을 터

놓고 대화를 나누는 관계는 두 번 다시 바랄 수 없게 되는 것이다. 챠그무는 가슴 깊이 절망했다. 이제까지 절망을 가까스로 이겨내게 해준 것은 정령의 수호자 능가로차가였을 때 본, 나유그의 맑고 고요하던 물속 풍경이었다.

그 풍경에서 무엇을 본 걸까? 도저히 말로 표현할 수 있는 것이 아니었다. 단지 마음속 깊은 곳에서 느낀 어떤 감정이 챠그무를 계속 지탱해준 것이다. 그런데 오늘밤은 그 감정도 챠그무의 마음을 꽉 틀어막는, 탈출구조차 보이지 않는 답답함을 해소해주지 못했다. 무겁게 가라앉은 챠그무의 마음에 문득 곡조가 하나 떠올랐다. 경쾌함에 애달픔이 깃든 아름다운 곡조. 얼마 전 제1황비를 위로하기 위해 열린 연회에서 들은 노래였다.

더 이상 손이 미치지 않는 것에 대한 동경을 애달프게 자극하는 선율이었다. 이 숨 막히는 어둠에서 벗어나 바르사와 떠돌아다니던 때처럼 산바람을 쐬고 싶다. 혼만이라도 그 시절로 날아갈 수 있다면….

잠으로 빠져들기 시작했을 때, 귓속에 흐르던 노래가 다정하게 부르는 누군가의 목소리로 바뀌었다. 챠그무는 목소리를 향해 고개를 돌렸다. 그러자 저 멀리에 부드럽고 정겨운 등불이 보였다. 챠그무는 빛 쪽으로 내려갔다. 뭔지 모를 꽃

향기가 부드럽게 감싸는 것을 느끼면서.

❧❀❧

"싫어."

바르사는 옆에서 자는 유그노가 중얼중얼 잠꼬대하는 것을 등 뒤로 듣고 있었다.

"그만둬, 제발…."

유그노는 숨을 크게 들이쉬고는 누가 목을 조르기라도 하는 듯이 끙끙 신음했다. 바르사는 몸을 일으켜 새벽의 어스름 속에서 유그노를 바라보았다. 유그노는 마치 누군가의 손을 뿌리치려는 것처럼 목을 쥐어뜯었다.

"유그노 씨! 어이, 유그노 씨! 괜찮아?"

바르사가 어깨를 붙잡고 흔들자 유그노는 몸을 뒤로 젖혔다. 그리고 소리 나게 깊이 숨을 들이마시며 마침내 눈을 떴다. 거친 숨을 몰아쉬며, 아무것도 보이지 않는 것 같은 눈초리로 멍하니 어둠을 응시하고 있었다. 유그노의 몸이 와들와들 떨렸다.

"괜찮니? 끔찍한 악몽을 꾸었나보구나."

유그노가 바르사를 돌아보며 땀을 닦았다.

"아아, 아니, 이런… 깜짝 놀랐네."

쓴웃음을 지으며 바르사가 유그노를 가까이 들여다보았다.

"놀란 건 나야. 어떤 꿈을 꾸었기에?"

"늘 꾸는 꿈이에요. 계속 좋은 꿈을 꾸었는데 왜 갑자기 그런 악몽으로 변해버렸을까."

유그노가 겁에 질린 눈으로 바르사와 시선을 맞추었다.

"이대로는 잠이 올 것 같지 않아요. 바르사 님, 손 좀 잡아주지 않으실래요?"

"뭐?"

바르사가 어이없다는 듯 실소를 터뜨렸다. 겁에 질려 떨고 있는 유그노는 훨씬 더 어려 보여 마치 소년 같았다. 도저히 52년을 산 어른의 표정이 아니었다. 어둠이 무서워서 볼일 보러도 못 가는 주제에, 창피해서 부모에게는 차마 말하지 못하고 누나에게 같이 가달라고 조르는 소년 같았다.

'겉모습뿐만 아니라 어쩌면 마음도 성장하지 않은 것이 아닐까?'

바르사는 문득 그런 생각이 들었지만, 그렇다고 해도 손을 잡아줄 마음은 들지 않았다.

"말도 안 돼."

바르사가 손을 휘휘 저었다.

"나는 좀 더 잘게. 너도 자는 편이 좋아. 괜찮아. 같은 악몽을 두 번 꾸지는 않는다고 하잖아."

벌렁 누워버리는 바르사를 원망스럽게 바라보며 유그노가 한숨을 쉬었다.

"냉정하네요. 내 경우에는 두 번이 아니라 계속 꾸게 될지도 모르는데. 어쩌나…. 왜 이렇게 된 거지?"

혼잣말인 양 좀 더 큰 소리로 중얼거려봤지만, 바르사는 상대해줄 기미가 없었다. 유그노는 한숨을 내쉬고는 얼굴을 찌푸리며 생각에 잠겼다. 그러다가 이윽고 무슨 생각이 떠오른 듯, 베개 삼아 베던 짐을 바스락거리며 풀더니 검지 정도 길이의 면도용 칼을 꺼냈다. 그것을 이마 위에 얹고 떨어지지 않도록 수건으로 묶고는, 조금 마음이 놓이는 듯 다시 잠자리에 눕는 것이었다. 꿈을 꾸는 동안 마물이 혼을 앗아가지 못하도록, 병이 나거나 정신이 사나울 때 어머니가 해주던 주술이었다. 눈을 감은 후에도 한동안은 겁에 질려 잠들지 못했지만, 바르사의 조용한 숨소리에 귀를 기울이던 끝에 유그노는 마침내 꿈 없는 잠으로 빠져들었다.

제2장

꽃 지킴이

1
주술과 별 해독

백성들이 사는 선하 마을에는 뱃짐을 부리기 위해 만든 수로가 있다. 그 한쪽 옆으로, 작지만 물건을 골고루 갖춘 가게가 자리 잡고 있다. 만물상이라는 간판 아래에는 자질구레한 잡화가 늘어서 있었다. 젊은 부부가 운영하는 이 가게는, 손님이 찾는 물건이 없을 때면 젊은 주인이 선하를 온통 뒤져 마치 마술처럼 찾아다주어 유명해졌다.

또한 주인의 젊은 아내가 무척 예뻐 손님들이 걱정해줄 정도였다.

"이렇게 예쁜 아내에게 혼자 가게를 지키게 하는 게 불안하지도 않느냐? 나쁜 녀석들이 눈독이라도 들였다가는 큰일일 텐데."

젊은 부부는 그런 말을 들을 때마다 싱글벙글 웃으며 그저 걱정해줘서 고맙다고 대답할 뿐이었다. 실제로 이들은 걱정할 필요가 없었다. 토야와 사야라는 이 젊은 부부가 무서운 무술 실력을 자랑하는 '단창술사 바르사'와 친구라는 사실은, 질 나쁜 건달이나 나쁜 녀석일수록 잘 알고 있었기 때문이다.

1년 전, 물의 정령 사건이 일어났을 때 바르사는 다리 밑에서 거적을 치고 거지나 다름없이 생활하던 토야와 사야에게 도움을 받은 적이 있다. 그것을 고맙게 여겨 바르사는 선하에 올 때마다 반드시 두 사람을 만나곤 했다. 게다가 바르사와 가까이 지내는, 당대 최고라고 소문난 주술사 토로가이도 이 가게에 자주 들른다는 사실이 뒷골목 세계까지 꽤 널리 퍼진 터였다. 수틀리면 사람을 거북이로 바꿔버린다고 소문난 이 주술사에게 요주의 인물로 찍힐 위험을 무릅쓸 만한 불량배는 이 마을에 없다.

오늘도 동이 트기 전, 무척 이른 아침에 안개를 뚫고 손발이 긴 못생긴 노파가 가게 뒷문 앞에 나타났다. 노파가 문을 탕탕 두드리자 곧바로 안쪽에서 문이 열렸다. 노파는 가게 안으로 사라졌고, 잠시 뒤에는 키가 큰 상인 차림의 젊은이가 나타나 역시 마찬가지로 문을 두드리더니 가게 안으로 들어갔다. 토야는 평소 차분한 젊은이의 안색이 변한 것을 보고 깜짝 놀랐다.

"사부님은?"

"오셨어요."

토야의 짤막한 대답조차 기다리지 않고, 청년은 천장에서 늘어뜨려진 장식 끈을 잡아당겼다. 덜커덩 소리가 나며 천장의 한쪽이 열리더니 자그마한 사다리가 내려왔다. 밖에서는 1층으로 보이는 이 가게에는 간판과 지붕 사이에 교묘하게 만든 비밀의 방이 있었던 것이다. 사다리를 올라온 젊은이를 보고 노파가 얼굴을 찌푸렸다.

"어찌된 거냐? 누구에게 발각된 게냐?"

청년이 고개를 저었다.

"토로가이 사부님, 제가 엄청난 짓을 저지르고 말아…."

"차분히 이야기해라. 너답지 않구나."

"황태자가 제1황비와 마찬가지로 깨어나지 않고 있습니다."

토로가이의 가느다랗던 눈이 휘둥그레졌다.

"뭐라고? 언제부터 그런 게야?"

"어제 아침부터 눈을 뜨지 않는다고 합니다."

슈가가 핏기 없는 차가운 손으로 얼굴을 가렸다.

"제가 그제 전하께 이렇게 은밀하게 당신과 만난다는 걸 이야기하고 말았습니다. 어리석었지요."

슈가가 얼굴을 가렸던 손을 천천히 내리고는 토로가이를 응시했다.

"사람이 꿈에 사로잡히는 것은 그 꿈이 행복하기 때문이라고 하셨지요? 그렇다면 뒤집어 말하면, 꿈에 사로잡혀 있는 편이 더 행복한 사람일수록 돌아오지 않게 된다는 의미가 되겠지요? 전하는 지금 같은 생활에, 그리고 앞으로의 일생에 아무 희망도 갖고 계시지 않습니다. 어둡고 꽉 막힌 상자 속에 갇힌 것 같다고 생각하셨지요. 거기에다 저는 잔혹하게도 밖을 내다보는 구멍을 뚫어버린 겁니다. 내다보기만 할 뿐 절대 나갈 수는 없는 구멍을."

토로가이가 한참 동안 아무 말도 없이 젊은 성독박사를 응시하더니, 이윽고 나직이 말했다.

"아마도 너 스스로 알고 있겠지만, 이런 말은 남이 해주는 편이 도움이 되니까 하는 말인데,"

한숨을 쉬면서 토로가이가 말을 이었다.

"챠그무가 궁 밖의 세계를 알아버린 것도, 그 생활을 아무리 그리워한들 두 번 다시 돌아갈 수 없는 것도, 머지않아 황제가 될 운명인 것도, 모두 네 책임이 아니다. 사람의 힘을 초월한 존재 탓이다. 그리고 거기서 벗어나기 위해 꿈속에 머무르기를 택한 것은 챠그무 본인이다. 알겠느냐? 자책하지 말거라. 쓸데없는 짓은 그만둬야지."

슈가는 꼼짝하지 않고 가만히 입을 다물고 있었다. 토로가이가 어깨를 으쓱했다.

"뭐, 그렇다 해도 챠그무를 죽게 놔둘 수는 없지만 말이다."

"계속 잠을 자다가 어느 정도 지나면 죽고 마는 걸까요?"

"일반적으로 생각하면, 어떻게든 물은 마시게 하더라도 음식을 먹을 수가 없으니, 잘해야 열흘 정도가 고비가 아닐까. 신기하게도 탄다와 내가 지켜보는 아가씨는 허약해지는 속도가 무척 느리다. 잠들고 벌써 닷새나 지났는데도 약해지는 기미가 거의 보이지 않아. 맥도 점점 느려지기는 하지만 정상적으로 뛰고. 아무래도 여느 수면과는 다른 것 같다."

"예. 성도사님도 제1황비마마에 대해 비슷한 말씀을 하셨습니다."

"하지만 스무 날 정도는 죽지 않는다 해도, 역시 언젠가 죽는다는 점에는 변함이 없다. 아무래도 큰맘 먹고 초혼제를 지내볼까나…."

혼잣말처럼 중얼거리던 토로가이가 번쩍 얼굴을 들었다.

"아, 참. 챠그무 일로 놀라 잊을 뻔했구나. 네게 말하려던 것이 있다. 천도에서는 별과 사람의 운명 사이에 연관성이 있다는 말을 언젠가 했었지?"

"예. 다만 그게 무척 복잡해서…."

"그야 그렇겠지. 그건 알겠다. 헌데 만약에 말이다. 별과 사람 사이에 어떤 연관성이 있다면, 제1황비와 챠그무의 별에 지금 뭔가 공통점이 나타나지 않을까?"

"가능성은 있다고 생각합니다."

"넌 말이다, 천도의 기술로 그걸 알아보면 어떻겠느냐? 우리의 주술법과 너희의 천도를 투명종이에 그려 두 그림을 포개 맞추어보면, 이제까지 보지 못한 새로운 그림이 보일지도 모르겠구나."

"그건 그럴 수도 있지만, 황태자 전하를 구하기에는 너무 시간이 걸려서 말입니다."

토로가이가 히죽거리는 것을 알아차리고 슈가는 토로가이를 노려보았다.

"왜 웃으십니까? 제가 뭔가 잘못 말했나요?"

"아니다. 너의 어설픈 젊음이 귀여울 따름이다. 한발 물러서서 지금 상황을 생각해봐라. 네가 아무리 안달해도 천도로는 챠그무를 구할 수 없다. 지금 네가 할 수 있는 일은 모든 것을 우리에게 맡기고 기다리는 것뿐이다."

슈가가 얼굴을 찌푸리는 걸 지켜보며, 토로가이가 타이르 듯 말했다.

"기다리는 건 괴로운 일이지. 하지만 가능한 것을 하는 수 밖에 없잖느냐? 조금 안정이 되면 내가 한 말을 다시 생각 해보거라. 나의 옛 스승께서 종종 이런 말씀을 하셨다. 곧바 로 도움이 되지 않는다고 해서 쓸데없는 것은 아니라고 말이 다."

━◆━

탄다는 잠든 카야를 하루도 빠짐없이 보러 다녔다. 토로가 이도 한 차례 방문해 일체 진단을 해주었지만, 탄다의 진단 대로 혼이 빠져 있다는 것을 확인하더니 잠시 상태를 지켜보 자고만 할 뿐 초혼제를 시도하려는 기색은 비추지 않았다.

탄다의 형 노시루는 토로가이가 아무것도 해주지 않자 화 를 내며, 소문에 비해 대단할 것도 없다면서 불만을 토로했 다. 탄다도 형의 급한 성격을 익히 알고 있었다. 하지만 이번 만큼은 형이 화내는 것도 납득할 만하다는 생각이 가슴에 사 무쳤다. 토로가이의 이례적인 신중함이 탄다 입장에서도 이 해가 가지 않았기 때문이다. 토로가이는 대담한 주술사다. 보통은 먼저 위험 속으로 뛰어든 뒤에 어떻게든 해결하는 것이 토로가이의 방식이었다.

'왜 이번에만 유독 신중해지신 거지?'

평범한 저주나 혼 이탈과는 달라, 무슨 일이 일어날지 모르는 부분이 많다는 것 정도는 탄다도 알고 있다. 하지만 그렇다고 가만히 상황을 지켜보기만 해서는 해결되는 게 없지 않은가?

출입문을 지나 집 안으로 들어가자, 천장 짚이 연기에 그을린 냄새가 코를 찔렀다. 어둠에 눈이 익숙해지자 화덕 앞에 카야가 덩그러니 시루야를 뒤집어쓰고 누워 있는 모습이 보였다. 동틀 무렵부터 해 질 무렵까지 일만 하는 형은 물론이고, 아이들 치다꺼리부터 밭일까지 해내야 하는 형수와 다른 친지들도 하루 종일 카야를 간병할 여유는 없는 것이다.

탄다는 머리맡에 앉아 잠든 카야의 얼굴을 바라보았다. 여전히 행복한 미소를 띠고 있지만, 기분 탓인지 얼굴이 한층 작아진 듯 보였다.

'몸이 약해지기 시작했구나.'

탄다가 살며시 카야의 손을 잡았다. 차갑고 귀여운 손이었다. 작은 손바닥이 트고 물집이 잡혀 까칠까칠했다. 카야가 전에 자기 손바닥을 보며 하던 말이 귓전에 되살아났다.

'가끔 무척 이상한 기분이 들곤 해. 이 손이 1년이나 2년 후면 아기를 안고 있을 거라고 생각하면. 그리고 15년쯤 지나면 그 아기가 또다시 시집가서 아기를 안고…. 그런 식으로 앞으로의 일을 생각하면, 뭐랄까, 무척 허무해질 때가 있어….'

그때 카야의 심정은 아마도 처녀 시절에 토로가이가 품었던 심정에 가까웠으리라. 카야 나이 정도가 되면 농사꾼의 딸들에게는 자기 삶이 어느 정도 보이게 마련이다. 그 삶에 견딜 수 없는 허무함을 느끼는 처녀도 있는 것이다.

탄다는 카야의 심정을 충분히 이해했다. 탄다도 어린 시절에 어딘가 남들과 다른 아이였기 때문이다. 가족들에게 사랑받고 있다는 것은 잘 알았다. 하지만 그런 한편으로, 수다나 떨려고 들른 이웃 노파의 얼굴에서 죽음의 그림자를 본다거나, 다른 누구에게도 보이지 않는 새가 석양 깔린 하늘을 유유히 나는 모습을 멍하니 바라본다거나 하는 아들을, 아버지와 어머니는 꺼림칙해했다. 형제들은 아예 노골적으로 탄다를 무시했다.

여덟 살 때 탄다는 희미한 빛을 발하면서 천천히 허공을 나는 새를 보았다. 그리고 그 꿈같은 새를 쫓아 산으로 들어갔다. 새는 유유히 나무 사이를 빠져나가 이윽고 자그마한 풀밭에 이르렀다. 풀밭에는 허름한 오두막이 한 채 있었고,

새가 내려가 그 오두막의 굴뚝으로 사라지는 것을 탄다는 꼼짝 않고 지켜보았다.

돌연 오두막의 문이 열리더니 안에서 새카만 얼굴을 한 여자가 나왔다. 태어나서 한 번도 본 적 없을 만큼 못생긴 여자였는데, 여자가 덤불 속에 숨어 숨을 죽인 탄다 쪽을 똑바로 보며 말했다.

"얘야, 이리 나오너라."

탄다는 그다지 겁이 많은 편이 아니었기에 시키는 대로 덤불에서 나와 여자 곁으로 다가갔다.

"이 저물녘에 어째서 이런 곳에 온 것이냐?"

탄다는 신기한 새를 쫓아왔다고 사실대로 이야기했다. 그러자 여자의 얼굴에 흥미롭다는 표정이 떠올랐다.

"그래? 그 새가 보였단 말이냐? 내가 날린 새였는데."

형들에게 '그런 새는 없다. 너는 정신이 이상해진 거야'라고 놀림받던 탄다는 자기가 환영을 본 것이 아니라는 사실만으로도 기뻤다.

"어떻게 날리는 거예요? 왜 새를 날려요?"

"왜라고 생각하느냐?"

되돌아오는 질문에 탄다는 떠오르는 대로 대답했다.

"혼을 찾고 있는 거 아닌가요?"

여자의 눈이 즐거워하는 빛으로 반짝였다.

"뭐라고? 왜 그렇게 생각하지?"

"어제도 그 새를 봤어요. 조명천의 밤에 우는 못 위를 몇 번이나 날더니 강 속으로 슬그머니 사라졌어요. 그래서 생각했죠. 아마도 길을 헤매는 서쪽 마을의 아이를 찾는 새가 아닐까 하고."

"응, 그렇다. 그 아이의 혼은 강의 정령 노우노의 부름을 받은 것 같거든. 좀 더 일찍 나한테 알렸다면 구할 수도 있었을 텐데⋯. 지금은 생명과 분리되어 저세상으로 가버려서 구할 수가 없단다."

여자가 탄다를 응시하고는 히죽 웃었다.

"내 새가 그 아이의 혼은 데려오지 못했지만, 아무래도 다른 혼을 끌고 온 것 같구나."

탄다는 그제야 비로소 무서워졌다.

"당신은 산 요괴인가요?"

여자가 얼굴을 찌푸렸다.

"바보 같은 소리. 요괴란 실체가 없는 것이다. 산의 마귀냐고 묻는다면 모르겠지만."

"산의 마귀란 어떤 거예요? 사람을 잡아먹나요?"

눈을 반짝이면서 묻는 탄다를 보며 여자가 웃음을 터뜨렸다.

"넌 그런 이야기를 좋아하니? 이거 참, 의외로 괜찮은 주술사가 될지도 모르겠구나."

그것이 토로가이와의 우연한 첫 만남이었다.

탄다는 그날 이후 틈만 나면 토로가이 곁에 눌러앉게 되었다. 부모는 일을 게을리 하는 아들을 못마땅하게 여겼다. 하지만 점차 그럭저럭하는 사이에, 어차피 밭도 못 나눠줄 괴짜 아들을 맡길 곳이 생겼다며, 반은 체념하듯이 묵인하게 되었다.

토로가이 곁에서 지내는 동안 탄다는 기묘한 칸발인 부녀와 알게 되었다. 탄다보다 두 살 많은 삐쩍 마른 여자아이와 기골이 장대하며 눈초리가 날카로운 남자가 토로가이의 오두막에 얹혀살았던 것이다. 얼마 후에 탄다는 그 두 사람이 피를 나눈 부녀가 아니라는 사실을 알았지만, 두 사람 모두 워낙 말이 없어 더는 파악하기가 쉽지 않았다.

부녀는 아침부터 밤까지 산속을 돌아다니며 지내는 것 같았다. 집 앞 풀밭에서 진검승부와도 같은 격투 훈련을 할 때도 있었다. 탄다가 놀란 것은 겨우 열 살밖에 안 된 여자아이가 남자가 휘두르는 창끝에 이마가 베이는 걸 봤을 때다. 지금 생각해보면 상처가 깊었을 리 없지만, 이마는 상처가 나면 출혈이 심한 곳이어서 여자아이의 얼굴이 금세 피로 물들어버렸다.

그런데도 남자는 눈을 제대로 뜨지 못하는 아이에게 또다시 창을 내리치는 것이었다. 어이없게도 아이 역시 눈에 들어간 피를 닦기도 전에 뒤로 뛰어오르더니 보란 듯이 남자의 창을 피했다. 소녀는 그대로 숲으로 도망쳐 들어가 한동안 나오지 않았는데, 돌아왔을 때는 옷소매를 찢어 이마를 단단히 감아 지혈한 상태였다. 소녀는 할 말을 잃고 쳐다보는 탄다를 흘끗 보며 물었다.

"지그로는?"

"아, 아까까지 창을 갈고 있었는데, 조금 전에 늪 쪽으로 갔어."

고개를 끄덕이고는 늪 쪽으로 가려는 소녀에게 탄다가 저도 모르게 말을 걸었다.

"상처 아프지 않아?"

소녀가 돌아보며 짤막하게 대답했다.

"아파."

"그럼 잠깐 기다려."

탄다가 토로가이의 집으로 뛰어 들어가더니 자그마한 약단지를 갖고 나왔다. 그러고는 소녀의 이마에 감긴 천을 풀고 약을 발라주었다. 퍽 아플 텐데도 소녀는 얼굴 한번 찌푸리지 않고 해주는 대로 가만히 있었다. 오히려 약을 바르는 탄다가 얼굴을 찡그렸다. 치료를 마치고 다시 머리띠를 감아주자, 소녀가 웬일인지 살짝 미소를 지었다.

"고마워."

그 소녀가 바르사였다. 그 첫 치료 이후 탄다는 이제까지 수없이 바르사의 상처를 치료해왔다. 탄다의 입가에 희미한 웃음이 번졌다.

'지금쯤 어디서 무엇을 하고 있을까?'

바르사는 탄다나 토로가이처럼 스스로 평범한 생활을 벗어난 것이 아니다. 고작 여섯 살 때 어쩔 수 없이 튕겨나가버린 것이다. 아버지가 살해당한 뒤 추적자들에게 쫓기며, 바로 코앞에서 죽음이 기다릴지도 모르는 어둠 속에서 살아온 소녀였다. 자객을 풀어 두 사람의 목숨을 노려온 칸발 왕이 마침내 죽었을 때는 이미 바르사의 나이가 스물한 살이었다. 설령 본인이 원한다 해도 평범한 남자의 아내가 되고 어머니가 되는 삶으로 돌아갈 수는 없을 만큼 나이 들어버린 것이다.

바르사도 그런 삶을 바라지는 않았을 것이다. 바르사는 이미 몸에 밴 피 냄새를 잘 알았다. 마음속에 숨어 있는 격렬하고 추한 전투 욕구도. 그런 바르사가 살기 위해 선택할 수 있는 유일한 길이 호위무사였던 것이다.

　양아버지 지그로가 세상을 떠나자 바르사가 집이라고 부를 수 있는 곳은 토로가이의 오두막밖에 남지 않았다. 그런데 그 무렵에는 이미 어느 틈엔가 탄다가 토로가이의 집을 물려받은 상황이었다. 바르사는 호위무사 일로 떠돌다가 예고도 없이 훌쩍 이 집으로 돌아오곤 했다. 날개를 쉬는 철새처럼, 아주 잠깐 탄다 곁에서 지내고 또다시 길을 떠나는 생활을 이어가는 것이다.

　바르사는 원체 말수가 적은 편이었지만, 그래도 그렇게 탄다 곁으로 돌아올 때면 떠돌이 생활을 하는 동안 겪은 일들을 띄엄띄엄 들려주었다. 그러나 탄다는 매번 바르사가 자기에게 말하지 않는 것들이 많이 있으리라는 생각에, 쉽사리 건드릴 수 없는 바르사의 버거운 인생에 감회가 밀려오곤 했다.

　처음 만난 뒤로 20년이 지나면서 많은 일이 일어났다. 바르사를 곁에 붙잡아두고 싶어 타들어가는 심정으로 간절히 바란 적도 있다. 하지만 그런 격렬한, 여름 햇살과도 같은 열정도 이제는 어느새 가을빛으로 변해, 지금처럼 지내는 것이 어쩌면 두 사람에게는 이상적일지도 모른다고 생각하게 되었다.

　물론 때로는 천천히 흔들리는 추처럼 그리움이 되돌아올

때도 있다. 지금처럼 토로가이 사부가 집에 머물며 술법을 가르쳐주실 때는 그런 마음도 잊고 지내지만, 사부님이 훌쩍 떠나가고 산속 자그마한 집에서 홀로 하루하루를 보낼 때면 자기도 모르게 마음이 복잡해지게 마련이었다.

탄다는 형의 집 안을 천천히 둘러보았다. 앉는 순서대로 화덕을 둘러 내려놓은 볏짚 방석 여섯 개. 하루 종일 일을 하고 땀범벅이 되어 돌아온 형은 저녁식사 때면 저 때에 찌들고 푹 꺼진 방석에 털썩 주저앉을 것이다. 옛날에 아버지가 그랬던 것처럼. 가족들은 늘 아버지를 둘러싼 채 웅성거리곤 했다. 탄다가 그런 웅성거림을 다시 경험하는 일은 평생 없을 것이다. 인가를 벗어나 고요한 곳에서 정령의 속삭임을 듣는 주술사의 길을 선택했으니.

탄다가 턱을 쓰다듬었다. 그러고 보니 이제 서른 고개를 넘어서는 참이다. 길어봐야 앞으로 40년 정도 남아 있을 따름이다. 그 세월 동안 뭘 할 수 있을까? 이 세상에 태어나 다시 사라질 때까지 도대체 뭘 할 수 있을까? 가족에게 둘러싸여 사는 인생을 대신해, 나는 무엇을 얻은 것일까. 거기까지 생각하니 문득 귓가에 한마디 말이 되살아났다. 토로가이 사부가 초혼제 술법을 가르치며 한 말이다.

"사람은 말이다, 살아가는 데 이유를 필요로 하는 희한한 생물이란다. 새도 짐승도 벌레도 왜 사는지는 고민하지 않는데 말이다. 때로 사람은 고민 끝에 스스로를 죽이고 마는 경우도 있지. 탄다야, 잘 들어라. 초혼제를 할 때는 말이다, 몸에서 빠져나간 혼을 찾으려고만 해서는 안 된다. 생명에서 멀리 떨어져 방황하는 혼으로 하여금 스스로 떠올리게 해야 한다. 자기가 아직 생물로서 살아 있다는, 생명 그 자체의 떨림과 뜨거운 힘을. 생명과 이어진 그 실을…."

그 말이 탄다의 가슴에 강하게 울렸다. 그리고 토로가이 사부에게 이끌려 처음으로 몸에서 떨어져 혼 상태로 날아올라 나유그의 정령 세계를 보았을 때 경험한 경이로움과 희열….

'카야.'

탄다는 잠든 조카를 조용히 불렀다.

'기쁨에도 괴로움에도 참으로 여러 가지가 있구나. 하지만 잠든 채로 죽어버릴 만큼 네가 삶에 절망하지는 않았겠지?'

카야의 가느다란 손목에서 맥이 뛰는 것을 느꼈을 때, 탄다는 혼자서라도 초혼 주술을 해보기로 마음먹었다. 생명이 위험할지도 모른다. 하지만 이런 때 도움이 되지 않는 술법이라면 배운 의미가 없다. 마침 토로가이 사부도 슈가를 만나기 위해 도읍에 가고 자리를 비웠다. 지금부터 준비하면 사부님이 말리기 전에 카야의 혼을 쫓아갈 수 있을 것이다. 탄다는 얼른 일어서서 초혼 의식에 사용할 도구를 가지러 서둘러 집으로 돌아갔다.

2

꽃의 덫

의식 준비를 갖춰 돌아온 탄다는 마침 물을 길어온 형수와 마주쳤다. 그는 형수에게 어려운 주술 의식을 설명한 뒤, 저녁 무렵까지 아무도 집에 들이지 말라고 신신당부했다.

형 노시루의 집은 전형적인 농가답게 밥공기를 엎어놓은 모양의 흙집이다. 남쪽으로 난 문 외에는 창도 없고, 지붕 가장 높은 곳에 뚫린 굴뚝으로 빛이 들어온다. 토방 바닥에는 거적을 깔았고, 한가운데 화덕이 있다. 카야는 그 화덕 서쪽에 시루야를 뒤집어쓰고 누워 있었다.

탄다는 우선 출입문을 잠그고 방의 사방에 대나무를 세웠다. 대나무 네 개를 삼끈으로 빙 둘러 방어막을 쳤다. 그러고는 카야의 머리맡에 책상다리를 하고 앉아 참억새 이삭으로 만든 도구를 손에 들었다. 혼을 모으는 데 쓰는 물건이었다.

초혼 의식은 우선 주술사의 혼을 둔갑시키는 것으로 시작된다. 탄다는 눈을 감고 입속으로 주문을 외우면서 몸을 천천히 앞뒤로 흔들기 시작했다. 그 흔들림이 차츰 완만한 포물선을 그렸다. 오른쪽, 왼쪽, 오른쪽, 왼쪽.

천천히 흔들리는 몸 안에서 탄다의 혼은 어머니에게 안겨 흔들리는 갓난아이처럼 기분 좋게 웅크리더니, 이윽고 작고 뜨거운 구슬이 되었다. 탄다는 새를 꿈꿨다. 뜨거운 열이 나는 자그마한 구슬이여, 새가 되어라, 새가 되어라. 이윽고 열을 뿜던 구슬이 가벼운 깃털로 변하는 듯하더니 마침내 새의 모습이 되었다.

새가 눈을 뜨자 어스름 속에 한 줄기 빛이 보였다. 잠든 카야의 이마부터 까마득히 높은 곳까지 뻗은 빛의 실. 탄다는 그 실을 따라 스르르 날아올랐다. 오로지 실만 바라보며 어스름 속을 그저 하염없이 따라갔다. 뒤를 돌아보니 저 아래로 자기 혼에서 나온 실이 보였다. 그리고 그 실의 끝부분에 눈부신 빛이 있었다. 혼이 빠져나온 몸이 지닌 참억새 주술 도구가 빛을 내는 것이었다. 몸으로 돌아갈 시점에 저 빛이 이정표가 되어줄 것이다.

훨훨 날아 계속 올라가는 사이에, 탄다는 하얗게 빛나는 또 다른 실들이 한 방향을 향해 뻗어 있는 것을 발견했다. 그 실들은 희미한 안개 속으로 사라졌다. 탄다도 실을 따라 안 개 속으로 날아들었다. 그러나 순간 찌르는 듯한 공포에 사 로잡혔다. 안개가 등 뒤에서 순식간에 그물로 둔갑한 것이다.

'아뿔싸!'

덫에 걸렸다는 사실을 깨달은 탄다는 즉각 자기 혼을 새에 서 칼로 변신시켜 그물을 자르려고 했다. 그러나 아슬아슬한 순간에 탄다는 동작을 멈췄다. 이 그물은 여기로 빨려들어온 혼과 생명을 잇는 실로 엮인 것이었다.

'탄다.'

목소리가 들려왔다.

'이쪽으로 내려와라.'

목소리가 들리는 쪽에는 밤의 어둠이 있었다. 그 어둠 속 에 불그스름한 빛이 여러 개 보였다. 추운 밤을 밝히는 등불 같은 색깔, 따뜻한 화덕 불빛 같은 색이었다. 이렇게 높은 데 서 내려다보니 등불은 몇 개씩 무리를 이루며 켜졌고, 그 불 빛 중앙에 한층 더 큰 등불이 흔들렸다.

'저건 꽃송이가 빛나는 건가?'

부드럽고 따뜻한 불빛을 바라보는 사이에 그리움이 북받 쳐 올랐다. 탄다는 천천히 칼에서 새로 다시 변해 불빛을 향해 내려갔다. 그 세계는 밤이었지만, 꽃의 불빛으로 탄다는 커다란 궁의 널찍한 중정을 향해 내려가고 있다는 것을 알 수 있었다. 꽃이 흔들릴 때마다 인기척 하나 없는 궁궐의 회랑이나 지붕에서 그림자가 한들거렸다. 드디어 중정으로 내려가자 탄다는 사람의 모습으로 돌아왔다. 발밑이 차가워 내려다보니, 정원에는 탄다의 복사뼈까지 맑은 물이 차 있었다.

그 물속에 꽃이 피어 있었다. 사방으로 넓게 뻗은 뿌리로 단단히 지탱하는 굵은 줄기 하나가 있었고, 거기서 사방팔방으로 가는 줄기가 가지처럼 뻗어나왔다. 잎이 무성했으며, 탄다의 어깨보다 훨씬 높은 줄기 끝에 꽃송이 몇 개가 무리지어 피어 있었다. 그중 한층 눈에 띄는 것이 가장 굵은 줄기 끝에 매달린 거대한 꽃송이였다. 분명 그 꽃이 열매를 맺는 꽃송이일 것이다. 커다란 꽃송이도 자그마한 꽃송이도 초롱꽃처럼 닫힌 채였고, 그 안에서 따뜻한 빛이 희미하게 배어나오고 있었다. 물에 비치는 빛이 이루 형용할 수 없을 정도로 아름다웠다.

'아름답지?'

탄다는 목소리의 주인공을 찾아 두리번거렸다. 중정 사방을 둘러싼 회랑에 누군가의 그림자가 손짓하고 있었다. 탄다는 손짓에 따라 그림자 쪽으로 걸어가, 계단을 네 단 정도 올라 회랑에 섰다.

키 큰 남자가 서 있었다. 긴 회색 옷을 입고 암녹색 허리띠로 묶은 차림새였다. 꽃의 불빛으로 오른쪽 옆얼굴이 어렴풋이 보이기는 했지만 아무래도 자세히 알아보기 어려웠다. 보이지 않는 것이 아니라, 보려 하면 할수록 흐릿해져버리는 느낌이었다.

'탄다, 토무카의 아들이여.'

그 소리에 탄다가 고개를 저었다.

"나는 토로가이…, 당신이 말하는 토무카가 키워주었지만 피를 나눈 아들은 아닙니다."

남자가 희미하게 미소 짓는 느낌이 들었다.

'피를 나누어야만 아들은 아니다. 혼이 이어져 있다면 아들인 셈이다.'

그 말은 탄다에게 뜻밖의 강렬한 충격을 주었다. 토로가이는 도무지 어머니로는 어울리지 않을 만큼 거칠고 강한 여성이었지만, 어쩌면 탄다는 토로가이의 어딘가에서 어머니를 느끼고 있었을지도 모르겠다.

"당신이 꽃지기로군요?"

남자가 고개를 끄덕였다. 탄다가 온화한 어조로 말을 이었다.

"내가 누군지 알면서 왜 혼의 실로 짠 그물로 도망치지 못하게 막았나요? 나는 꽃에게 해를 끼치려고 온 것이 아닙니다. 꽃에게 붙잡힌 혼을 원래의 몸으로 되돌려 보내기 위해 여기 온 겁니다."

'이 세계는 꽃을 위해 존재한다. 꽃이 꿈꾸기 때문에 이 세계가 존재하는 것이지. 저 꿈들은 꽃송이에 깃들어 씨를 맺게 해준다. 그에 대한 답례로 꽃은 꾸고 싶어 하는 꿈을 꾸게 해주지. 이건 너무나도 당연한 일이다.'

탄다가 남자로부터 시선을 떼고 잠시 꽃을 응시했다.

"그렇군요. 내가 태어난 세상에서도 꽃은 벌레에게 꿀을 주는 대신 꽃가루를 옮겨가게 하지요. 열매를 맺게 하는 겁니다. 그것 역시 당연한 일이지요⋯. 하지만."

탄다가 남자에게로 시선을 되돌렸다.

"대부분 꽃들은 벌레의 생명을 위태롭게 하지는 않습니다. 벌레들은 하루 중 잠깐만 꽃과 관계를 맺을 따름, 나머지 시간에는 다른 생활을 하며 일생을 마치지요. 꽃의 꿈에 계속 붙잡혀 있으면 사람들은 죽고 말 겁니다. 이것이 당연한 일이라고는 생각할 수가 없군요."

그림자로 보이는 얼굴 가운데서 눈이 반짝였다.

'그건 꽃의 죄가 아니다. 그 아이의 죄다.'

"그 아이?"

'토무카가 데려간 갓난아이의 혼이다. 지금은 그쪽 세계에 살고 있지.'

탄다는 토로가이의 이야기를 떠올렸다.

'아아, 토로가이 사부님이 가슴에 안고 돌아왔다는 그 혼 말이구나!'

"그의 죄라는 건 무슨 뜻이죠? 꿈꾸는 혼들이 돌아오지 않는 것이 그와 어떤 관련이 있다는 건가요?"

'그 아이는 바람이다. 머나먼 옛날, 토무카가 그 아이와 함께 그쪽 세계로 돌아갔을 때, 그 세계와 이 세계 사이에 가느다란 통로가 생겼다. 그 아이는 그 통로를 이용해 매일 밤 혼이 되어 여기로 돌아왔다. 여기는 그 아이가 태어난 곳, 어머니의 뱃속이니까.'

그 목소리를 들은 순간, 탄다는 뒷덜미에 소름이 돋는 것처럼 섬뜩해졌다. 꽃지기의 목소리에 여자 목소리 같은 가느다란 울림이 섞여 있었기 때문이다. 그러나 한순간이었을 뿐, 꽃지기의 목소리는 곧바로 원래의 남자 목소리로 돌아왔다.

'그 아이는 꽃과 함께 태어난 아이. 이 세계와 밀접한 관계가 있는 아이. 중정에 이 아름다운 꽃이 피면, 그 아이는 열매를 맺어주기 위해 그쪽 세계 사람들의 꿈을 유혹하는 바람이 된다.'

탄다가 놀라 얼굴을 들었다. 토로가이도 분명히 그런 말을
했었다.

"그러면 그의 유혹을 받아서 카야를 비롯한 사람들이 꿈에
사로잡힌 건가요?"

꽃지기가 고개를 끄덕였다.

'그렇다. 하지만 화를 내서는 안 된다. 그는 바람이니까. 꽃
이 씨앗을 맺으면 여기로 돌아와, 꽃을 흔들어 꿈들의 눈을
뜨게 한 뒤 그쪽 세계로 돌려보내는 것도 그 아이니까.'

"그러면 그가 돌아와서 꿈들을 깨어나게 하면, 카야와 다
른 사람들도 몸으로 돌아갈 수 있다는 건가요?"

꽃지기가 고개를 끄덕였다.

'그렇다. 그런데 그가 돌아오지 않는구나.'

"예?"

'꽃은 씨앗을 맺었다. 앞으로 사흘 뒤에 반달이 뜨는 밤이
오면 이 꽃은 떨어질 것이다.'

"우리 세계에서의 사흘 뒤라는 뜻인가요?"

'그러하다. 토무카가 돌아가서 통로를 만들었을 때부터 그
쪽 세계와 이 세계는 같은 시간 속에 있었으니까. 보아라.'

꽃지기가 손을 들어 높은 하늘을 가리켰다. 밤하늘에 달이
떠 있었다. 조금 지나면 반달이 될 정도로 기운 달이었다.

'저 달이 반달이 되면 밖에서 강한 바람이 불어 들어온다. 꽃을 떨어뜨리는 강한 바람이다. 꽃이 떨어진다는 것은 곧 이 세계에 종말이 온다는 의미다. 그쪽 세계에서 유혹당해 여기서 잠든 꿈들은 꽃을 떨어뜨리는 바람이 불기 전에 그 아이의 산들바람이 깨워주지 않으면…, 그렇게 해서 원래 세계로 돌아가라고 다정하게 재촉하지 않으면, 그날 밤 바람에 흩날리는 꽃과 함께 떨어져 여기서 죽음을 맞게 된다.'

탄다는 흔들리는 꽃을 바라보았다. 줄기와 꽃이 만나는 부분이 무척 가늘어, 바람이 불면 금방이라도 떨어져버릴 것 같았다.

"왜…."

탄다가 혼잣말하듯이 말했다.

"그는 왜 돌아오지 않는 걸까요?"

꽃지기가 갈라진 목소리로 나지막이 말했다.

'나도 알지 못한다. 왜 도망쳤는지, 왜 돌아오지 않는지.'

탄다가 얼굴을 찌푸렸다.

"그런…. 자기가 이 많은 생명을 책임져야 한다는 것을 알고 있잖아요? 안다면 돌아오지 않을까요? 반달이 뜨는 밤까지는."

꽃지기가 엷게 미소를 지은 것 같았다.

'그때까지 기다리면 된다는 것이냐? 위험한 도박이로구나. 이제까지 매일 밤 이 정원으로 돌아오던 그의 혼이 요 며칠 밤 돌아오지 않았다. 자기 의지로 오지 않는 것이다. 만일 기다려도 돌아오지 않으면?'

꽃지기가 조용한 목소리로 말했다.

'나는 상관없다. 꽃은 이미 열매를 맺었으니까. 그러나 저 꿈들을 구하고 싶다면 그를 데리고 와야만 한다. 무슨 수를 써서라도. 그것이 여기에 사로잡힌 사람들을 구할 유일한 길이니까. 하지만 나는 이쪽 세계에서만 힘을 갖는다. 그대처럼 저쪽 세계에 태어나, 저쪽 세상에 몸이 있는 자만이 그 아이를 쫓아갈 수 있다는 말이다.'

탄다의 눈이 커다래졌다.

"그래서, 그 말은 곧 나를?"

'그렇다. 해보지 않겠느냐? 그 아이는 바람, 보통 사람이라면 사흘 정도로는 도저히 붙잡을 수 없지만, 꽃의 힘을 빌리면 그대는 초인적인 힘을 갖게 될 것이다.'

"초인적인 힘?"

'꽃 속에서 태어난 자가 어디에 있든 찾아내는 능력. 그리고 어디까지고 쫓아가서 붙잡을 수 있는 강력한 힘이다. 꽃을 지키는 '꽃 지킴이'의 힘이다.'

문득 꽃지기의 목소리가 세상 전체에 진동하듯 윙윙거리며 탄다를 감쌌다.

　'꽃 지킴이가 되어라, 탄다. 꽃에 취해 잠든 자들의 생명을 지키기 위해!'

　꽃향기가 탄다를 감싸, 마치 술에 취한 것처럼 의식이 몽롱해졌다. 그 순간 탄다의 경계심이 되살아났다. 탄다는 다가오는 힘에 항거하며 필사적으로 생각을 계속하려 했다.

　'탄다. 토무카의 아들이여.'

　향기가 숨 막힐 정도로 강해져, 탄다는 눈앞이 흐릿해지는 것을 느끼고 필사적으로 몸에 힘을 주었다.

　'꽃 지킴이가 되어라, 탄다! 그 아이를 데려와라!'

　탄다는 눈을 감았다. 답답할 정도로 강한 향기 속에서 탄다는 이를 악물며 정신을 차리려고 했다.

　'덫일지도 몰라. 뭔가 이상해.'

　몽롱한 의식 속에서도 탄다는 생각했다. 하지만 뭐가 이상한지는 아무래도 알 수가 없었다.

　'잊지 말아라. 나는 카야를 구하러 온 것이다. 카야를 구한다는 생각만 해라.'

　탄다가 마음속으로 중얼거렸을 때 꽃지기가 속삭였다.

　'내 아들은 카야를 비롯한 다른 혼들에게 노래를 불러 꽃

으로 데려왔다. 그에게는 꿈들을 유혹한 책임이 있단 말이다.'

탄다가 깜짝 놀라며 꽃지기에게 되물었다.

"그 남자가 노래로 혼을 유혹했나요?"

'그렇다.'

"그럼 소리꾼이로군요?"

'그렇다.'

강렬한 분노가 가슴속에서부터 치밀어올랐다. 카야가 사랑했다는 소리꾼, 아마도 그 자일 것이다, 토로가이가 꿈속에서 낳은 아들은. 아직 어린 카야의 마음에 절대로 이룰 수 없는 꿈을 불어넣고는 자기 삶에 대한 허무감을 부추겨 꽃으로 유혹하다니. 아무리 억누르려 해도 품지 않을 수 없는 꿈을 미끼로 처녀를 유혹하다니!

탄다는 누구보다도 온화한 사내였지만, 이 순간 무서울 정도로 격렬한 분노가 솟구쳤다. 탄다가 마음을 정하는 데 결정적인 역할을 한 것은 바로 그 격렬한 분노였다. 꽃 지킴이가 되면 자기가 어떻게 될지도 모른 채. 하지만 이대로는 카야를 구할 수가 없으니, 그 남자를 완력으로라도 데려와 카야를 구하려면 꽃 지킴이가 되는 수밖에 없다.

탄다가 천천히 꽃에서 꽃지기로 시선을 돌렸다.

"알겠습니다. 꽃 지킴이가 되지요."

꽃지기에게 이끌려 탄다는 또다시 중정으로 내려갔다. 꽃지기는 탄다를 줄기 쪽으로 데려갔다. 줄기는 어른 네 명이 팔을 벌려도 안을 수 없을 만큼 굵었으며, 그 줄기 아랫부분에 뿌리가 복잡하게 뒤엉켜 있었다. 꽃지기는 그 뿌리들이 모여 마치 의자처럼 파인 곳에 탄다를 앉혔다. 꽃지기가 시킨 대로 상의를 벗었기 때문에, 탄다는 상체를 드러낸 채 하의만 입은 상태였다. 그리고 책상다리를 하고 다부지게 자세를 잡았다.

꽃지기는 탄다의 정면에 서서 탄다에게 손가락을 뻗었다. 그러고는 탄다의 오른쪽 허벅지부터 무릎에 걸쳐 선을 그리기 시작했다. 손이 지나간 자국이 초록색으로 변해, 마치 넝쿨이 뻗는 것처럼 오른쪽 다리를 휘감기 시작했다.

'그 다리는 그대의 것이 아니다. 꽃의 것이다.'

꽃지기가 외치는 사이에 탄다는 오른쪽 다리의 감각이 사라지는 것을 느끼고 극심한 공포에 사로잡혔다. 꽃지기가 재빨리 탄다의 왼쪽 다리에도 무늬를 그려나갔다.

'그 왼쪽 다리는 그대 것이 아니다. 꽃의 것이다.'

순식간에 양쪽 다리의 감각이 사라져가는 느낌은 끔찍하고도 무시무시했다.

'침착해라. 침착해. 혼을 꽉 붙잡고 있어야 한다.'

이를 악물고 견뎌야 했다. 꽃지기가 한 발짝 다가오더니 탄다의 얼굴에 그림자를 드리웠다. 그의 손가락이 목에 닿았을 때, 탄다는 저도 모르게 몸을 움찔 떨었다. 손가락이 목부터 가슴, 배에 걸쳐 넝쿨을 그려내려갔다.

'그대의 몸은 그대 것이 아니다. 꽃의 것이다.'

마침내 전신의 감각이 사라지고 머리만 깨어 있는 상태가 되었다. 꽃지기는 꽃 한 송이의 꽃받침을 떼어냈다. 놀랍게도 그것은 양쪽 눈은 물론이고 코와 입에도 구멍이 없는 가면이 되었다. 꽃받침에 붙어 있던, 비자나무 잎 같은 날카로운 잎이 머리털처럼 붙어 있었다. 가면이 눈앞을 뒤덮는 것을 탄다는 이를 악물고 지켜보고 있었다.

꽃지기가 최후의 주문을 외우기 위해 입을 열었을 때, 탄다는 꽃지기가 몸을 움직여 둘로 쫙 갈라진 것 같은 느낌을 받았다. 그 순간 차가운 바람이 얼굴에 닿아 탄다의 정신을 또렷하게 했다.

'그대의 꿈은…,'

주문이 들리며 얼굴에 가면이 닿았을 때, 탄다는 마음속으로 간신히 주문 한마디를 외웠다. 두 개의 주문이 동시에 탄다 속에 울려 퍼졌다.

'그대 것이 아니다, 꽃의 것이다.'

'내 꿈만 내 것이다.'

순간 탄다는 뒤로 내던져진 듯 엄청난 충격을 느꼈다. 그러고는 온몸의 감각이 사라졌다.

3
바르사와 꽃 지킴이의 사투

  노시루의 집이 보이는 부근에 이르자 토로가이는 단박에 이변이 생겼음을 알아차렸다. 집밖에 아이들이 웅크리고 앉아 서로 끌어안고 울고 있는 것이었다. 탄다의 형수 나카가 아이들을 품은 채 떨고 있었다.

  "왜 그러느냐? 무슨 일이냐?"

  토로가이가 달려가니 나카는 부들부들 떨면서 지붕을 손가락질했다.

  "저, 저기서 커다란 원숭이처럼 생긴 요괴가 갑자기 튀어나와서…."

  토로가이는 노시루네 집 문이 닫힌 것을 보고 얼굴을 일그러뜨렸다. 불길한 예감이 밀려왔다.

"저 바보가, 설마 혼자서….'"

토로가이는 출입문에 손을 대더니 들릴 듯 말 듯 주문을 외우며 단숨에 문을 부쉈다. 흙먼지를 일으키며 문짝이 안쪽으로 쓰러지며, 탄다가 쳐놓은 새끼줄이 튕겨 나갔다. 어두컴컴한 집 안에는 카야가 드러누워 있을 뿐, 탄다의 모습은 보이지 않았다. 토로가이는 카야의 머리맡에 웅크리고 앉아 초혼제에 쓰는 도구를 주워올렸다. 참억새로 만든 도구는 새카맣게 타 손 안에서 부슬부슬 부서져 내렸다.

토로가이는 일어서더니 굴뚝을 올려다보았다. 방어막은 토로가이가 부술 때까지 안쪽에서는 건드린 흔적이 없었다. 그렇다면 탄다는 저 굴뚝을 통해 밖으로 나갔다고 여길 수밖에 없다. 그러나 굴뚝은 탄다 키의 배 이상 되는 높이에 있었다. 발받침도 없이 뛰어올라서 뚫고 나갔단 말인가.

커다란 원숭이처럼 생긴 요괴라고 나카가 말했었다. 토로가이는 무슨 일이 일어났는지 짐작하고, 두 주먹을 불끈 쥐고 이를 악문 채 잠시 눈을 감았다. 그리고 잠시 뒤에 눈을 뜨더니 주문을 외우며 정신을 한데 끌어모았다. 대기의 흐름이 흐트러진 곳을 따라가는 것이었다.

탄다가 이 집을 뛰쳐나간 것은 바로 조금 전 일인 것 같았다. 그때 대기가 흐트러진 것이 또렷이 느껴졌다. 토로가이는 그 흔적을 쫓아 달리기 시작했다.

🝆🝓🝆

"아니, 이런 곳에 집이 있군요. 얼마 전에 바로 옆 마을에 들렀지만 이런 데 사람이 살 줄은 몰랐네요."

탄다의 집 앞 풀밭에 서서 유그노가 말했다.

"하지만 아무도 없는 것 같은데요."

바르사가 고개를 끄덕였다.

"약초를 따러 갔거나 환자를 진찰하러 갔겠지. 자, 괜찮으니까 들어와라. 불을 피워…."

대답을 하면서 문에 손을 댔을 때, 갑자기 바르사의 전신에 소름이 쫙 돋았다. 단창을 거머쥐고 돌아보니 유그노도 나무 정령으로부터 경고를 받은 듯 몹시 불안한 표정으로 바르사를 마주 보았다.

살기는 아니었다. 마치 숲 뒤에서 이리가 노려볼 때와 같은 공포가 온몸을 사로잡았다. 그것은 나무 위에서 덤벼들었다. 너무나도 움직임이 빨라서 유그노는 검은 그림자밖에 보지 못했지만, 바르사는 사람 형체를 확실히 보았다. 그것은 일직선으로 유그노에게 덤벼들었다. 바르사는 아슬아슬한 순간에 유그노를 밀쳐내고는 풀밭에서 휙 몸을 뒤집어 그놈과 마주했다. 그러나 얼굴을 본 순간, 바르사는 너무 놀란 나머지 일순 그 자리에 얼어붙고 말았다.

"탄다!"

사람의 형체는 탄다의 옷을 걸치고 탄다의 얼굴을 하고 있었다. 그러나 사람의 표정이 아니었다. 마치 사냥감을 덮치려는 이리처럼 허연 눈빛을 띠고 있었다.

탄다는 창을 조금도 두려워하지 않고 바르사를 공격해왔다. 바르사는 순간 창을 한 바퀴 획 돌려, 창고달 쪽으로 탄다의 급소를 찔렀다. 하지만 탄다는 공격해오는 기세를 늦추지 않고 발뒤꿈치로 몸을 회전시키더니 비스듬히 창을 피하는 것이었다. 창을 피할 때의 비스듬한 자세 그대로 탄다가 오른손을 바르사의 얼굴을 향해 쑥 내밀었다. 바르사는 앞으로 뛰어나가 간신히 그 손을 피했다.

무슨 일이 일어난 건지 전혀 알 수는 없었지만, 바르사로서는 탄다의 모습을 한 자를 창으로 찌를 수는 없었다. 그런 마음이 움직임을 둔하게 만든다는 걸 깨달은 뒤에야 바르사는 창을 내던졌다. 그리고 모로 후려차기 동작으로 탄다의 무릎 위쪽을 세게 찼다.

탄다는 믿을 수 없을 만큼 날쌘 동작으로 공중으로 뛰어올라서 피했다. 그리고 뛰어오른 채로 바르사에게 발길질을 했다. 몹시 날카로운 발길질이어서 머리에 맞지 않도록 몸을 비트는 것이 고작이었다.

왼쪽 어깨에 격렬한 충격이 왔다. 전혀 사정을 봐주지 않는 발길질이었다. 목에 맞았다면 목뼈가 부러져 즉사했을 것이 분명했다. 그 일격을 받고 바르사는 탄다가 자기를 죽이려고 작정했다는 것을 깨달았다.

바르사는 앞으로 날아 풀밭에서 회전하더니 곧바로 일어서서 탄다와 마주했다. 거침없이 간격을 좁혀오던 탄다가 양손을 바르사의 목에 갖다 댄 순간, 바르사는 탄다의 양쪽 손목을 붙잡고 가슴으로 뛰어들듯이 몸을 낮추고는 홱 틀었다. 탄다의 몸이 공중으로 떠올랐다. 요란스럽지는 않아도, 낙법을 취할 틈도 주지 않고 땅바닥에 내동댕이치는 날카로운 메치기 공격이었다. 땅바닥에 내동댕이쳐진 탄다는 충격이 컸는지 순간 움직임을 멈췄다.

바르사가 탄다의 오른팔 관절을 붙잡아 몸을 엎어놓고는 무릎으로 등 한 지점을 눌렀다. 이 급소가 눌리면 호흡이 불가능해진다. 게다가 팔 관절 역시 이 정도로 압박을 받으면 극심한 통증 때문에 움직이기는커녕 목소리도 낼 수 없게 된다. 하지만 탄다는 움직임을 멈추지 않았다.

"탄다, 움직이지 마! 팔 부러져!"

속에서 쓰디쓴 덩어리가 치밀어 올라왔다. 사람의 팔을 부러뜨리는 것은 그리 어렵지는 않지만 아주 무서운 일이다. 게다가 이건 탄다의 팔이다. 이마에 식은땀이 배어 나왔다. 손 밑 탄다의 팔뼈에서 우두둑 소리가 났다.

"탄다!"

탄다는 마치 통증을 느끼지 않는 듯, 팔이 우두둑거리는 것도 개의치 않고 몸을 일으키려 들었다. 바르사는 이를 악물고 마음을 정했다. 비틀면서 힘을 주자, 기분 나쁜 소리가 나며 탄다의 오른쪽 어깨 관절이 빠졌다.

순간 바르사는 뭔가가 얼굴을 세차게 내리치는 것을 느끼고 몸을 젖혔다. 탄다가 몸을 비틀어 왼손으로 바르사의 얼굴을 때린 것이다. 관절이 어긋날 때의 통증은 끔찍하다. 설마 반격을 할 수 있으리라고는 생각지 않았다. 눈앞에 별이 번쩍이고 콧속에서 단내가 느껴지더니 순간 바르사는 정신을 잃고 말았다.

탄다의 왼손이 바르사의 목을 잡았다. 바르사는 손바닥을 세워 탄다의 왼쪽 팔꿈치를 내리치고, 혼신의 힘을 다해서 오른쪽 손바닥으로 귀를 세차게 때렸다. 단번에 고막이 터진 탄다가 머리를 기우뚱 흔들고는 엉덩방아를 찧더니, 느릿느릿 벌렁 드러누웠다.

바르사는 거친 숨을 내뱉으며 떨고 있었다. 목숨 건 싸움

을 셀 수 없을 만큼 경험했지만 이런 오싹함이라니. 죽이기
는커녕 상처 하나 입히고 싶지 않은 사람이었다. 이제 어떻
게 하면 좋을지 알 수가 없었다.

마치 보이지 않는 실에 잡아끌리듯이 탄다가 몸을 일으켰
다. 바르사는 이를 악물고 얼굴을 일그러뜨리며 그 모습을
주시했다. 아무것도 보이지 않는 듯한 탄다의 눈이 바르사를
본 순간, 탄다의 코끝에 타오르는 불덩이가 나타났다. 오른
쪽에도 왼쪽에도 불덩이가 몇 개씩 나타나서 탄다를 둘러싸
고 돌기 시작했다.

"불꽃이여, 불꽃이여, 태워버리는 존재여, 춤추는 존재…."

외운다기보다 노래하는 듯한 주문이 풀밭에 울려 퍼졌다.
목소리가 들려오는 쪽을 보니 토로가이가 서 있었다. 반쯤
뜬 눈으로 탄다를 응시하면서 양손을 비비고 있었다. 탄다는
몸을 비틀어 불꽃으로부터 벗어나려고 발버둥 쳤다.

불꽃이 빛의 오랏줄이 되어 덤벼든 순간, 마치 뭔가에 팅
겨나가는 듯한 기세로 탄다가 허공으로 뛰어올랐다. 그러고
는 눈 깜짝할 사이에 한손으로 머리 위 나뭇가지에 매달려
산속으로 사라져버렸다.

바르사는 온몸이 땀으로 흠뻑 젖어 풀밭에 무릎을 꿇은 채
로 헐떡이고 있었다. 불꽃은 어느 틈엔가 사라졌다. 바르사

는 몰랐지만, 그것은 진짜 불꽃이 아니라 주술로 혼에게만 보여준 환영이었던 것이다.

"토로가이 사부님."

바르사가 이마의 땀을 닦으며 일어섰다.

"저건… 무엇이 도대체….”

토로가이도 온통 땀에 젖어 있었다.

"여하튼 안으로 들어가라. 거기 있는 젊은이도 함께. 나는 사방에 방어막을 치고 올 테니까. 그렇게 하지 않으면 그것이 분명 다시 올 거다."

바르사가 창을 주워들고는 멍하게 서 있는 유그노의 어깨를 밀고 집 안으로 들어갔다.

4
꽃의 아들

유그노가 화덕에 불을 붙이는 사이에 토로가이가 돌아왔다.

"바르사, 그것이 너에게 덤벼들더냐?"

토로가이의 질문에 바르사가 고개를 저었다.

"아뇨. 처음에는 여기 있는 유그노에게 덤벼들었어요. 유그노를 구하려 했더니 나에게 덤벼들었죠. 탄다였어요."

토로가이가 화덕 앞에 앉아 크게 한숨을 내쉬었다. 바르사가 더욱 열을 올리며 말을 이었다.

"탄다의 모습을 하고 있었죠. 하지만 사람이 아니었어요. 그야말로 짐승 같은 느낌이었고, 몸동작도 탄다가 할 수 있는 움직임이 아니었어요. 게다가 무시무시한 힘으로 망설이지도 않고 나를 죽이려고 했어요. 여기를 보세요."

바르사가 옷깃을 풀어 벌리며 왼쪽 어깨를 내보였다. 어깨가 보랏빛으로 부어 있었다.

"호흡법으로 충격을 튕겨내는 기술을 알기에 망정이지, 발로 차일 걸 각오하고서 당했기에 이 정도로 끝났지만, 만일 제대로 허를 찔렸다면 뼈가 남아나지 않았을 거예요. 그 정도로 발길질의 위력이 대단했어요."

토로가이가 고개를 끄덕였다.

"그럴 거다. 네가 아니었다면 이미 살해당했을 거다."

입을 열려고 하는 바르사를 토로가이가 제지했다.

"탄다에게 무슨 일이 일어났는지는 이제 곧 얘기하마. 하지만 그 전에, 저기 저 젊은이를 소개하지 않겠느냐?"

바르사는 닷새 전 동틀 녘에 유그노를 구한 일, 그는 나무 정령이 사랑하는 리투루엔이라는 것을 설명했다. 젊어 보여도 벌써 쉰두 살이라는 것까지. 그러는 동안 토로가이는 줄곧 유그노를 지그시 바라보아서 유그노는 거북한 듯 안절부절못했다. 바르사가 말을 마친 후에도 토로가이는 한동안 꼼짝도 하지 않고 유그노를 응시했다. 이윽고 토로가이가 중얼거렸다.

"이거야 원. 노르가이 사부님이 말하던 대로, 운명의 실이라는 것이 있나보구나."

그러고나서 정신을 차리려는 듯이 머리를 한 차례 흔들더니, 최근 며칠 동안 일어난 일을 두 사람에게 설명하기 시작했다.

꿈에서 깨어나지 않는 탄다의 조카와 챠그무 이야기, 옛날에 꾸었던 기묘한 꿈과 꽃의 세계에서 낳은 아들 이야기, 그리고 꽃의 밤 이야기도. 오늘 오후 노시루의 집에서 본 것까지 전부를.

"그러니까 바르사, 네가 싸운 상대는 탄다이면서 탄다가 아니다. 그것은, 그 착해빠진 멍텅구리가 꽃한테 혼을 빼앗긴 것이 분명하다."

그런 다음 토로가이는 바르사에게서 유그노에게로 시선을 옮겼다.

"하지만 탄다는 왜 너를 공격했을까? 꽃의 공격을 받을 이유에 대해 너는 뭔가 짚이는 데가 있느냐?"

바르사가 유그노를 바라보자 유그노는 잠시 파랗게 질린 얼굴로 토로가이를 쳐다보았다. 그러더니 입 안에서 우물거리듯 나지막이 말했다.

"아… 저, 저기, 예, 그래요. 하지만 설마 정말로 꽃 지킴이가 쫓아오다니…."

"우물거리지 말고 제대로 설명해라!"

토로가이가 호통을 치자 유그노가 움찔하며 목을 움츠리고는 불쾌한 듯이 토로가이를 흘겨보았다.

"호통치지 마세요. 왜 소리를 지르는 거죠! 나도 잘 모른단 말이에요, 무슨 일이 일어난 건지."

그러고나서 얼굴을 찌푸리며 생각에 잠겼다.

"우선 이야기를 정리하게 해주세요. 그러니까 요컨대 당신이 토무카라는 건가요?"

"그렇다. 50년 이상 잊고 지낸 이름이지만."

유그노가 혀로 입술을 적셨다.

"그럼 당신이 나를 저쪽 세계에서 낳은 어머니?"

"그런 것 같구나. 하지만 말이다, 그것은 꽃의 씨앗을 품은 채 죽은 남자의 혼을 새로운 혼으로 바꾼 사람이라는 의미여서, 별로 네 어머니라고 말할 마음은 없다만."

유그노가 코를 찡그렸다.

"물론 나도 그럴 마음은 전혀 없어요. 아버지가 말하던 토무카하고는 분위기도 전혀 다르고."

토로가이가 얼굴을 찌푸렸다.

"아버지?"

"예. 당신이 말하던 꽃지기 말이에요."

유그노가 한숨을 쉬었다.

"나는 말이에요, 태어나서 지금까지 계속 똑같은 꿈만 꾸어왔어요. 푸르스름한 석양이 비치는 정원과 거기서 자라는 꽃. 키가 큰 아버지…. 아버지는 내가 태어나게 된 과정과 꽃을 위해서 내가 할 일을 가르쳐주었죠. 그 정원에서 들었을 때는 지극히 당연한 일로 여겼어요. 다른 사람은 매일 밤 다른 꿈을 꾼다는 걸 알았을 때는 깜짝 놀라서, 왜 나만 다른지 이상하게 생각했어요. 그런데 역시 나는 태어날 때부터 보통 사람과는 다른 운명을 타고났더군요."

바르사가 조바심이 나서 몸을 쑥 내밀었다.

"찬물을 끼얹어서 미안하지만 말이다, 꿈이랄지 뭐랄지 하는 것보다도 도대체 탄다가 요괴가 되어서 너를 공격하는 이유가 뭔지, 빨리 요점만 가르쳐주지 않겠나?"

유그노가 불안한 듯이 눈을 깜빡였다.

"예? 아, 그게, 그러니까 잘 모르겠는 것이 한 가지 있는데요…."

바르사는 초조해져서 유그노의 어깨를 붙잡더니 가볍게 흔들었다.

"너 방금 꽃을 위해 할 일을 아버지가 가르쳐주었다고 했지? 그게 대체 뭐냐? 그 임무를 완수하지 않았기 때문에 꽃의 공격을 받는 것이 아니냐?"

유그노는 고개를 절레절레 흔들었다.

"아니에요! 꽃을 위해서 하라는 것은 다 했어요."

토로가이가 끼어들었다.

"여하튼 그 임무라는 게 뭐냐?"

유그노가 흘끗 바르사를 보고, 그러고나서 토로가이에게로 고개를 돌렸다.

"나는 외로운 사람, 현재의 인생을 허무하게 생각하는 사람에게 꿈을 주었을 뿐이에요. 중정의 꽃이 자라서 꽃봉오리가 벌어지기 시작했을 때 아버지가 말했어요. '자, 때가 왔구나. 너는 이제 바람이 되어, 꽃을 수정시켜 열매를 맺게 하는 꿈들을 유혹하여라'라고요."

바르사가 놀라 유그노의 어깨에 얹은 손에 힘을 주었다.

"그 노래…, 그 노래구나? 제1황비를 위해 불렀다는 그 노래."

바르사의 목소리에 씁쓸함이 섞였다.

"그 노래를 들었을 때의 기분을 지금도 잊을 수가 없다. 영원히 잃어버린 것, 원해도 얻을 수 없는 것을 견딜 수 없이 그립게 만드는 노래, 한 번 들으면 귓속에 남아 좀처럼 사라지지 않는 노래…."

바르사는 유그노를 지그시 응시했다.

"노래로 약한 사람의 마음을 꿈으로 유혹한 게로구나."

무거운 침묵이 흘렀다. 유그노가 잠시 어두운 얼굴로 바르사를 바라보더니, 이윽고 작은 새를 연상시키는 동작으로 고개를 갸웃했다.

"바르사 님, 화난 거예요?"

바르사는 대답하지 않았다. 유그노가 눈을 깜빡이며 불만스러운 듯이 말했다.

"왜 화를 내는 거지? 나는 사람들에게 다른 소리꾼은 절대 해줄 수 없는 최고의 선물을 주었는데. 그렇지 않나요? 깨어나고 싶지 않을 정도로 좋은 꿈은 원한다 해서 꿀 수 있는 게 아니잖아요."

바르사는 크게 심호흡하며 화를 가라앉히려고 애를 썼다.

"아무리 좋은 꿈이라도 목숨과 맞바꾸는 거라면 고마워할 리 없다는 생각은 안 한 것이냐?"

"예? 목숨과 바꾼다고요? 무슨 뜻이죠, 그게? 아아, 그렇구나. 탄다라는 사람은 그 사람들이 이제 못 깨어날까봐 걱정했다고 했죠?"

유그노가 얼굴을 찌푸렸다.

"그렇게 걱정할 필요 없지 않을까요? 왜냐하면 씨를 맺기 위해서 그 사람들을 부른 거잖아요. 씨가 맺히면 더 이상 필요가 없어지는걸요. 붙잡아두었다가 죽일 필요가 없죠. 임무를 마치면 돌아오지 않을까요?"

토로가이의 눈이 뭔가를 떠올리는 듯이 가늘어졌다.

"그래, 그렇지. 옛날에 꽃지기에게 물은 적이 있다. 꿈들이 돌아올 수 있느냐고. 그는 꿈들이 원한다면 가능하다고 대답했지. 기분 좋은 꿈에서 깨어나고 싶다는 생각을 할 수 있는 사람은 좀처럼 없겠지만, 그래도 내 느낌상 그 꽃은 사람의 혼을 끌어들여 죽여버리는 식충식물의 성질을 지니지는 않았던 것 같다. 수정을 위해 벌레를 유혹하지만 벌레에게는 그 대가로 달콤한 꿀을 주는 것처럼, 서로 만나는 것은 짧은 순간에 불과하달까, 그와 비슷한 느낌이었다. 그래서 나는 솔직히 탄다만큼 걱정하지는 않았다. 언젠가 열매를 맺으면, 그러니까 꽃지기가 말하는 시간이 되면 꿈들도 돌아오지 않을까 생각한 거지."

토로가이가 팔을 문지르며 유그노에게로 고개를 돌렸다.

"하지만 지금은 그렇게 생각할 수 없게 되었다. 꽃이 순순히 모두를 돌려보낼 생각이라면 혼을 부르러 간 탄다를 꽃지킴이로 만들 필요가 없었을 테니까. 뭘까? 뭔가 아귀가 맞지 않아. 뭔가 이상하게 되어버렸어."

말끝을 흐리며 토로가이가 손가락으로 이마를 눌렀다.

"꽃은 언제 씨앗을 맺느냐? 꿈들의 임무는 언제 끝나지? 그 시기만 알면 초혼제로 뭔가 할 수 있을지도 모르는데…."

혼잣말처럼 중얼거리며 토로가이는 유그노를 응시했다.

"넌 철이 든 이래로 계속 꽃의 성장을 지켜보았다고 했지? 언제 수정을 마쳐 씨앗을 맺는지 모르느냐?"

유그노가 턱을 벅벅 긁었다.

"글쎄요, 그걸 잘 모르겠어요, 유감스럽게도."

바르사는 그 태평한 어조에 화가 치밀어 유그노를 향해 돌아앉았다.

"너, 네가 그 사람들을 꽃으로 유혹했잖아! 그 점에 대해 아무런 책임감도 느끼지 않는 거냐?"

유그노는 의아하다는 표정이었다.

"책임요? 왜죠? 내가 그 사람들의 꿈을 자극하는 노래를 부른 것은 분명하지만, 즐거운 꿈에서 깨어나고 싶지 않은 것은 그 사람들의 의지이지 내가 강요한 것은 아니잖아요? 왜 내가 책임을 느껴야 하죠?"

바르사는 다시 무어라 하려다 아무 말도 않고 입을 다물었다. 이 남자와는 사고방식이 근본부터 어긋나 있다고 생각했기 때문이다. 화낼 기력조차 생기지 않았다. 유그노는 한층 불만스럽게 얼굴을 찌푸렸다.

"사실은 말이에요, 그 사람들은 괜찮아요. 좋은 꿈을 꾸는 거니까. 나 같은 경우는 일전에 꽃 속에서 심한 악몽을 꾸었어요. 게다가 꽃 지킴이까지 쫓아오다니, 나야말로 피해자죠."

토로가이가 눈썹을 치켜올렸다.

"꽃 속에서 악몽을 꾸었다고?"

"예. 아까 얘기했듯이, 나는 이제까지 매일 밤 꿈에서 꽃 속으로 갔어요. 매일 밤 꽃이 조금씩 성장하는 것을 지켜보며 계속 좋은 꿈을 꾸었죠. 그런데 말이에요, 최근에 그 꿈이 점점 악몽으로 변해버려서, 나는 그 꿈으로 돌아가는 것이 두려워지고 말았어요. 언제부터였더라? 아, 그래요. 최초의 꿈이 와서 수정을 했을 무렵부터인 것 같네요. 꽃지기가 아버지가 아닌 것처럼 느껴지기 시작했어요. 이상한 표현이지만요, 마치…."

유그노가 볼을 붉혔다.

"뭐냐, 여자로 변하기라도 하더냐?"

토로가이의 거침없는 표현에 유그노가 불쾌한 듯이 얼굴을 찌푸렸다.

"그런 의미의 여성이 아니에요. 왠지 모르지만 어느 틈엔가 꽃지기가 어머니로 변해버린 거예요."

유그노가 입술을 쭉 내밀었다.

"처음에는 그렇게 싫지 않았어요. 우리 어머니는 이미 10년 전에 돌아가셨으니까 그립기도 해서 기뻤지요. 다시 만날 수 있어서."

유그노가 숨을 깊이 들이마셨다.

"하지만 말이에요, 그러다가 점점 괴로워졌어요. 나는 그럴 생각이 없는데도 꿈속에서 내 나이가 점점 줄어드는 거예요. 열두 살 정도 어린애가 되었을 때는 두려워졌죠."

유그노가 토로가이를 응시했다.

"이유가 뭘까요? 이쪽 세계로 돌아가지 말고 계속 꿈속에서 자기 품에 있으라는 거예요, 어머니가. 작고 무력해져라, 그대로 성장하지 말라고 하며. 그러자 점점 저 세계가 나를 향해 덮쳐오는 느낌이 들더군요. 저 세계는 원래는 그런 세계가 아니었어요. 싹이 트고 성장해 꽃을 피우고, 그리고 마침내 씨앗을 맺고 떨어지죠. 그런 식으로 움직이던 세계였어요. 그런데 언제부턴가 작게 작게 축소되기 시작했어요. 마치 갓난아이를 끌어안고서 어디로도 못 가게 하려고 으스러뜨려버리는, 정신이 이상해진 어머니처럼. 그래서 무척 두려워졌어요. 어머니의 손을 뿌리치고 도망친 것도 그래서였어요."

"아아, 그때구나. 네가 가위에 눌려 힘들어 하던…."

바르사가 중얼거리자 유그노가 고개를 끄덕였다.

"그래요. 바르사 님이 흔들어서 깨워주지 않았으면 도망칠 수 없었을지도 몰라요. 무척 무서웠기 때문에, 그 이후로는 꿈에서 그곳으로 가지 않으려고 면도용 작은 칼을 이마에 붙이고 잤어요. 어릴 적에 어머니가 가르쳐준 주술이죠. 나를 낳아준 진짜 어머니는 그렇게 아이를 으스러뜨리는 사람이 아니에요."

유그노가 입을 다물자 세 사람은 침묵했다.

"그러니까…."

토로가이가 입을 열었다.

"그때 저 세계에서 도망쳐 나왔기 때문에 언제 수정이 끝나 씨앗이 맺히는지도 모르는 거로구나."

"예."

유그노가 끄덕였다. 토로가이가 크게 한숨을 쉬었다.

"왜 그런 변화가 일어났는지는 모르겠다만, 여하튼 그 꽃 속에 있는 어머니는 아직 너를 포기하지 않은 것 같다. 탄다 녀석까지 끌어들여 너를 쫓는 걸 보면."

유그노가 부르르 몸을 떨었다.

"예. 설마 정말로 이쪽 세계까지 쫓아오리라고는 생각지

제2장 꽃 지킴이 153

않았어요. 어머니의 품에서 도망쳐 나왔을 때, 무시무시한 목소리로 소리를 치더군요. '이걸로 도망쳤다고 생각하면 착각이다. 꽃 지킴이가 반드시 너를 쫓아갈 거다! 네 목청을 망가뜨려 노래를 못하게 만들 테니까!'라고요."

토로가이의 눈이 갑자기 가늘어졌다.

"네 목청을 망가뜨려 노래를 못하게 만든다고? 정말로 그렇게 말했느냐?"

"예. 하도 무서워서 귀에 그대로 박힌 것 같은걸요."

토로가이가 턱을 문질렀다.

"그 말에 뭔가 특별한 의미라도?"

"흠…. 뭐, 여하튼 꽃은 새끼가 보금자리를 떠나지 못하게 만드는 무서운 어머니가 된 셈이로구나. 꽃이 누군가의 꿈에 지배당하는 건지도 모르겠다. 사람들을 죽음의 동반자로 삼고 싶어 하는 누군가의 꿈 말이다."

토로가이는 그렇게 말한 뒤 자기 얼굴을 쥐어뜯었다.

"아아, 빌어먹을! 누가 꽃한테 무슨 짓을 했는지는 모르겠다만, 여하튼 탄다 이 바보 녀석이 책략에 말려든 것만은 분명한 것 같구나. 참으로 어수룩한 그 바보 멍텅구리가!"

바르사가 낮은 목소리로 말했다.

"토로가이 사부님, 탄다를 구할 방법은 없나요? 탄다가 저쪽 세계로 들어간 것처럼 사부님도 들어가면?"

토로가이가 얼굴을 잔뜩 찌푸렸다.

"그래서 탄다를 바보 멍텅구리라고 한 거다. 물론 들어가는 건 간단하다. 노르가이 사부님도 그렇게 들어와서 나를 깨워 이쪽 세계로 데려와줬다. 하지만 말이다, 그때는 꽃이 이 녀석을 보내기 위해 나를 이쪽 세계로 돌려보낼 필요가 있었다. 지금은 그때와 사정이 전혀 다르다. 내가 혼자 꽃 속으로 들어가, 그 세계가 애지중지 끌어안은 혼들을 데리고 돌아올 가능성이 있겠느냐? 자그마한 새 한 마리가 큰 무리를 상대로 싸우는 꼴이지."

"그럼 저를 데리고 가면?"

토로가이가 풋내기는 어쩔 수 없다는 표정으로 고개를 저었다.

"너는 이쪽 세계에서는 무술의 달인이지만, 꿈속에서 꿈을 조종하는 자와 싸워서 이길 수 있을 것 같으냐?"

토로가이가 얼굴을 일그러뜨리며, 또다시 크게 한숨을 쉬었다.

"탄다 이놈의 자식. 얼마나 위험한지 단단히 일렀는데도."

바르사가 핏기가 가신 얼굴을 손으로 문질렀다.

"그래도 가지 않을 수 없었겠지요. 탄다는 그런 녀석이니까요."

　토로가이와 바르사의 눈이 마주쳤다. 토로가이가 나지막
이 타이르는 어조로 말했다.

　"바르사, 슬픈 일이지만 탄다는 이미 꽃에게 혼을 빼앗긴
상태다. 오로지 유그노를 붙잡을 생각만 하는 꽃 지킴이가
되어버렸지. 그 사명을 완수할 때까지는 유그노를 계속 공격
할 것이다. 나는 풀밭과 이 집 주위에 탄다가 남긴 주술 도구
의 잔해로 방어막을 치고 왔다. 하지만 통증도 죽음도 두려
워하지 않는 녀석을 상대로 얼마나 버틸지 나도 모르겠구나.
생물이라면 불을 두려워하게 마련이라 불꽃 주술을 썼지만,
그건 진짜 불꽃이 아니다. 실제로 상처를 입힐 수 없다는 것
을 알아차리면 도움이 안 되지. 그저 눈속임에 불과한 거니
까. 그러니까 말이다, 아까 너는 단창을 쓰지 않던데, 다음에
탄다와 대적할 때는 단창을 쓰도록 해라."

　바르사가 잠시 토로가이를 바라보더니 이윽고 입 꼬리를
일그러뜨렸다.

　"말도 안 돼요. 그 녀석을 죽일 바에는 그 녀석에게 내 목
을 내주지요."

　목 뒤쪽을 탕탕 두드려 보이며 바르사가 말을 이었다.

　"탄다를 말리기 위해서 전력을 쏟을 거예요. 하지만 그 녀

석을 어쩔 수 없이 죽여야 하는 순간이 오면, 나는 차라리 그 녀석 손에 죽는 쪽을 택하겠어요. 뒤처리는 알아서 해주세요."

내뱉듯이 대꾸하고서 바르사는 일어섰다.

"풀밭 밖으로 나가지 말아라."

토로가이가 바르사의 등에 대고 말했다. 바르사가 나가버리자 유그노가 토로가이에게 속삭였다.

"바르사 님과 탄다 씨는 어떤 관계인가요?"

"탄다는 말이다, 별난 녀석이라서 어릴 적부터 계속 바르사에게 홀려 있다. 바르사가 어떻게 생각하는지는 모르겠다."

"예? 하지만 방금 탄다 씨를 죽일 바에는 차라리 죽겠다고 했잖아요."

그렇게 말하며 유그노가 피식 웃었다.

"웬만큼 좋아하지 않고는 그런 말을 안 하겠죠?"

토로가이는 얼굴을 찌푸렸다.

"너는 그런 속된 이야기를 좋아하나보구나."

"그야 물론이죠. 그런 이야기를 좋아하지 않으면 사랑노래 같은 건 못 부르죠."

토로가이는 신기한 생물이라도 보듯 뚫어지게 유그노를

쳐다보았다.

"너는 보면 볼수록 내가 상상하던 아들과는 다르구나."

유그노가 싱글싱글 웃었다.

"그런 법이에요. 오랜 세월 여기저기 떠돌아 다녔지만, 어머니의 희망대로 자란 아들이라곤 본 적이 없어요."

토로가이가 히쭉 웃었다. 그러고는 바르사가 나간 쪽으로 얼굴을 돌렸다.

"바르사가 너에게 자기 얘기를 하더냐?"

"아뇨. 칸발인이고 호위무사로 일한다는 얘기만 했어요."

"그렇구나. 이제부터 바르사에게 목숨을 맡길 일이 일어날지도 모르니까 바르사에 대해 조금만 얘기하기로 하지. 바르사는 힘들게 살아왔다. 부모의 원수를 갚기 위해서 열 살 무렵부터 필사적으로 수행해왔는데, 어른이 되었을 때는 이미 부모의 원수가 죽은 뒤였지. 그렇게 허망하게 목적을 잃은 터에, 바르사를 살리기 위해서 과거의 친구를 여덟이나 죽이며 그때까지 키워준 남자도 비참하게 살다가 결국 병을 얻어 죽고 말았지."

토로가이가 깊이 한숨을 쉬었다.

"그래서 바르사는 마음 깊이 자기의 인생을 다른 사람에게서 얻은 것으로 생각하는 면이 있다. 그것도 다른 사람의 피로 얻은 것으로 말이다. 사랑이니 뭐니 하는 것과는 별개로, 바르사가 이 세상에서 가장 소중히 여기는 사람은 탄다다. 그러니까 입에 발린 말이 아니라, 실제로 자기 목숨을 지키기 위해서 탄다를 죽이는 일은 절대 없을 것이다. 그럴 바에는 정말로 탄다 손에 죽는 쪽을 택할 거야."

유그노가 불안한 표정을 지었다.

"그렇다면 여차하는 순간이 오면 나 같은 사람은 내버릴 거라는 뜻인가요?"

토로가이가 히죽거리며 심술궂게 웃었다.

"글쎄다. 여하튼 바르사에게 의지하지 말고 네 목숨은 스스로 지킬 생각을 늘 하라는 말이다."

❧❈❧

바르사는 손을 뒤로 돌려 문을 닫은 뒤, 풀밭에 한 발짝 들인 채 주위를 둘러보았다. 남쪽 숲에 희미하게 몸을 숨긴 기척이 느껴졌다. 바르사는 그 기척과 대응하듯 풀밭에 주저앉았다. 해가 기울면서 석양이 나무 사이로 긴 그림자를 드리웠다.

'저 녀석, 빠진 어깨는 제대로 끼웠을까?'

어릴 적에 양아버지 지그로와 무술 훈련을 한 곳도 이 풀밭이었다. 낙법을 채 적용하지 못해 어깨가 탈구된 적도 많왔다. 끔찍한 통증을 참느라 눈물을 뚝뚝 흘리며 스스로 어깨 관절을 맞춰 넣으면, 옆에서 바라보던 탄다도 눈물을 흘리곤 했다.

탄다는 잘 우는 아이였다. 마음이 약한 것은 아닌데 사람뿐만 아니라 새에게도, 짐승에게도, 심지어 벌레에게도 감정이입하며 눈물을 흘렸다. 바르사가 호되게 당하는 것을 보기가 괴로우면 집 안에 들어가면 될 것을, 늘 우두커니 서서 뚫어지게 보곤 했다.

'반드시 원래의 너로 되돌려놓으마.'

바르사가 마음속으로 탄다를 향해 말했다.

곧 밤이다. 초여름이지만 산속의 밤은 몹시 춥다. 아무리 추위를 느끼지 않는다 하더라도 탄다의 몸은 약해질 것이다. 게다가 저런 움직임이라면 몸이 얼마나 무리하게 되는지 바르사는 잘 알고 있었다. 통증은 몸의 한계를 알리는 경고다. 이 이상은 무리라고 알려주는 감각인 것이다. 통증을 못 느끼다보면 탄다는 몸을 엉망진창으로 만들면서도 계속 움직여 결국 한계를 넘어설 것이다.

'한시라도 빨리 뭔가 손을 쓰지 않으면….'

호위무사라는 직업은 단지 무술 실력만 좋다고 할 수 있는 일이 아니다. 사람을 지키기 위해서는 미래에 일어날지도 모르는 일을 예측해야 한다. 자기편에게 뭘 할 수 있을지, 적에게 뭘 할 수 있을지, 그것을 확실히 파악해 작전을 세워야 한다. 십여 년 세월 속에서 바르사가 배워온 것은 그런 지혜였다.

문득 사람의 기척을 느낀 바르사가 정신을 차렸다. 이미 해가 넘어갔고, 풀밭은 푸른빛에 잠겼다.

'셋…, 넷.'

속으로 중얼거리듯 중얼거리듯 헤아리면서 바르사는 단창을 들고 일어섰다. 얼마 후에 풀을 헤치면서 등불을 든 남자 넷이 풀밭으로 모습을 드러냈다. 그중 세 사람은 낯이 익었다. 탄다의 두 형과 동생이다. 그렇다면 나머지 한 명은 여동생의 남편일지도 모른다. 남자들은 긴장한 표정으로 바르사를 보았다. 큰형 노시루가 한 발짝 앞으로 나왔다.

"바르사라고 했던가? 탄다를 만나러 왔는데 집에 있느냐?"

"노시루 씨죠? 공교롭게도 지금 탄다는 집에 없습니다."

노시루의 표정이 험악해졌다. 노시루가 입을 열려 할 때 문이 열리며 토로가이가 밖으로 나왔다. 남자들 사이에서 긴장이 더욱 고조되었다.

"안녕하시오, 노시루 씨?"

토로가이가 바르사 옆에 나란히 섰다. 노시루가 혀로 입술을 축이고는 입을 열었다.

"탄다를 만나러 왔다. 탄다는 어디 있지?"

"좀 복잡한 사정이 있다. 당신들이 걱정하는 건 당연하지만, 이런 곳에 서서 이야기할 수야 없지 않느냐? 안으로 들어오시게나. 차라도 마시며 이야기하는 게 낫지."

노시루가 고개를 저었다.

"느긋하게 이야기할 생각도 없고, 뭘 넣었는지도 모르는 차를 마실 생각도 없다."

둘째형이 당황하며 노시루의 팔을 붙잡았다.

"말이 너무 심해, 형. 아직 사정도 모르는데, 그렇게 싸울 것처럼 해선 안 되지."

노시루가 동생의 팔을 뿌리쳤다.

"이 바보 자식아! 집사람이 요괴가 집에서 뛰쳐나가는 것을 봤단 말이다! 그것도 탄다의 모습을 한 요괴였다고! 이웃 마을에도 카야하고 똑같이 계속 잠든 처녀가 있다고 하고, 도대체 무슨 일이 일어나고 있는 건지 확실히 하지 않으면 어쩌자는 거냐! 토로가이 씨, 당신은 훌륭한 주술사라던데 왜 내 딸을 구해주지 않는가? 이 마을 저 마을에서 다들 수군거리고 있다. 이건 성질 고약한 주술사가 사람의 혼을 그러모으는 게 아니냐고."

토로가이가 노시루에게 한 발짝 다가가며 온화한 어조로

말했다.

"당신은 정말로 내가 그런 짓을 하고 있는 거라고 생각하나? 나와 당신 가족이 그다지 깊은 관계는 아니지만, 그래도 요 20년 동안 나는 탄다를 키웠다. 탄다와 나는 오랜 세월 당신네 마을에 사는 사람들의 병을 고쳐왔고 그때마다 당신들은 감사하다고 하더니, 그 마음이란 게 고작 그런 확실치 않은 소문으로 날아가버리는 그런 것이더란 말이냐?"

노시루의 얼굴이 상기되었다.

"하지만 당신은 내 딸에게는 아무것도 해주지 않았어. 잠깐 보기만 했을 뿐…."

토로가이가 한숨을 쉬었다.

"솔직하게 말하지. 여기에는 가까운 사람들밖에 없는 것 같으니까. 당신들 가슴에 담아두기 바란다. 카야는 말하자면 잠든 게 아니라 혼이 빠져나간 상태다."

남자들이 술렁였다.

"탄다가 말한 것처럼, 누군가가 저주해서 그 아이의 혼을 빼낸 것은 아니다. 탄다는 당신을 배려하느라 아무 말도 하지 않았지만, 그 아이는 마물한테 혼을 빼앗긴 상태지. 내가 아무것도 하지 않은 것은 까딱 잘못 손을 댔다가는 나까지 마물한테 끌려갈 위험이 있기 때문이다."

노시루의 얼굴이 굳어졌다.

"그럼 탄다는…."

"그렇다. 당신도 잘 알다시피 탄다는 정이 많은 아이다. 내 충고를 무시하고 카야를 구하려고 카야의 혼을 쫓아갔다. 그래서 마물한테 붙잡히고 말았다. 당신 아내가 본 것은 탄다의 몸을 가로채 이쪽 세계로 나온 마물이다."

남자들은 뜻밖의 얘기에 얼어붙은 듯이 꼼짝 않고 서 있었다.

"그럼 대체 어떻게 하면…."

노시루가 신음하듯이 웅얼거리자 토로가이가 어깨를 으쓱했다.

"글쎄, 될지 안 될지…. 여하튼 우리는 지금 필사적으로 탄다와 카야를 구할 방도를 생각하는 참이다. 믿든 안 믿든 당신의 자유지만, 우리는 전력을 다해서 두 사람을 구하려고한다."

그때까지 잠자코 있던 바르사가 불쑥 끼어들었다.

"믿든 안 믿든, 이 부근에서 그들을 구할 사람은 토로가이 사부님밖에 없다는 것 정도는 당신들도 알고 있겠죠?"

탄다의 둘째형이 노시루 옆에 섰다.

"심한 말을 해서 미안하다. 하지만 우리는 카야와 탄다가 걱정스러워서 견딜 수가 없었다. 마을에는 이미 엄청난 소문이 떠돌아….”

토로가이가 콧방귀를 뀌었다.

“당신들은 주술사의 친척이라는 것 때문에 눈총을 받겠지만, 그건 당신들끼리 극복할 일이야. 마을 일은 마을 사람들끼리 알아서 할 일이다. 우리의 상대는 마물이니까.”

탄다의 형들이 서로 얼굴을 마주 보았다. 이윽고 그들은 제각기 토로가이에게 두 사람을 구해달라고 부탁하더니 뻣뻣하게 굳은 표정으로 산을 내려갔다. 이들의 모습이 사라지자 바르사가 토로가이를 향해 입을 열었다.

“역시 토로가이 사부님이셔요. 어떻게 설명할지 고민했는데 아주 잘하셨어요. 어쨌든 마을에서 사는 것도 쉬워 보이진 않네요.”

토로가이가 실긋 웃었다.

“그 대신 무슨 일이 일어나면 서로 돕는 끈끈한 정이 있지. 스무 살까지는 나도 마을 사람이었기 때문에 그것이 얼마나 든든한지 잘 안다. 우리같이 따돌림받는 사람들은 마음이 편한 대신 우리를 도와주는 손도 없지. 무슨 일이 일어나면 이런 식으로 의심받고 미움을 살 뿐.”

제3장

꽃으로
이르는 길

1

기록 담당 오토

슈가는 별의 궁 북쪽 구석에 있는 별지도 보관소를 향해 어두운 복도를 걷고 있었다. 토로가이에게서 천도와 주술을 겹쳐놓고 보지 않겠느냐는 제안을 받았을 때는, 이렇게 긴급한 상황에서 그런 태평한 소리를 하는 것에 화가 먼저 났다. 허나 조금 냉정해진 뒤에 돌이켜 생각해보니 문득 한 남자의 얼굴이 떠올랐다.

별의 궁에는 성독박사가 서른 명 정도 있다. 4년에 한 번 열리는 별 과거를 치르기 위해 전국에서 100명이 넘는 소년이 모여드는데, 이 시험에 합격해 수습생이 되는 소년은 고작 열 명 남짓이다. 그 수습생 중에서 수행을 쌓아서 성독박사가 될 수 있는 자는 더더욱 적다. 성독박사가 되려면 학습 속도가 빠른 자라 해도 10년, 사람에 따라서는 30년이 걸려 간신히 성독박사가 되는 사람도 있다.

슈가가 떠올린 남자가 바로 30년이 걸려 성독박사가 된 이다. 통통한 몸집에 그다지 눈에 띄지 않는 평범한 남자로, 오래 된 별지도나 하늘지도를 관리하는 기록 담당관이었다. 사람들과 얘기하는 모습을 거의 볼 수 없을 정도로 내성적인 남자였지만, 슈가는 이 사람이 이따금 흘리는 이야기에 무척 흥미를 느낄 때가 있었다. 그 역시 진지하게 이야기를 들어주는 슈가에게만은 자기 생각을 이야기하는 게 즐거운 것 같았다.

묵직한 별지도 보관소의 문을 열자, 싸늘한 공기 속에 케케묵은 종이 특유의 냄새가 감돌았다. 종이가 햇빛에 변색되지 않도록 북쪽에 좁고 긴 창이 네 개 뚫려 있을 뿐이어서, 보관소 안은 늘 어두컴컴했다. 한낮의 어슴푸레한 빛 속에 몇 층이나 되는 선반과, 천장까지 차곡차곡 쌓인 두루마리가 잠들어 있었다.

"오토 님, 계신가요?"

슈가의 목소리가 희미하게 보관소에 메아리쳤다. 그러자 오른쪽 선반 옆쪽에서 사람이 나타났다.

"아, 슈가 님."

기록 담당관 오토는 손에 든 두루마리를 선반에 올려놓더니, 옷에다 양손을 문질러 닦고는 슈가 쪽으로 걸어왔다.

"지금 바쁘신가요?"

"아뇨. 뭘 찾으시는지요?"

슈가가 기척을 살피듯이 보관소 안을 둘러보았다.

"이 보관소 안에 혹시 우리 말고 누가 또 있나요?"

오토의 얼굴에 희미하게 불안해하는 빛이 떠올랐다.

"네, 수습생 두 명이 청소를 하고 있습니다만⋯. 남이 들어서 곤란한 이야기라면 제 방으로 가시지요."

오토의 뒤를 따라 슈가는 보관소 안쪽의 자그마한 방으로 들어갔다. 별지도를 올려두는 커다란 책상 외에는 다기가 놓인 자그마한 선반이 하나 있을 뿐이었다. 먼지 하나 없이 깔끔하게 정돈된 데서 오토의 성격이 잘 드러났다. 오토가 창밖을 내다보며 아무도 없는 것을 확인하고 슈가에게 의자를 권했다. 슈가가 오토를 향해 입을 열었다.

"오늘은 오토 님의 연구 성과를 배우고 싶어서 왔습니다."

오토가 의아하다는 듯 눈을 깜빡였다.

"예? 아니, 슈가 님, 나한테는 연구 성과라고 할 만한 것이 없는데요."

"일전에 오토 님이 기나긴 역사 속에서 나타난 기묘한 일치에 대해 이야기하셨지요?"

오토의 얼굴이 붉어졌다.

"아아, 그거요? 그건 놀이 같은 것이지 도저히 연구 성과라고 할 만한 것이…."

슈가가 오토에게 몸을 기울이며 목소리를 낮췄다.

"그때 분명히, 황태자가 물요괴를 퇴치하셨을 때 그걸 발견했다고 말씀하셨지요? 일전에는 상세한 말씀을 들을 수가 없었는데, 지금 어떤 사정이 있어서 꼭 그 이야기를 자세히 듣고 싶습니다."

오토의 안색에 겁에 질린 빛이 떠올랐다.

"아니, 슈가 님…."

"오토 님, 저를 믿어주세요. 황제의 신화에 관련된 일이라서 함부로 이야기하기가 두려우시겠지만, 절대로 오토 님을 곤란한 입장에 빠뜨리지는 않겠습니다."

오토는 잠시 망설이더니 이윽고 소곤거리는 목소리로 이야기를 시작했다.

"지난번 하짓날에 황태자 전하가 물요괴를 퇴치하셨다는 것을 알았을 때, 문득 성조 토르갈 황제가 역시 비슷한 방식으로 물요괴를 퇴치하셨다는, 200년 전 하지 때의 별지도와 하늘지도를 보고 싶어지더군요. 그래서 오래된 별지도들을 끄집어내 비교해봤지요. 그런데 처음에는 극심한 가뭄을 나타내는 가뭄의 징조가 일치하는 정도이고 그 외에는 비슷한 부분이 없는 듯이 보였는데, 자세히 보는 사이에 비슷한 징조가 몇 가지 나타난 느낌이 들더군요. 그래서 서둘러서 100년 전 하지의 지도와 비교해봤더니, 거기에도 제가 발견한 징조가 있었습니다. 다만 뭐랄까, 같은 하지의 지도이기도 하고, 100년이라는 명확한 시간 단위가 있으니까, 비슷한 것이 당연하다고 그때는 생각했지요."

이야기를 이어가는 오토의 눈에 점점 생기가 돌기 시작했다.

"그런데 점점 흥미로워지더군요. 틈이 날 때면 10년, 8년마다, 하는 식으로 연도를 정하거나, 하지나 동지 같은 식으로 날짜를 정해 별지도나 하늘지도 비교하기를 즐기게 되었지요. 매일매일의 별지도를 1년, 2년을 단위로 비교해 하늘의 변화를 살피는 것이 성독박사의 임무죠. 그에 비하면 이렇게 연도나 시기를 띄엄띄엄 즉흥적으로 비교하는 것은 일종의 놀이 같은 것이지요. 슈가 님은 기분 좋게 이야기를 들어주시니까 말씀드린 건데."

오토가 아리송한 미소를 지었다.

"그러다가 묘한 점이 보이기 시작했어요. 방금 말씀드린 것 같은 어떤 징조의 유사성은 100년마다 하지에 나타났지만, 조금씩 형태도 다르고 시기도 다른 여러 가지 유사한 징조들이 있었던 것 같아서…. 뭐, 유사한 점을 발견하려고드니까 그렇게 보이는 것뿐일지도 모르겠지만."

슈가에게는 눈앞에 있는 오토가 보이지 않았다. 감각이 마비되는 듯한 이상한 예감에 사로잡혔기 때문이다. 머지않아 뭔가를 발견하게 될 실마리를 찾은 것 같은 예감이었다. 그 실마리를 처음 발견한 오토는 그것이 천도를 뒤엎을 정도의 대발견으로 이어지리라고는 전혀 생각지 못했고, 즉흥적인 생각을 거기까지 발전시킬 정도의 능력도 갖고 있지 않았다. 하지만 슈가에게는 그런 능력이 있었던 것이다.

"슈가 님?"

오토가 넋이 나간 듯한 슈가의 얼굴을 들여다보았다. 슈가는 얼른 정신을 차렸다.

"오토 님, 금년에도 그렇게 유사한 징조가 나타났나요?"

오토가 좋은 질문이라는 듯이 빙긋 웃었다.

"사실 일전에 슈가 님한테 이 이야기를 한 것이 바로 그런 징조가 금년에도 보이기 시작했기 때문이지요. 잠깐만 기다려주시오."

오토가 일어서서 보관소로 들어가더니, 잠시 후에 두루마리를 한 아름 안고 돌아왔다. 슈가는 떨어질 것처럼 흔들리는 위쪽 두루마리 두 개를 얼른 받아내렸다.

"아아, 고맙소."

오토는 별지도와 하늘지도를 책상 가득 펼치더니 설명하기 시작했다. 오토의 설명을 하나하나 확인하는 동안 슈가는 완전히 넋을 잃고 말았다. 두 사람이 정신을 차린 것은 해가 져서 지도를 볼 수 없게 된 후였다. 슈가는 오토의 손을 잡고는 진심 어린 감사를 표했다.

"오토 님. 당신은 놀이라는 식으로 말씀하셨지만, 이것은 어쩌면 엄청난 발견이 될지도 모릅니다."

오토가 쑥스러운 듯이 웃었다.

"설마 그럴 리가요. 무슨 그런 거창한 말씀을. 별을 해독하는 사람으로서는 무척 즐거운 놀이인 것이 분명하지만, 너무 기대하지 않는 편이 좋습니다. 아마도 그 정도 성과를 얻기는 어려울 겁니다."

오토와 헤어져 방으로 돌아오면서 슈가는 샘솟는 흥분에 몸이 떨려왔다. 천도밖에 모르는 오토에게는 단순히 재미있는 유사 현상으로만 보이는 것이, 토로가이에게서 야쿠의 지혜를 배우는 슈가에게는 전혀 다르게 보였기 때문이다.

천도는 세상을 파악할 때 지금 여기에 있는 이 세계와 신이 지배하는 천계(天界), 마물이 지배하는 마계(魔界)로 구분

한다. 이 세 가지 세계는 제각기 독립되어 있다. 그런 점에서 보면, 눈에 보이지 않을 뿐 지금 이곳과 중첩되는 다른 세계가 있다고 보는 야쿠의 생각과는 다르다. 그런데 토로가이가 말하듯이, 이 세계에 다양한 세계가 중첩되어 있다고 한다면. 그리고 황태자 챠그무가 다른 세계의 정령의 알을 잉태해 이 세상에 낳은 것처럼, 평소에는 멀리 떨어져 있는 다른 세계들이 아주 가까이 접촉하는 순간이 있다면….

오늘 오토가 보여준 징조의 유사성은 슈가에게는 마치 두 해류가 만나는 경계 부분처럼 보였다. 오토는 8년에 한 번 나타나는 유사성도 있고 100년에 한 번 나타나는 유사성도 있으니까, 이것은 의미 있는 것처럼 보일 뿐 우연의 일치에 불과하다며 웃었지만, 접촉하는 해류가 두 개보다 많다면 그런 차이가 나타나는 게 당연하다.

슈가의 마음속에 장대한 그림이 떠올랐다. 별이 맴돌며 다가갔다 멀어졌다 하듯이, 다양한 세계가 만났다가 다시 멀어져가는 그림이. 1년 전 나유그와 사그가 접근했을 때 확인한 징조는, 100년마다 거의 완전히 똑같은 징조가 나타나서 일목요연했다. 그런데 오토가 금년과 비슷하다고 지목한 해의 징조는 확실히 비슷하긴 하지만 완전히 똑같지는 않았다. 이것이 사람의 꿈을 유혹한다는 꽃의 개화와 뭔가 관련이 있는 걸까? 그걸 알기에는 정보가 너무 적다. 처음 알게 된 이 가능성을 입증하려면 시행착오를 되풀이할 긴 시간이 필요할 것이다. 샘솟던 의욕에 찬물을 끼얹는 듯한 상황이긴 했지만 그래도 묘한 흥분이 단단히 뿌리를 내렸다. 왕성한 호기심은 곧 긴 시행착오를 극복해가는 힘이 될 것이다.

'토로가이가 옳다'고 슈가는 생각했다. 곧바로 도움이 되는 것이 아니라고 해서 반드시 쓸모없는 것은 아니다. 오히려 언제 도움이 될지 모르는 것을 계속 뒤쫓으며 생각해가는 방식, 이 묘한 충동이야말로 언젠가 새로운 것을 발견하게 하는 원동력이다.

'나에게는 바로 이것이 꿈이로구나.'

혼자 빙긋 미소 지으면서, 슈가는 어두운 복도를 걸어 돌아갔다.

2
챠그무와 탄다

탄다는 자기 몸을 꿈꾸는 것으로 서서히 몸의 감각을 만들어갔다. 꽃지기가 최후의 주문을 외웠을 때, 순간적으로 자기 꿈을 지키는 주문을 걸 수 있었기에 그나마 이렇게 혼을 유지할 수 있었다. 그렇지 않았다면 지금쯤 혼도 꽃에게 빼앗기고 말았을 것이다. 그래도 꽃한테 몸을 빼앗길 때 몸에 있는 생명과 혼을 잇던 실이 끊어져버린 터라 이제는 몸으로 돌아갈 방법이 없다. 탄다는 덫에 걸렸다는 사실을 깨닫자 몹시 씁쓸해졌다.

최후의 주문이 걸리기 직전에 어디선가 불어온 바람이 뺨을 어루만졌을 때, 탄다는 꽃지기 뒤로 하얀 여인의 모습을 보았다. 그 아주 짧은 순간에 번개가 스쳐 지나가듯, 그 여인의 마음이 전해져온 것이다.

영원히 꿈에서 깨어나고 싶지 않다는 강렬한 마음, 그리고 그 이면에 담긴 끈질긴 증오, 다른 꿈을 동행시켜 영원한 꿈 속으로 녹아들고 싶다, 그럼으로써 누군가에게 자기와 똑같 은 슬픔을 맛보게 하고 싶다는 마음.

탄다는 한숨을 쉬었다.

'아마도 그 여인이 꽃에게 수정을 한 사람일 거야. 그리고 그 여인의 혼이 품고 있던 강렬한 마음이 꽃을 지배하는 것 이고.'

그러니까 꽃지기는 그 여인의 마음을 받아들여 탄다에게 덫을 놓은 것이다. 뭘 하고자 하는 건지는 모르겠지만, 저쪽 세계에 있는 탄다의 몸을 쓰기 위해서다.

'아름다운 색깔이나 달콤한 꿀, 이런저런 방법으로 벌레를 속이는 것은 꽃의 본성인 것을. 그것에 현혹되다니, 나라는 사람은 참으로 어수룩한 멍텅구리로구나. 하지만 하찮은 벌 레에게도 할 수 있는 일은 있는 법이지.'

최후의 주문에서 혼을 지킨 탄다는 꽃 속에 있으면서 꽃의 꿈에 사로잡히지 않은 유일한 혼이었다. 탄다는 일어서서 희 뿌연 안개를 올려다보았다. 꽃송이 하나하나에 꿈이 잠들어 있을 것이다. 한꺼번에 저 꿈들을 깨울 수 있으면 가장 좋겠지만, 그러다가는 꽃지기한테 들키고 만다. 여기는 꽃의 세계다. 싸움이 벌어지면 절대로 탄다 혼자 당해낼 수가 없다.

'여하튼 우선 카야를 찾자.'

카야라면 틀림없이 탄다의 말을 믿고 깨어나줄 것이다. 탄다는 새로 변신해 한 차례 날갯짓으로 날아올랐다. 카야를 찾아 꽃 속을 나는 동안, 그는 무척 정겨운 꿈을 발견했다. 발견했다기보다는, 놀랍게도 그 사람이 탄다가 등장하는 꿈을 꾸고 있었기에 저절로 이끌려 들어간 것이었다.

정신을 차리고보니 탄다는 자기 집의 화덕 앞에 있었다. 지금의 자기 집과는 뭔가 미묘하게 달랐다. 탄다에게 친숙한 집은 이렇게 밝지도 않고, 이렇게 넓지도 않다. 꽤 오래 전에 쓰러뜨려서 깨진 약용 술병이 옛날 그대로 선반 아래에 놓여 있었다. 게다가 계절도 초여름이 아니었다. 탄다는 가을에만 따는 칸쿠이 버섯을 손에 들고 있다는 것을 알게 됐다. 화덕 건너편에는 바르사가 앉아 있고, 토로가이가 편한 자세로 누워 불을 쬐고 있었다. 그리고 자기와 대화를 하는 상대는 놀랍게도….

"챠그무!"

탄다가 소리치자 챠그무는 놀란 눈으로 탄다를 올려다보았다.

"응? 왜?"

탄다는 칸쿠이를 내던지고 챠그무의 어깨를 붙잡았다.

"어떻게 된 거냐? 너도 붙잡히고 만 게냐?"

챠그무가 얼굴을 찌푸렸다.

"붙잡히다니? 어떻게 된 거야, 탄다? 무슨 말을 하는 거야?"

탄다는 챠그무가 꿈꾸던 풍경을 다시 한 번 둘러보고는 깜짝 놀랐다. 챠그무가 꽃에게 붙잡혀도 좋을 만큼 돌아가고 싶어 한 시간은 탄다네 집에서 바르사, 토로가이와 함께 지낸 그때 그 가을이었다. 탄다는 챠그무를 끌어안았다. 그리고 천천히 말했다.

"챠그무, 잘 들어라. 이건 꿈이란다."

탄다는 차근차근 자기가 여기에 온 이유와 꽃의 덫에 대해 설명했다. 잠자코 이야기를 듣던 챠그무의 몸이 점점 굳어져 가는 느낌이 고스란히 전해왔다. 이야기가 끝나자 챠그무는 탄다에게서 몸을 빼내고는 고개를 저었다.

"싫어. 저쪽으로는 절대 돌아가고 싶지 않아. 황제 따위 되고 싶지 않아!"

챠그무가 반짝이는 눈으로 탄다를 쳐다보았다.

"그 인생은 꽃의 덫보다도 훨씬 더 나빠. 그런 일생을 보낼 바에는 이쪽 세계의 꿈에 사로잡혀 있는 편이 훨씬 낫다고."

탄다가 똑바로 챠그무를 응시했다.

"그래? 너는 여기서 꿈에 들러붙어 잠자는 네 모습이 마음에 드니?"

챠그무가 멈칫했다.

"여기서 즐거운 꿈을 꾸다가 죽어도 상관없다고, 만약 정말 그렇게 생각한다면 그렇게 해도 좋다."

탄다가 챠그무에게서 손을 뗐다.

"하지만 지금 이 꿈에 매달리는 너 자신을 용서할 수 없다는 마음이 조금이라도 있다면, 그렇다면 돌아가는 편이 낫다고 나는 생각한다."

탄다는 희뿌연 안개 속에서 어른거리는 수많은 꿈들을 둘러보았다.

"여기 있는 것은 스스로 불행하다고 여기는 사람들이다. 그 불행에는 보통 두 종류가 있지. 하나는 불치병에 걸렸거나 돌이킬 수 없는 짓을 저질렀거나, 막다른 길에 다다른 사람들이지. 또 하나는 다른 삶도 있을 텐데 왜 이토록 불행할까 싶어 운명을 저주하는 사람들이다."

탄다가 챠그무에게로 시선을 되돌렸다.

"다른 삶이란 뭘까, 챠그무? 다른 사람의 경우는 모르겠다.

하지만 네 경우, 지금 너를 둘러싼 모든 것을 버릴 생각이라면, 바르사도 나도 목숨을 걸고 너를 다른 나라로 도망치게 해주겠다. 그건 1년 전의 너도 알았을 거다. 하지만 너는 그때 어떻게든 네 삶을 살아보려 했을 것이다. 황제가 되는 인생이라는 끔찍하게 어두운 암흑을 향해, 쓸쓸함을 느끼면서도 고개를 꼿꼿하게 들고 있었다. 그것은 말이다, 네가 그런 네 모습을 좋아했기 때문이 아닐까?"

탄다가 작게 한숨을 쉬었다.

"나는 사람이라면 누구나 자기가 좋아하는 자신의 모습을 마음속에 소중히 간직한다고 생각한다. 그대로 되기는 좀처럼 힘들고, 다른 사람한테는 쑥스러워서 말 못할 모습이지만 말이다. 적어도 나는 그런 걸 간직하고 살아왔다. 그리고 어떻게 하면 좋을지 모르겠다 싶은 갈림길에 이르면, 어느 쪽으로 걸어가는 것이 내가 바라는 내 모습인지를 생각한단다."

챠그무가 이를 악물었다. 탄다는 챠그무의 손을 잡았다.

"최후의 결단은 네 몫이다. 이렇게 말하면 교활하게 들리느냐?"

챠그무가 살짝 고개를 저었다.

"여기는 아무것도 없는 꿈속이다. 꿈이라는 걸 깨닫고나서도 네가 만든 바르사와 나와 토로가이 사부님의 환영에 둘러 싸여 죽을 때까지 자고 싶은 게냐?"

챠그무가 눈을 감고는 몸을 파르르 떨었다.

"아니면 깨어나서 너만의 인생을 끝까지 살겠느냐? 그걸 원한다면 돌아가는 길을 가르쳐주겠다."

챠그무는 크게 심호흡하더니 눈을 뜨고서 똑바로 탄다를 응시했다. 탄다가 미소를 지었다.

"좋아. 자, 봐라. 여기에 하얗게 빛나는 실이 보이지?"

챠그무의 이마에서 뻗어나온 실을 탄다가 가리켰다. 챠그 무는 깜짝 놀라며 실을 쳐다보았다.

"보여. 지금까지는 왜 못 보았는지 모르겠지만."

"혼의 세계에서는 말이다, 의식하지 않으면 아무것도 안 보이게 마련이다. 이것이 주술의 기본이지."

탄다가 웃었다.

"이 실은 네 몸에서 나온 것이다. 이것을 따라가기만 하면 돼. 그 끝에 원래의 몸이 있을 거다. 다만."

탄다는 얼굴을 찌푸리며 챠그무의 어깨를 움켜쥐었다.

"절대로 뒤를 돌아봐서는 안 된다. 알겠느냐? 명심해라. 절 대로, 절대로 돌아보지 마라. 뭔가가 잡아끌어도, 무슨 소리 가 들려도 말이다. 그건 꽃이 보여주는 환영이다. 알아들었니? 약속해라."

챠그무가 입을 꽉 다물고 고개를 끄덕였다. 탄다는 안심하며 어깨에서 손을 뗐다.

"그리고 저쪽 세계로 돌아가거든 사부님에게 내 말을 전해주면 좋겠다. 꽃을 떨어뜨리는 바람이 저쪽 세계에서 불어오는 것은 사흘 후 반달 뜨는 밤이라고. 사부님이 초혼제 시점을 노리고 있다면, 아마도 그때가 마지막 기회일 거다."

"알았어. 사흘 후 반달이 뜨는 밤."

"그렇다. 챠그무, 부디 그 말을 슈가에게 전해다오. 슈가라면 은밀히 토로가이 사부님을 만날 수 있다. 머리가 좋은 사내라고 하니까 틀림없이 요령껏 전달해줄 것이다."

챠그무가 힘주어 고개를 끄덕였다.

"다행이다. 한 가지만이라도 사부님에게 전할 수 있어서. 이것으로 두 세계가 힘을 모아 바람이 불어오는 장소를 알게 되면, 사부님도 초혼제를 지내기 쉬워질 텐데."

탄다의 말에 챠그무가 갑자기 눈살을 찌푸렸다.

"탄다, 있잖아."

"응?"

"유혹에 이끌려 여기로 올 때 묘한 경치를 본 것 같은 느낌이 들어. 꿈의 배경이 탄다네 집 화덕 앞이었는데, 왜 있잖아,

꿈이란 게 이따금 갑자기 장면이 바뀌곤 하잖아? 그런 식으로 잠깐 동안이지만 궁전을 본 것 같아."

"아아, 그건 아마 여기일 거야. 아까 말했지? 꽃이 핀 곳은 인기척이 없는 궁의 중정이란다."

"흐음⋯. 하지만 그렇다면 여기는 산의 별궁과 무척 비슷한 곳이네."

탄다가 깜짝 놀라며 챠그무를 바라보았다.

"뭐, 정말이냐? 그러고보니 산의 별궁이라는 곳이 호숫가에 있다는 말을 들은 적이 있는데."

"응. 똑같아. 여름마다 어마마마와 더위를 피해 가던 궁인걸. 잘못 볼 리가 없어. 게다가."

챠그무의 얼굴에 흥분한 기색이 역력했다.

"슈가 이전에 나한테 학문을 가르쳐주던 코코루에게서 들은 적이 있어. 산의 별궁은 아버지의 선대인 야무루 황제가 50년 전쯤 지은 궁인데, 거기에 궁을 지은 데는 이유가 있다고. 황자를 잃은 직후에 제2황비가 어느 날 밤 무척 아름답고도 슬픈 꿈을 꾸어서, 황자를 공양하기 위해 그 꿈 그대로 궁을 지어달라고 야무루 황제에게 부탁해서라더군. 노랫소리에 이끌려 청궁천을 거슬러 올라가니 산으로 둘러싸인 아름다운 호수가 있었고, 그 호숫가에 궁이 있는 꿈이었다고.

황비의 말을 듣고 가보니 정말로 황비가 꿈에서 본 그대로 호수가 있었대. 그래서 그 호숫가에 산의 별궁을 세웠다는 거야."

탄다가 눈을 반짝였다.

"틀림없다. 토로가이 사부님이 꽃에게 유혹당했을 때 사부님 외에도 유혹당한 혼들이 있었는데, 꽃지기의 마음을 빼앗지 못한 혼들은 궁으로 들어가지 못하고 돌아갔다고 했거든. 틀림없이 야무루 황제의 제2황비도 그중 한 명이었을 거야. 토로가이 사부님께 이야기하면 어떤 표정을 지으실까? 여하튼 챠그무, 이 이야기도 반드시 슈가한테 전하도록 해라."

탄다는 어깨의 짐을 조금이라도 내려놓은 기분이 들어 안도의 한숨을 쉬었다.

"그렇다 해도 챠그무, 너까지 홀려버릴 줄이야. 그렇게 아름다운 노래였니?"

챠그무가 창피한 듯이 미소 지었다.

"응. 가사는 단순한 사랑 노래였는데, 그 곡조. 글쎄, 뭐라고 해야 할까, 가슴속에 잠들어 있는 것을 손톱으로 후벼 파는 듯한 곡조였어. 처음 들었을 때도 괴로웠지만 그때는 냉정해질 수 있어서 나 혼자 타이르며 그런 기분을 억누를 수 있었어. 그런데 말이야, 슈가에게서 탄다와 바르사에 대한 이야기를 듣자 오만 생각이 떠오르며 도저히 견딜 수가 없어진 거야."

챠그무는 슈가와 토로가이가 비밀리에 만난다는 이야기를 들은 것, 그 말을 듣고 자신이 어떤 심정이 되었는지를 열심히 설명했다.

"그래서 말이야, 그런 기분인 채로 잠들었는데 몹시 부드러운 여자 목소리가 들리는 거야. 그쪽을 보니까 무척 정겨운, 등불과 비슷한 빛이 보여… 정신을 차리고보니 여기 있었어."

탄다는 얼굴을 찌푸렸다.

"여자 목소리?"

고개를 끄덕이던 챠그무의 얼굴이 갑자기 굳어지며 순식간에 파랗게 질리고 말았다.

"그렇구나, 그 목소리, 제1황비마마의 목소리다. 그러고보니 제1황비마마도 훨씬 전부터 계속 잠들어 있었구나."

탄다는 섬뜩했다. 꽃지기 너머로 보이던 여인의 흰 얼굴이 떠올랐기 때문이다.

"제1황비마마는 형님을 병으로 잃고나서 슬픔을 이겨내지 못해 산의 별궁에 칩거하셨어. 그런데 엿새 전부터 갑자기 깨어나지 않으셨대."

챠그무의 말을 들으면서 탄다는 두려움에 사로잡혔다. 제1황비가 아들을 잃음으로써 제2황비의 아들인 챠그무가 황태자가 된 것이다. 제1황비는 사랑스러운 아들만 잃은 것이 아니었다. 언젠가는 황제의 어머니가 되어 이 나라 여성으로서 최고의 지위에 이를 예정이었는데, 그 찬란한 미래를 아들의 죽음과 함께 느닷없이 송두리째 빼앗기고 만 것이다. 이제 그녀의 미래에 남은 것이라곤 제2황비의 아들인 챠그무가 황제가 되는 모습을 지켜보는 일뿐이다.

탄다는 꽃지기 뒤에 숨어 있던 여인의 심정을 떠올렸다. 영원히 꿈에서 깨어나고 싶지 않다는 강렬한 소망. 그리고 누군가에게 자신과 똑같은 슬픔을 맛보게 하고 싶다는 끈질긴 증오.

탄다의 얼굴이 창백해졌다. 갑자기 꽃향기가 숨이 막힐 정도로 강해졌기 때문이다. 향기에 휩싸인 순간, 챠그무의 눈이 게슴츠레해졌다.

'큰일이다.'

여태 두 사람이 주고받은 이야기를 제1황비가 계속 엿들은 게 틀림없다. 탄다가 자기 정체를 눈치챘다는 걸 알고는 체면 불구하고 챠그무를 지배하려 하는 것이다! 탄다는 양손을 비벼 의식을 집중시키더니 기나긴 숨을 후우 내뱉었다.

그 날숨은 곧 하얀 안개 같은 것으로 둔갑해, 순식간에 탄다와 챠그무를 뒤덮었다. 탄다가 챠그무의 뺨을 두 손으로 마주 잡고 숨을 내뿜자, 챠그무는 갑자기 찬물을 뒤집어쓴 것처럼 흠칫 놀라며 뛰어올랐다.

"아니, 이게 뭐야?"

챠그무가 눈을 깜빡이며 안개의 벽에서 몸을 뗐다. 탄다는 손을 뻗어 챠그무를 힘껏 끌어당겼다. 그러자 안개 벽의 바깥에서 누군가가 발버둥 치며 신음하는 소리가 길게 꼬리를 끌며 울려왔다. 소름 끼치도록 분노로 가득 찬 신음소리였다. 벽이 밀리는 기척이 느껴졌지만 벽은 꿈쩍도 하지 않았다.

"걱정하지 않아도 된다. 내가 방어막을 쳤으니까. 나는 이 꽃 속에 있지만 꿈을 꾸는 혼은 아니다. 마지막 주문을 걸 때 내 혼을 지켰기 때문에 내 방어막을 부수는 것은 불가능하다."

혼의 힘은 의지의 힘이다. 이 방어막을 지키는 것 정도는 해내고야 말겠다고 탄다는 생각했다.

"탄다, 무슨 일이 일어났어? 저건 누구 목소리야?"

"제1황비가 화를 내는 거야. 황비가 너를 여기로 유혹했을 거다. 마침 너도 꽃의 유혹을 받기 쉬운 상태였고. 일단 손아귀에 넣은 너를 쉽사리 놓아줄 리가 없다."

챠그무가 얼굴을 찌푸렸다.

"하지만 제1황비마마는 다정한 사람이야. 별로 만난 적은 없지만, 예쁘고 다정한, 덧없는 꽃 같은 분이었는데. 그런 저주 같은 걸 걸다니."

탄다가 미소 지었다. 강인한 소년이지만 이럴 때 이 아이의 다정다감함이 훤히 드러난다.

"그렇구나. 하지만 상처를 입으면 누구든 원망을 품게 되지. 그건 다정한 마음과는 별개란다. 게다가 꿈속에서는 마음이란 것이 창피할 정도로 있는 그대로 드러나잖아? 그분이 나쁜 사람이라는 게 아니야. 다만 여기는 누구나 갖고 있는, 마음속 깊이 숨은 어두운 부분이 그대로 드러나는 곳이라는 거야. 너를 여기서 내보내기 전에 제1황비에 대해 알게 되어서 다행이다. 모르는 채로 너를 보냈다면, 도중에 틀림없이 덫에 걸렸을 것이다. 제1황비의 덫은 무척 교묘하단다. 나도 덜컥 걸려들었지."

탄다가 쓴웃음을 지었다.

"지금 우리는 저쪽 목소리를 들을 수 있지만, 저쪽은 이쪽 소리를 듣지 못하고 우리 모습도 보지 못한다. 잘 들어라, 챠그무. 여기서 무사히 도망치기 위해 너는 모습을 바꿔야만 한다. 모습을 바꾸는 것은 제1황비의 눈을 속이기 위해서가 아니야. 그렇게 해도 제1황비는 속지 않을 테니까. 네 모습을 바꾸는 것은 말이다, 네 혼의 힘을 최대한으로 끌어올리기 위해서란다. 혼에게 모습이란 성질을 나타내는 것이다. 사람 모습으로는 사람이 달리는 속도밖에 내지 못할 거야. 하지만 새가 되면 새와 똑같은 속도를 낼 수가 있지."

"그럼 화살이 되면?"

탄다가 빙긋이 웃었다.

"활시위를 떠난 순간은 무엇보다도 빠르겠지만, 스스로 날아갈 힘이 없어서 안 된다. 이제 너를 매로 둔갑시킬 테니, 그 다음에는 뒤돌아보지 말고 일직선으로 실을 쫓아 날아가거라. 제1황비는 너를 혼란스럽게 만들려고 할 것이다. 하지만 뒤돌아보면 안 된다."

탄다가 챠그무의 어깨에 손을 얹고는 잔뜩 힘을 주었다.

"여기로 끌려들어온 것은 네 마음이 여기로 오고 싶어 했기 때문이다. 꽃의 힘은 그런 사람에게 강하게 작용한다. 하지만 잘 들으렴. 한번 내 몸으로 돌아가기로 마음먹은 혼을 억지로 붙잡아둘 힘은 없을 게다. 있는 척하지만 그런 힘은 없을 거야. 네가 약한 면을 보이지만 않으면 반드시 돌아갈 수 있다. 망설여선 안 돼. 망설이면 다시 끌려오고야 만다."

챠그무의 뺨이 굳어졌다.

"제1황비마마한테?"

"아니. 너의 마음, 네 자신에게."

탄다는 챠그무를 응시했다.

"생명은 건강하게 숨 쉬는데 혼이 계속 잠들어 있기를 원한다는 것, 죽음까지 원한다는 것은 얼마나 기묘한 일이냐? 사람은 왜 몸에 비해 지나칠 정도로 커다란 혼을 갖게 된 걸까?"

챠그무가 숨을 들이마셨다. 목소리가 떨렸다.

"이 꽃은 잔인한 생물이네, 탄다. 남의 꿈을 유혹하다니. 이런 마음을 갖게 하다니. 난 꿈을 꾸지 않고는 견딜 수가 없었어."

탄다는 챠그무를 끌어안았다. 탄다의 가슴에 얼굴을 묻은 챠그무가 흐느껴 울었다.

"탄다, 제1황비마마도 불쌍해. 아마 숨도 쉴 수 없을 만큼 괴로웠을 거야. 어쩔 도리가 없었을 거야."

"응. 하지만 황비마마의 꿈은 너를 붙잡음으로써 엄청난 악몽이 되어버린 것 같구나. 너를 여기에 붙잡아 영원히 가둘 수 있다고, 함께 데려갈 수 있다고 생각한 순간 슬픔이 원망으로 바뀌어버린 거지. 너를 향한 원망이 아니다. 그녀는 자기 운명을 원망했을 거다. 자기만 억울하다고 생각했을 거야. 제2황비에게는 네가 있고, 너는 언젠가는 황제가 되겠지. 제2황비가 부럽고 또 부러웠을 게 분명해. 하지만 다정한 제1황비는 그런 생각을 해서는 안 된다고 스스로를 책망했을 거다. 그러다가 꿈속에서는 원망하는 마음을 더 이상 억누를 수 없게 된 거지."

탄다는 마음속으로 덧붙였다.

'그리고 하필이면 그 원한이 꽃을 지배해버린 것 같구나.'

자기조차 속아넘어가 몸을 빼앗겼던 교묘한 수법을 떠올리면서, 탄다는 그래도 뭔가 석연치 않은 느낌이 들었다.

'유혹한 혼에게 지배당하는 성질이면서도 이 꽃은 용케 이제까지 생명을 이어왔구나. 제1황비처럼, 이 세계를 닫고, 다른 혼을 데리고 함께 죽기를 원하는 혼은 틀림없이 또 있었을 텐데.'

대개 꽃의 유혹을 받는 혼은 현재 생활에 절망해 도망치고 싶어 하는 혼일 것이다. 죽음을 원하는 이런 혼으로부터 꽃의 생명을 지키는 힘이 작용하지 않았다면, 이 꽃은 씨앗을 날려 생명을 이어가지 못하고 오래 전에 이미 사멸했을 텐데. 탄다는 머리를 흔들었다. 지금은 그런 걸 생각할 때가 아니다.

"여하튼 한시라도 빨리 이곳을 제1황비의 악몽으로부터

해방시켜야 한다. 여기 붙잡힌 다른 꿈들을 위해서라도."

챠그무는 결의에 찬 표정으로 입을 앙다물고는 고개를 끄덕였다. 그 결연한 모습에 탄다는 저도 모르게 가슴이 뭉클했다. 그는 챠그무의 부드러운 뺨을 양손으로 감쌌다.

"망설여지면 떠올리도록 해라. 피를 나눈 관계도 아니고 신분도 전혀 다르지만, 나도 바르사도 너를 아들처럼 생각한다. 건강하게 살아 있기를 간절하게 바란다는 말이다. 날아가는 힘은 네가 살고자 하는 힘이다. 고통도 어둠도 뚫고 계속 날아라. 네게는 그럴 만한 힘이 충분히 있다. 나도 바르사도 그걸 잘 안다."

챠그무의 눈에 눈물이 가득 고였다. 탄다는 어깨를 툭 치더니 챠그무를 일으켜 세웠다. 필사적으로 눈물을 참으며 챠그무가 물었다.

"탄다는 어떻게 할 거야?"

"나는 못 돌아간다. 꽃에게 몸을 빼앗겨버렸으니까."

챠그무의 얼굴이 일그러지는 것을 보고 탄다가 웃었다.

"이 바보야. 그런 얼굴 하지 마. 나는 내 미숙함 때문에 크나큰 실수를 저지르고 말았다. 사부님이 알게 되면 그야말로 거북이로 둔갑시켜버릴 정도로 엄청난 실수를 말이다. 지금 그 빚을 갚는 중이지."

"틀림없이 토로가이랑 바르사가 구해줄 거야."

"응. 한심하지만, 나도 그걸 기대하고 있다."

탄다가 일어서더니, 진지한 얼굴로 돌아와 챠그무의 머리에 양손을 얹었다.

"자, 눈을 감고 마음을 가라앉혀라. 가슴속에 따뜻한 빛이 생길 것이다. 자, 느끼겠느냐. 따뜻하지? 이 온기로 너는 서서히 변할 것이다. 보아라, 날개로 변하는 너의 두 손을. 아름답고 강한 매를 꿈꿔라. 그렇지. 자, 날아라!"

챠그무는 반딧불과 같은 빛을 발하면서, 천천히 매로 바뀌었다. 탄다가 따뜻한 매를 양손으로 안아서 허공으로 높이 던져올렸다.

"자, 날아가라, 일직선으로 네 고향을 향해서! 바람을 얼굴에 느끼면서 날아가는 거다!"

순간 당황한 듯이 푸드득거리며 날갯짓하던 챠그무는 밖에서 불어오는 바람을 타고서 힘차게 날아올랐다. 안개가 뒤로 쭉쭉 밀려가며 사라졌다. 얼굴에 살며시 와닿는 바람이 느껴졌다. 이 바람의 물결을 타고 계속 날아가는데, 문득 뒤에서 목소리가 들려왔다.

"어이, 잠깐 기다려라, 챠그무!"

탄다의 목소리였다. 엉겁결에 뒤돌아볼 뻔하던 챠그무는

가까스로 마음을 돌렸다. 비록 탄다가 깜빡 잊고 못한 말이 있다고 해도 뒤돌아보는 건 위험하다. 가까스로 위기를 넘기자 이번에는 안개가 소용돌이치기 시작해, 언젠가 본 적 있는 광경이 눈앞에 나타났다. 요고의 궁에 있는 대연회장이었다. 황제의 황금관을 쓴 아버지 앞에 죽은 형 사그무가 뺨을 붉게 물들이고 서 있었다. 새하얀 모직 융단을 밟으면서 형이 한 발짝 걸어나오자, 아바마마가 황태자의 징표인 금실로 짠 어깨띠를 형의 어깨에 둘렀다. 금실이 오후의 햇빛을 받아 반짝반짝 빛났다. 형이 하얀 이를 드러내며 웃는 것이 보였다. 챠그무의 가슴에 날카로운 슬픔이 스쳐지나갔다.

형 사그무하고는 대화다운 대화를 나눈 적이 없다. 형제의 정 따위를 느낄 만한 기회도 없었다. 지금 챠그무의 가슴을 스쳐간 감정은 덧없는 목숨에 대한 허망함이었다. 그때 형은 고작 1년 뒤에 세상을 떠나리라고는 생각지 못했을 것이다. 이대로 황태자로서 성장해, 언젠가는 황제의 관을 쓰리라고 생각했음에 틀림없다.

'왜 형이 죽어서 나는 원하지도 않는 황태자가 되어야 하지?'

이 세상의 운명이란 참으로 잔인하다고 챠그무는 생각했다. 그러자 가냘픈 목소리가 들려왔다.

'왜 샤그무가 죽어야만 했지? 황제가 되고 싶어 하던 그 아이가.'

가슴속에 손톱을 세워서 할퀴는 것처럼 날카로운 통증이 스쳐갔다.

'왜 살고 싶어 하던 그 아이가 죽고, 황제가 될 바에야 차라리 죽는 편이 낫다고 생각하는 너는 살아 있는 것이냐? 궁으로 돌아가서 너는 또다시 그 차가운, 모래처럼 무미건조한 나날을 살아갈 생각이냐? 그 앞에 도대체 무엇이 있다는 거지?'

날개가 납처럼 무거워졌다. 그 말대로 궁에 돌아간들 즐거운 생활이 기다리는 것도 아니다. 그런 생각이 들자 갑자기 견딜 수 없이 피로가 엄습해왔다. 날갯짓을 그만두고 잠에 빠져들면 얼마나 기분이 좋을까? 그렇게 하면 제1황비의 슬픔도 조금은 위안을 받을까? 챠그무를 미워하는 마음도 사라질까?

그때 동쪽에서 불어오는 바람이 좀 더 강하게 챠그무의 뺨을 어루만졌다. 그러자 탄다의 밝은 목소리가 강렬하게 귓속에 되살아났다.

'망설여질 때마다 떠올리거라. 피를 나눈 사이도 아니고

신분도 전혀 다르지만, 나도 바르사도 너를 아들처럼 여기고 있다. 건강하게 살아 있기를 간절히 바란다.'

마치 눈꺼풀 속에서 빛이 번쩍이는 느낌이 들었다.

'날아가는 힘은 곧 살고자 하는 너의 의지다. 고통도 어둠도 뚫고 계속 날아라. 너에게는 그런 힘이 있다. 나도 바르사도 그걸 잘 안다.'

문득 바르사의 모습이 눈앞에 떠올랐다. 등으로 앞을 막아주고는 무시무시한 괴물 라룽가를 향해 창을 거머쥐던 모습. 자기 자식도 아닌 챠그무를 위해 목숨을 버리면서까지 지키려 한 그 강인함.

'바르사도 많은 것을 빼앗긴 사람이다. 부모도, 평범한 인생도. 하지만 바르사라면 절대로 이런 식으로 꿈으로 도망치거나 하지 않을 거야. 도망치고 싶은 마음이 들어도 절대 도망치지 않을 거야.'

가슴속에서부터 뜨거운 힘이 솟구쳤다. 온 힘을 추슬러 다시 날갯짓을 하자 자연스럽게 바람의 흐름에 올라탈 수 있었다. 언제 빼앗길지 모르는 덧없는 생명이 처음으로 무척 소중하게 여겨졌다.

눈앞으로 정령의 수호자일 때 본 나유그의 맑고 차가운 풍경이 되살아났다. 생명 그대로 존재하는 세계. 있는 그대로의 고요한 산하. 서서히 몸이 가벼워졌다. 챠그무는 희미하게 빛나는 실을 쫓아 열심히 날아, 마침내 눈부신 빛으로 둘러싸였다.

챠그무는 꿈으로부터 내동댕이쳐진 것처럼 벌떡 일어났다. 점심때가 되기 전, 밝은 햇빛 속에서 챠그무는 신음했다. 비단 금침의 감촉이 꿈에서 깨어났음을 일깨워주었다. 심장이 아플 정도로 쿵쿵거렸다.

'참으로 기묘한 꿈을 꾸었구나.'

탄다의 말이 너무나도 생생해서 놀라울 정도였다. 출입문 쪽에서 쨍그랑 하고 밥공기 깨지는 소리가 요란하게 울려퍼졌다. 챠그무가 흠칫 놀라며 돌아보니, 시중드는 젊은 시종이 문앞에 얼어붙은 듯이 서 있었다.

"라사무, 왜 그러느냐?"

"저, 전하…."

중얼거리는가 싶더니 그는 발길을 홱 되돌려 소리치기 시작했다.

"전하께서 깨어나셨습니다!"

챠그무는 시종과 의사가 오고나서야 자기가 사흘이나 잠들어 있었다는 사실을 알게 되었다. 그 순간 제1황비가 계속 잠들어 있다는 것, 슈가와 나눈 대화, 그리고 탄다와 나눈 이야기가 한꺼번에 기억 속에 되살아났다.

"참! 어이, 당장 슈가를 불러라!"

시종에게 소리치는 챠그무를 모두가 놀란 눈으로 쳐다보았다. 챠그무는 그제서야 그들의 존재를 알아차리고는 당황하며 고쳐 말했다.

"성독박사 슈가에게 화급한 용무가 있느니라. 즉각 들어오라 이르라."

3

밀회

여느 때처럼 새벽녘에 만물상의 뒷문을 들어선 슈가는 토로가이가 아직 오지 않았다는 토야의 말에 얼굴을 찌푸렸다.

"이상하구나. 토로가이 사부님은 비록 헛걸음을 하더라도 이제부터는 매일 아침 여기 와서 기다리겠다고 하셨는데."

"아, 예. 저한테도 그렇게 말씀하셨는데…. 무슨 일이 있었을까요?"

"큰일이구나. 그대는 사부님의 거처를 모르느냐?"

"대충은 압니다만 정확하게는 모릅니다. 마을 사람에게 물으면 아마도 알 방법이 있겠지만, 여기서 같으면 족히 1단(약한 시간)은 걸리는 산속이라서요. 가신다면 물론 저도 안내하겠습니다. 어쩌시겠습니까?"

슈가는 굳은 표정으로 입을 다물었다. 토로가이를 만나기 위해 새벽에 빠져나온 것만으로도 이미 위험한 일이다. 앞으로 1단 반쯤 후면 간밤의 별 해독 결과를 공유하는 아침 모임이 시작된다. 그때 별의 궁에 없다는 것이 알려지면 몹시 추궁당할 것이 분명하다.

황태자 챠그무가 깨어난 지금, 파문의 위험을 무릅쓰면서까지 꽃에게 붙잡힌 사람들을 구할 필요가 있을까. 게다가 황태자가 가르쳐준 바에 따르면 꽃이 떨어지는 밤까지는 아직 이틀 여유가 있다.

"어쩔 수 없구나. 내일 다시 오기로 하지. 일단 전갈을…."

그때 뒷골목에서는 좀처럼 들을 수 없는 말발굽소리가 엄청난 기세로 가까이 다가왔다. 토야와 잠시 마주 본 슈가는 황급히 비밀의 방으로 모습을 감췄다. 말이 만물상의 뒷문 근처에서 멈추는 소리가 들렸다. 슈가가 숨을 죽이고서 귀를 기울이자, 토로가이의 도착을 알리는 신호와 똑같은 식으로 문을 두드리는 소리가 들려왔다. 곧 이어 토야의 놀란 목소리가 울렸다.

"바르사 님!"

"토야, 미안하지만 말 좀 부탁한다. 슈가라는 성독박사가 와 있니?"

슈가는 눈살을 찌푸렸지만, 곧바로 비밀의 문을 열고 사다리를 내려뜨렸다.

"여기 있습니다. 자, 올라오시지요."

사다리 아래에 여자가 나타났다. 올려다보는 눈빛이 마치 칼날처럼 날카롭게 느껴져, 슈가는 저도 모르게 얼굴을 뒤로 뺐다. 여자는 눈 깜짝할 사이에 사다리를 올라왔다.

"첫 대면이로구나. 나는 바르사. 토로가이 사부님이 오실 수 없어 대신 왔다. 미안하지만 마음이 조급하니 간단히 이야기하지."

바르사는 탄다가 꽃 지킴이가 된 것과 유그노 이야기, 그리고 방어막을 치느라 토로가이는 움직일 수 없다는 것 등을 설명했다.

"챠그무가 꿈에 붙잡혀버렸다던데 뭔가 진전은 없나?"

염려하는 듯한 바르사의 물음에 슈가가 미소를 지었다.

"예. 그래서 화급히 토로가이 님을 뵙고 싶었던 겁니다. 기뻐하십시오, 황태자 전하는 깨어나셨습니다."

"깨어났구나! 아, 다행이다!"

"예. 어제 낮에 눈을 뜨고서 매우 중요한 말씀을 토로가이 님께 전하라고 하셨습니다. 모레 반달이 뜨는 밤에 저쪽 세계와 이쪽 세계가 아주 가까이 이어지며, 바람이 들어와 꽃이 떨어질 거라고 합니다. 토로가이 님이 주술로 꿈들을 구하려거든 그때가 마지막 기회일 거라고요. 그리고 꽃이 피어 있는 장소는 산의 별궁 옆 호수일지 모르겠다고 하셨습니다."

바르사의 표정이 놀라울 정도로 부드러워졌다.

"고맙다. 역시 챠그무로다. 정신력이 강한 아이니까 틀림없이 돌아올 거라고 생각했다."

슈가는 황태자가 이 여자 호위무사 이야기를 할 때의 표정을 떠올렸다.

"예. 전하는 강한 분이십니다. 하지만 꽃 지킴이가 되었다는 탄다 님이 구해주지 않았다면 돌아오지 못했을 거라고 말씀하셨습니다."

바르사의 얼굴에 반가운 빛이 스쳤다.

"탄다가 구해줬다고? 그럼 몸만 빼앗기고 혼은 저쪽에 그대로 남아 있구나! 토로가이 사부님은 혼도 꽃한테 빼앗겨버렸을 거라고 했는데."

"아니, 혼은 원래의 탄다 님 그대로라고 합니다. 이 마지막 밤에 대한 전갈도 탄다 님이 토로가이 님께 전하라고 했으니까요. 다만 돌아올 방법이 없다고 하셨다 합니다만."

슈가는 챠그무가 말한 내용을 전부 바르사에게 전했다. 제

1황비의 이야기를 듣고 바르사는 눈이 휘둥그레졌다.

"그렇구나, 그래서…."

슈가가 의아한 표정으로 바르사를 바라보았다.

"아니, 토로가이 사부님이 이상하게 생각하셨거든. 왜 꽃이 탄다를 꽃 지킴이로 만들어서 유그노를 쫓게 하는지 이상하다는 것이지. 그 녀석은 꽃의 성질에 안 맞을 텐데."

"그렇군요. 혼은 생각에 따라 모습을 바꾸고, 그 모습은 곧 성질을 나타낸다는 탄다 님의 말을 전해 듣고 흥미롭다는 생각을 했습니다만."

슈가가 눈을 반짝이며 이야기했으나, 바르사는 그다지 관심을 보이지 않은 채 건성으로 고개를 끄덕일 뿐이었다. 이미 다른 생각을 하고 있던 바르사는 슈가의 말을 자르더니 화제를 바꿨다.

"혹시 사냥꾼 진과 연락을 취할 수 있을까?"

사냥꾼이란 황제를 위해 암살 등 은밀한 임무를 수행하는 자들을 뜻한다. 황제 곁을 지키는 호위병 중 여덟 명만이 대를 이어 사냥꾼 직무를 맡았다. 이들의 존재는 극비였으나, 바르사는 한 해 전에 챠그무를 구하면서 이들과 사투를 벌였고, 슈가 역시 성도사의 심복으로 선택받으면서 이들의 존재를 알게 되었다. 진이라는 사냥꾼은 그때 묘한 경위로 탄다의 도움을 받아 목숨을 건졌다. 그러고는 그 은혜에 언젠가 빚을 갚겠노라 맹세했다. 상당히 총명하고 실력도 뛰어난 사내다.

"어떻게든 연락은 가능할 거라고 생각합니다만, 왜죠?"

"아까 말했듯이 탄다는 꽃 지킴이가 되어버렸다. 꽃 지킴이는 무시무시한 녀석으로, 이리처럼 동작이 날렵하고 힘도 대단히 세지. 평범한 무인은 상대하기 어렵다."

슈가가 고개를 끄덕이자 바르사가 말을 이었다.

"토로가이 사부님이 초혼제 주술을 써 꽃한테 붙잡힌 혼을 구하기 위해서는 내가 사부님을 호위해 산의 별궁으로 모시고 가야만 한다. 꽃 지킴이가 노리는 것은 유그노니까 내가 유그노를 데리고 도망치고, 그 사이에 토로가이 사부님을 호수로 가게 하는 방법도 있지. 하지만 꽃 지킴이가 토로가이 사부님을 공격하지 않으리라는 보장이 없어. 내가 두 사람을 호위해 호수로 가는 게 가장 확실할 것이다. 그렇게 되면 나 말고 누군가가 이 꽃 지킴이를 잠시만이라도 막아주어야 한다."

바르사의 시원시원한 설명을 듣고 있자니 눈앞에 있는 이 여자가 실력이 이만저만 뛰어난 호위무사가 아니라는 사실이 새삼 와닿았다.

"다만 문제는, 아예 죽여버린다면 모를까, 꽃 지킴이가 된 탄다는 기절도 하지 않더군. 나는 가능하면 탄다에게 상처를 입히고 싶지 않다. 혼이 아직 살아 있다면 더더구나."

바르사의 안색이 어두워졌다.

"게다가 지금 내가 말 빌려주는 사람을 두드려 깨워 말까지 빌려 타고 온 것은, 토로가이 사부님이 친 방어막이 언제까지 버틸지 아무도 모르기 때문이다."

"그래서 진을?"

"그렇다. 진은 탄다를 생명의 은인으로 생각하고 있다. 또 무예 실력도 뛰어나다. 진이라면 나를 대신해 한동안은 탄다를 붙잡아둘 수 있을 것이다. 나는 이제부터 말 두 필을 빌려서 야시로 마을에 묶어두겠다. 그리고 진이 오는 대로 내가 호위해서 토로가이 사부님과 유그노를 산의 별궁으로 데리고 가겠다. 산의 별궁에 도착해서는 토로가이 사부님이 방어막을 치면 될 것이다."

슈가는 바짝 긴장한 얼굴로 바르사의 계획을 듣더니 마침내 의견을 내놓았다.

"바르사 님. 그 계획에는 몇 가지 문제점이 있습니다."

바르사가 말해보라는 듯 고개를 끄덕였다.

"우선 진은 표면적으로는 호위병입니다. 황제의 허락 없이 근무지를 이탈할 수는 없습니다. 그리고 그 밤에 무슨 일이 일어날지 알 수 없으니 만일의 경우를 생각해서 산의 별궁에 있는 사람들을 피신시켜야 할 텐데, 그것 역시 황제의 허락이 필요합니다."

"그렇군."

슈가는 입술에 슬그머니 쓴웃음을 머금었다.

"그리고 또 한 가지, 제가 토로가이 님과 만나고 있는 것은 극비사항입니다. 발각되면 저는 즉각 파문당하지요. 지금의 성도사님은 아량이 넓으신 분이지만, 그래도 아마 저를 구해 주지는 않을 겁니다."

바르사가 꿰뚫는 듯한 눈으로 슈가를 응시했다.

"네가 어떻게 이 계획을 알고 있는지 사람들에게 밝힐 수 없다는 게로구나."

슈가는 눈 하나 깜빡하지 않고 바르사의 시선을 받아냈다.

"예. 챠그무 전하께서 꿈에게 붙잡힌 상태라면 파문의 위험을 감수하겠지만, 지금은 그 정도까지 위험을 감수할 생각은 없습니다."

바르사는 눈매가 시원한 이 젊은이가 꽤나 만만치 않은 사내인 것을 뼈저리게 느꼈다.

"솔직한 사나이로구나."

바르사가 피식 웃었다.

"하지만 네 쪽이 불리하다. 나는 언제든지 너와 토로가이 사부님의 관계를 폭로할 수 있고, 탄다를 원래대로 되돌리기 위해서라면 어떤 짓이라도 할 것이다."

두 사람은 잠시 말 없이 서로의 눈을 노려보았다. 결국 시선을 돌린 사람은 슈가였다.

"그렇군요. 아무래도 제가 불리하군요. 어떻게든 파문당하지 않고 계획을 성공시킬 방법을 생각해보지요."

고개를 끄덕이고는 바르사가 일어섰다.

"고맙다. 우리가 지내는 집으로 가는 길을 그려주지."

막 말을 마친 바르사가 문득 떠오른 것이 있다는 듯 슈가를 향해 얼굴을 돌렸다. 동시에 슈가도 입을 열어 두 사람의 목소리가 겹치고 말았다.

"황태자 전하께….."

"챠그무한테 거짓말을 하게 하면 어떨까?"

슈가가 작게 소리내며 웃었다.

"꿈속에서 계시를 받았다는 식으로 이야기를 지어내면."

"그렇지. 그 아이는 대담한 아이니까 틀림없이 잘해낼 것이다."

"돌아가는 길에 적당한 이야기를 만들어내죠. 계획대로 된다면 내일 아침에는 진이 그쪽에 도착할 겁니다."

"계획대로 되기를. 서로를 위해."

슈가가 지어 보인 웃음에 바르사도 히죽 웃어주었다.

꽃

슈가가 황태자의 용무라는 명목으로 하늘 관측에서 빠져 나온 것은 정오를 조금 지난 무렵이었다. 천도를 공부하는 방에 챠그무와 단둘이 남자, 슈가는 몸을 쑥 내밀어 챠그무 에게 바짝 다가가서는 귀에 대고 바르사와 나눈 이야기를 속삭였다.

"바르사! 바르사와 만났느냐?"

챠그무의 눈동자가 갑자기 반짝였다.

"예. 전하께 들은 대로 무서운 여인이더군요."

챠그무는 저도 모르게 소리 내어 웃음을 터뜨리려다가 당황해 입을 막았다.

"그래서 바르사는 내가 연기를 해주기를 원하는 거로구나. 아바마마를 구슬리기 위해서."

슈가가 고개를 끄덕였다.

"요점은 두 가지입니다. 사냥꾼 진을 보내 바르사를 돕는 것과 산의 별궁에 있는 사람들을 내보내는 것. 그 두 가지를 토로가이와 바르사 같은 평민들의 지시라는 사실을 감추고

감쪽같이 해내야만 합니다."

챠그무의 눈에 재미있다는 빛이 떠올랐다.

"그러니 네 말은, 이 모든 것을 내가 꿈속에서 알게 된 것이라고 말하라는 거구나. 그렇다면 가장 좋은 방법은 산의 별궁을 꿈꾸었다는 야무루 황제의 제2황비를 끌어내는 것이겠다."

슈가는 감탄했다.

"저도 그렇게 생각하던 참입니다."

슈가는 한층 목소리를 낮추더니 머릿속에 담고 있던 이야기를 들려주었다. 챠그무는 진지한 표정으로 고개를 끄덕였다. 한마디도 놓치지 않고 끝까지 들은 챠그무는 마침내 고개를 한 차례 크게 끄덕였다.

"알았다. 나한테 맡겨라. 아바마마를 속이는 것쯤이야 식은 죽 먹기지."

슈가가 얼굴을 찌푸렸다.

"전하, 절대로 폐하를 얕잡아 보셔서는 안 됩니다. 폐하는 무서운 분입니다. 대단히 날카로운 분이시지요."

챠그무의 눈에 슬그머니 어두운 기색이 비쳤다.

"그걸 내가 모를 거라고 생각하느냐? 그런 아버지에게 살해당할 뻔한 내가?"

"노파심에서 드린 말씀입니다. 게다가 폐하는 결단을 내리기 전에 반드시 성도사 님과 상의하실 겁니다. 우리는 폐하와 성도사라는, 이 나라에서 가장 무서운 두 분을 상대해야 하지요. 그 점을 명심하시기 바랍니다."

"명심하지. 이까짓 일도 제대로 못해서야 돌아온 의미가 없지."

챠그무의 얼굴에 자신만만한 미소가 떠올랐다.

4
챠그무의 책략

　요고의 궁은 북쪽을 등지고 동서로 펼쳐진 사다리꼴 형태다. 궁전의 중앙부에는 '황제의 길'로 불리는 대로가 있는데, 이곳에는 황제 알현이 허용된 자만 발을 들일 수 있다. 황제의 길 남쪽 끝, 즉 마을에 가장 가까운 곳에는 아주 넓은 접견실이 있어, 귀족 등이 황제를 알현하고자 할 때 이용한다. 그리고 가장 안쪽 깊숙이 자리한 황제의 침소는 황족과 성도사만 출입할 수 있다.

　지금 이 침소의 거실에 세 사람의 그림자가 모여 있었다. 반질반질 광택을 낸 마루방에 흰털 동물 슈슈의 최상급 털가죽이 깔려 있다. 황제는 야광조개가 박힌 옻칠 의자에 몸을 묻고, 황태자 챠그무는 황제와 마주 보고 융단에 놓인 낮은 의자 위에 정좌하고 있었다. 챠그무 뒤로 경사진 곳에는 산의 별궁에서 제1황비 곁을 지키던 성도사가 잠시 불려와 융단에 정좌하고 앉은 채였다.

챠그무는 눈앞에 있는 황제보다도 보이지 않는 위치에 있는 성도사의 시선을 더 강하게 느꼈다. 성도사 히비토난은 몸집이 크고 어깨가 넓어 성독박사보다는 무사에 더 어울릴 법한 체구였다. 눈썹도 수염도 새하얗게 셌을 만큼 고령이지만, 그윽한 눈동자에는 오랜 세월 권좌를 지켜온 자의 몸에 밴 위엄이 깃들어 있었다. 1년 전에 자신을 죽일 계획을 실질적으로 지휘한 것도, 그리고 자신을 구하기 위해 손을 쓴 것도 이 남자였다는 사실을 챠그무는 어렴풋이 짐작하고 있었다.

황제가 입을 열었다.

"챠그무. 너까지 잠에서 깨어나지 않는다는 말을 들었을 때는 몹시 걱정스러웠다. 별일이 없어 참으로 다행이로구나."

챠그무는 무릎에 양손을 대고서 허리를 깊숙이 숙여 절했다.

"걱정을 끼쳐드려 송구하옵니다, 아바마마."

"음. 그런데 할 이야기가 있다던데."

챠그무가 황제의 눈을 마주 보았다. 무표정한 듯했지만 희미하게 경계의 빛이 담긴 것이 느껴졌다.

"예, 아바마마, 그리고 싱도사 님. 소자가 잠에서 깨어나지 않은 이유를 말씀드려야겠다고 생각했습니다. 어쩌면 그것이 아직도 계속 잠들어 계시는 제1황비마마를 구하는 길이 될지도 모르니까요."

차분하게 단어를 골라가며 황제에게 말하는 챠그무의 귓가에 슈가의 목소리가 되살아났다.

'제1황비마마를 구할 수 있다고 단정 짓듯 말해서는 곤란합니다. 제1황비마마가 꿈에 머물기로 결정했을 때 전하의 입장이 곤란해지니까요.'

"그래? 중요한 이야기로구나. 이야기해보라."

"예, 아바마마. 소자는 그날 밤, 무척 묘한 꿈을 꾸었습니다. 잠들기 전에 산의 별궁에 대해 생각하고 있었기 때문인지도 모르겠습니다만, 푸르스름한 빛 속에 여인이 서서 손짓을 하고 있었습니다. 그 손짓에 따라 다가갔더니 여인이 말하기를, '나는 야무루 황제의 제2황비다'라고 하지 않겠습니까."

황제가 미간을 찌푸렸지만, 챠그무는 개의치 않고 계속했다.

"소자도 그것이 꿈이라는 것을 알았습니다. 그러나 무척 인상 깊은 꿈이었습니다. 야무루 황제의 황비라고 밝힌 분은 묘한 이야기를 하셨습니다. 그러더니 아무쪼록 꿈이라고 해서 쉽게 잊어서는 안 된다고, 반드시 폐하께 전해드리라고 하셨습니다. 황비가 말씀하신 것은 이런 이야기였습니다."

챠그무는 등을 곧게 펴고 자세를 가다듬은 뒤 숨을 고르고서 이야기하기 시작했다.

"나는 꿈속에서 푸른 호숫가에 원목으로 지은 아름다운 궁전을 보았다. 그 궁에 누군지 알 수 없는 고귀한 사람들이 살고 있었다. 이 귀인들의 도읍은 1천 년 이상 번성했지만, 지금은 황혼을 맞이해 쇠락해가는 중이었다. 귀인들이 나에게 노래를 불러줬다. 그 천년의 영고성쇠와 최후의 꿈에 대한 노래를.

'우리는 꽃이 되어 꿈속에서 살겠노라. 그대의 세상에서 바람이 불어와 우리의 꽃을 떨어뜨릴 때까지. 부디 이 호숫가에 궁전을 지어 우리의 꿈을 꽃피우거라. 그렇게 하면 그대 아들의 혼을 우리 일원으로 맞아들이겠노라.'

그 노래와 소망을 듣고서 나는 산의 별궁을 세웠다. 그리고 죽은 뒤에 내 혼 역시 꿈의 귀인들과 함께 호숫가의 궁에서 꽃이 되어 꿈을 꾸어왔다. 하지만 나의 손자여, 잘 들어라. 이 꽃은 꿈을 유혹하는 꽃. 외로운 혼에게 더할 나위 없이 달콤하고 아름다운 꿈을 꾸게 해주는 꽃인지라, 지금도 아들을 잃은 황비가 꽃의 꿈에 사로잡혀 있다. 그리고 내 손자여, 잘 들어라. 이 꽃이 떨어질 날이 마침내 찾아왔구나. 다음 반달이 뜨는 밤이 파멸의 밤이 될 것이다. 이쪽 세계와 그쪽 세계가 이어지는 그날 밤, 만일 산의 별궁에 사람이 있으면 파멸하는 꿈의 유혹을 받을지도 모른다. 손자여, 그날 밤 꿈에 사로잡힌 황비를 제외하고 산의 별궁에 아무도 들이지 말거라. 그리고 우리를 꿈꾼 그대만이 스러져가는 우리와 최후의 작별을 고하기 바란다. 호숫가에 선 그대의 모습을 이정표로 삼아, 꿈에 사로잡힌 슬픈 혼들이 돌아올 수 있을지니…"

단숨에 여기까지 얘기한 챠그무는 잠시 숨을 돌렸다. 황제가 지그시 챠그무를 응시했다.

"그렇구나. 참으로 묘한 꿈이로구나. 너는 그걸 전부 기억하고 있었더냐? 어떻게 그토록 똑똑히 기억할 수 있었는지 궁금하구나."

"바로 그 점이 소자가 단순한 꿈이 아니라고 여기게 된 이유입니다. 마치 귓속에 노래가 울려 퍼지듯이, 이 이야기가 지금도 소자의 마음속에 울리고 있습니다."

또렷한 대꾸에 황제가 몸을 조금 움직였다.

"흠. 여하튼 너는 그 꿈을 믿는 게로구나. 반달이 뜨는 밤에 산의 별궁에 있는 사람들이 다치지 않도록…"

챠그무는 눈을 내리깔았다.

"예. 꿈을 믿어서 그렇다 하면 사람들의 웃음거리가 되지 않을까 염려도 됩니다. 하지만 제1황비마마의 일이 있는 터라 아예 무시하기도 쉽지가 않았습니다. 만일 아바마마와 성도사님이 동의하신다면 그렇게 하는 것이 좋을 듯합니다."

방 안에 침묵이 흘렀다. 황제의 눈이 흘끗 챠그무를 넘어서서 성도사를 향했다.

"모든 사정을 이야기할 필요는 없을 겁니다."

성도사의 굵은 목소리가 등 뒤에서 들려왔다. 챠그무는 바짝 긴장했다.

"만일의 경우를 생각해, 폐하께서 그리 하라 말씀하신다면 가능할 것이옵니다. 산의 별궁을 깨끗이 정화시키겠다고 하면 사람들을 내보내는 것은 어렵지 않을 것이옵니다. 제1황비마마의 옥체는 제가 책임지고 지키겠습니다."

황제가 몸을 일으켰다.

"그렇다면 그대는 챠그무의 꿈을 믿는 건가?"

"글쎄요, 꿈은 어디까지나 꿈이지요. 그러나 제1황비마마께서 아직 깨어나시지 못하는 것이 사실이고, 황태자 전하께서 바로 어제까지 깨어나시지 못했던 것도 사실입니다. 그렇다면 그런 기묘한 꿈에 의미가 있다고 생각하는 것도 자연스러운 일이지요."

챠그무는 내심 안도의 숨을 쉬었다. 살짝 웃음을 머금은 목소리로 성도사가 말을 이었다.

"다만 문제는 황태자 전하께서 그날 밤에 호숫가에 계셔야 한다는 부분입니다."

황제가 고개를 끄덕였다.

"그렇다. 무슨 일이 일어날지 모르는 위험한 곳에 황태자를 보낼 수는 없다."

챠그무는 스스로 '서두르지 마라, 서두르지 마라' 하고 타이르며 다시 입을 열었다.

"아바마마, 그 꿈은, 그 귀인들의 슬픔은, 꿈을 꾼 경험이 있는 소자밖에 이해할 수 없습니다. 그리고 한 번 꿈에 붙잡혔다 돌아왔으니, 소자가 길잡이 역할을 할 수 있을지도 모릅니다. 부디 소자의 별난 제안을 한 번만 허락해주시옵소서."

황제의 눈에 날카로운 빛이 떠올랐다.

"네가 스스로 황태자라는 자각을 한다면 그런 말은 하지 않을 것이다."

심장이 아플 만큼 세차게 뛰었다. 고개를 숙인 채로 챠그무는 말했다.

"소자는 형님의 죽음에 의해 황태자가 되었습니다. 제1황비마마가 아들을 잃었기 때문에 소자가 황태자가 된 것입니다. 소자는 늘 그것이 괴롭습니다. 아바마마, 다른 사람이 아니라 소자가 이 꿈을 꾼 것은 아마도 그 나름의 의미가 있을 것입니다. 소자가 제1황비마마에게 진심어린 사죄와 감사를 드리는 것이 도리인 듯합니다. 그때 비로소 소자는 스스로 황태자라는 사실을 받아들일 수 있을 것 같습니다. 사냥꾼 대장은 아바마마의 명에 따라 용무를 볼 터이니, 저의 안위가 걱정되신다면 진을 비롯해 사냥꾼들을 붙여주십시오. 그들이 함께한다면 소자의 몸에 위험한 일이 일어나지는 않을 것이옵니다. 간절히 청하옵나이다."

떨떠름해진 황제가 성도사를 바라보았다. 성도사의 얼굴에는 여전히 뭔가 재미있다는 듯한 표정이 희미하게 떠올라 있었다.

"잠에서 깨어나시더니 황태자 전하께서 조금 변하신 것 같군요."

성도사가 온화한 목소리로 말했다.

"폐하, 어떻게 생각하십니까? 저는 이 변화가 바람직한 변화라고 생각합니다만."

"과연 그럴까."

챠그무를 응시하는 황제의 눈은 결코 아들을 바라보는 아버지의 눈이 아니었다. 예전부터 챠그무는 아버지의 이 눈빛을 참을 수 없을 만큼 싫어했다. 하지만 이제는 어쩐 일인지 그런 마음이 일지 않았다. 챠그무의 마음이 아버지에게서 멀어져버린 것이다. '황제가 되면 나는 과연 어떤 눈빛으로 아들을 보게 될까' 하는 생각이 떠올랐다.

"자, 좋다. 형을 공양하고자 하는 마음을 모르는 바 아니다. 게다가 네가 잠에 빠져 깨어나지 않은 것도 분명한 사실이지. 사냥꾼을 붙여줄 터이니 뜻대로 지휘해보도록 하라."

챠그무는 양손을 무릎에 대고는 머리를 조아려 절했다.

⁂

챠그무에게서 모든 내용을 전해들은 슈가의 눈이 휘둥그레졌다.

"뭐라고요! 전하, 대체 무슨 말을, 어찌하여 마음대로 그런 이야기를 덧붙이신 겁니까!"

챠그무가 살짝 미소 지었다.

"이 정도 부수입은 있어도 괜찮잖아? 나는 어떻게 해서든 모두를 다시 만나고 싶거든. 그리고 이번 일의 결말을 내 눈으로 보고 싶어."

슈가로서는 자기를 책망하는 수밖에 없었다. 이 소년의 성격과 능력을 생각하면 이런 정도로 마음대로 계획하고 실행

할지 모른다는 것쯤은 짐작했어야 했다. 그러나 아무리 그렇게 생각하려 해도 화가 누그러지지 않았다.

"전하, 그날 밤에 산의 별궁에서 무슨 일이 일어날지는 아무도 모릅니다. 사냥꾼과 바르사가 있다 해도 전하를 지킬 수 있을지 어떨지…."

챠그무는 어깨를 으쓱했다.

"그때는,"

챠그무는 말을 꺼내다 멈추고는 뒷말을 삼켰다. 문을 두드리는 소리가 들렸기 때문이다.

"무슨 일이냐?"

문 너머에서 들려온 목소리에 두 사람은 얼어붙었다.

"히비토난이옵니다. 황태자 전하께 드릴 말씀이 있어서 불쑥 찾아뵈었습니다."

챠그무가 깊이 숨을 들이쉬고는 대답했다.

"들어오라."

성도사가 시종도 없이 문을 직접 열고 들어왔다. 그리고 간단히 절을 마치더니, 황태자가 가리킨 의자에 앉았다. 슈가가 그 방에 있다는 사실에 놀라는 것 같지도 않았다. 성도사는 챠그무를 응시하더니 거두절미하고 말했다.

"그런데 전하. 아까 하신 말씀의 어디까지가 진실이고 어디부터가 지어낸 이야기인지를 여쭙기 위해서 찾아뵈었습니다."

챠그무는 얼굴이 굳어졌지만 곧바로 정신을 가다듬고 성도사의 눈을 똑바로 쳐다보았다.

"무슨 뜻이냐? 나는 진실만을 말했는데."

"그럴까요? 공교롭게도 저에게는 그렇게 들리지 않았습니다. 특히 전하께오서 스스로 꿈에 사로잡힌 혼의 길잡이가 된다는 부분이 그러했습니다."

성도사가 미소 지었다.

"무언가 전하께 유리하게 꾸미신 이야기로밖에 들리지 않았습니다만."

챠그무의 심장이 터질 듯이 벌렁거렸다.

'침착해라, 침착해. 성도사라고 해서 모든 것을 다 알 리가 없다. 침착해라.'

챠그무는 고개를 푹 숙이더니, 이윽고 쓴웃음을 지으며 성도사를 마주 보았다.

"그렇구나. …역시 성도사로구나."

슈가는 안색에 변화 없이 앉아 있었지만, 내심 소리라도 지르고 싶은 심정으로 챠그무의 위험한 줄타기를 지켜볼 뿐이다.

"그대라면 이해하겠지만, 아바마마께는 할 수 없는 이야기도 있다. 그대를 믿고 모든 것을 털어놓을 터이니, 내가 잘하는 것인지 말해주기 바란다."

성도사가 무표정한 채로 고개를 끄덕였다.

"아마도 그대는 짐작하고 있겠지. 나는 황태자로 사는 지금의 생활이 싫어서 견딜 수가 없다. 가능하면 황태자라는 지위 따위 내던지고 그저 개인 챠그무로 평민으로서 계속 살아가고 싶었다. 사람을 꿈속에 붙잡아두는 꽃 이야기는 사실이다. 그 꽃은 나처럼 현재의 인생으로부터 도망치고 싶어 하는 자를 붙잡아 가둔다. 진심으로 꾸고 싶은 꿈을 꾸게 하는 것이다. 제1황비마마가 붙잡히신 것도 당연한 일이다. 뿐만 아니라 아주 많은 사람들이 그 꽃 속에 붙잡혀 있는 것을 나는 눈으로 확인했다."

의심할 테면 의심해보라는 눈으로 챠그무가 성도사를 노려봤지만, 그는 완벽하게 무표정했다.

"꽃이 지는 밤이 온다는 것도 사실이다. 그때 틀림없이 산의 별궁에서 이변이 일어날 것이다. 그래서 그곳에 있는 사람들을 내보내고 싶었던 것이다. 단지 야무루 황제의 황비 이야기는 지어낸 것이다. 나를 꿈에서 구해내 무슨 일이 일어나고 있는지를 가르쳐준 것은 탄다였다."

처음으로 성도사의 표정이 움직였다.

"탄다?"

"그렇다. 1년 전에 나를 구해준 주술사 토로가이의 제자다."

챠그무는 슈가의 비밀이 탄로나지 않도록 모든 사정을 탄다에게서 들은 이야기인 것처럼 성도사에게 말했다. 그리고 챠그무는 쓴웃음을 지었다.

"알겠느냐? 아바마마께 모든 사정을 그대로 말씀드리지 못한 이유를."

성도사가 등을 폈다.

"그렇군요. 그럼 전하께서 그날 밤에 직접 호수 옆에서 지켜보시겠다는 것은 어떻습니까?"

"그건 거짓이다. 탄다가 말하기를, 주술사 토로가이라면 초혼제 술법으로 꽃에게 붙잡힌 혼들을 구해낼 수 있다고 했다. 하지만 그 꽃을 지키는 요괴가 있어 토로가이를 공격할 것이라고도 했다. 꽃 지킴이라는 요괴가 방해할 거라 하니, 토로가이를 지키기 위해서 사냥꾼이 필요한 것이다. 내가 호반에서 길잡이가 되어야 한다는 이야기는 지어낸 이야기다."

챠그무는 흘끗 슈가를 본 뒤 다시 성도사에게로 고개를 돌렸다.

"나는 석연치 않은 모든 일을 매듭짓고 싶다. 그날 밤에 무슨 일이 일어나는지 이 눈으로 확인하고 싶다. 그 기분 좋은 꿈에 사로잡힌 혼들이 정말로 돌아오는지 어떤지, 새로운 삶을 살아갈 수 있는지 어떤지 알고 싶은 것이다."

성도사가 잠시 말없이 챠그무를 바라보더니, 이윽고 강철처럼 차가운 어조로 말했다.

"전하께서 살 길은 단 하나밖에 없다는 것을 알고 계시겠지요? 황제 폐하께서는 아직 젊으십니다. 앞으로도 어느 황비마마든 아들을 생산하실 가능성도 충분히 있고, 가령 아들이 더 이상 태어나지 않는다 하더라도 여차하면 제3궁의 공주마마가 계십니다. 설령 전하가 계시지 않더라도 이 나라의 후사가 끊길 일은 없습니다. 그러니 황태자 전하께서 살 길은 딱 한 가지입니다. 황태자란 곧 황제가 되실 분. 황제가 되지 못하고 도중에 좌절하는 경우란 병사나 사고사밖에 없습니다. 요컨대 황제가 되고 싶지 않은 황태자란 있을 수 없다는 것이지요."

너무나도 노골적인 표현에 챠그무도 슈가도 아무 말 하지 못한 채 성도사를 바라보았다.

"그런데도 그날 밤 호반에 가시겠습니까?"

챠그무가 조용히 말했다.

"그러하다. 가지 않으면 언젠가는 병사나 사고사를 당할 운명일 터."

성도사가 미소 지었다.

"알겠습니다. 그러면 폐하께는 더 이상 말씀드리지 않겠습니다. 그리고 전하께 사냥꾼을 붙여드리지요."

말을 마친 듯 자리에서 일어서는 성도사에게 슈가가 입을 열었다.

"성도사님, 내일 밤에 저도 전하를 모시고 가도 되겠습니까?"

성도사가 슈가를 내려다보았다.

"좋다. 잘 지켜드리거라."

성도사가 방을 나가 발소리가 완전히 사라졌을 때, 슈가는 나지막이 말했다.

"진심으로 감사드립니다, 전하. 저를 지켜주신 은혜 평생 잊지 않겠습니다."

"이것으로 사냥꾼 진을 바르사한테 보낼 수 있게 되었구나. 다만."

챠그무가 핏기 없는 창백한 얼굴에 쓰디쓴 웃음을 머금었다.

"내가 바르사와 도망치려 하다가는 사냥꾼들의 칼날이 나를 향하겠구나."

제4장

꽃의 밤

1

사냥꾼 진의 약속

점심 때를 앞둔 시점, 화덕 앞에서 뒹굴던 토로가이가 몸을 조금 움직인 것과 거의 동시에 창을 손질하던 바르사도 눈을 들어 출입문을 보았다. 토로가이가 몸을 일으키며 중얼거렸다.

"누군가가 방어막을 넘었구나."

바르사는 일어서서 단창을 손에 든 채로 문을 잡아당겼다. 아침 이슬 촉촉한 풀밭에 한 남자가 서 있었다. 옅은 갈색 하의에 정강이가리개, 가죽띠에 장식 없는 양날 검을 매단 채로. 어디에나 있을 법한 병사의 용모였지만, 온몸에 빈틈이라곤 없었다.

"오랜만이로구나, 단창술사 바르사 님."

바르사가 미소 지었다.

"다행이다. 와주었구나, 진 씨."

"씨는 빼기로 하자. 진이라고 불러다오."

사냥꾼 진이 살짝 눈썹을 치켜올리며 경쾌한 어조로 말했다.

"여기가 은둔처라는 걸 그때 알았더라면. 워낙에 자네한테 사정없이 당해서 다 죽어가는 상태였으니 어차피 쫓아갈 수도 없었겠지만."

두 사람은 서로 마주 보며 기분 좋게 웃었다. 진이 주위를 둘러보더니 양쪽 숲 쪽에 눈길을 멈추고 바짝 긴장했다.

"그렇군. 묘한 기척이로군. 짐승의 기척 같구나."

바르사가 고개를 끄덕이고는 진을 안으로 안내했다. 토로가이와 진은 안면이 있지만, 첫 대면인 유그노는 당황한 표정으로 인사했다. 바르사에게서 무술의 달인이라는 말을 들었기에, 노래 가사에 나오는 몸집 큰 남자를 상상했는지도 모른다. 마음이 조급한 바르사가 곧장 본론으로 들어갔다.

"이런 일을 남한테 부탁하는 것도 괴로운 일이지만, 지금은 자네한테 의지할 수밖에 없네."

"응. 슈가 님께 대강 들어 알고 있다. 온화한 탄다 님이 그런 요괴가 되어버렸다니, 믿기 어려운 일이야. 무엇보다, 죽이지도 않고 상처도 가능한 한 입히지 않으면서 요괴와 싸워

최대한 붙잡아두는 것이 확실히 쉬운 일은 아닐 듯하구나."

"게다가 저쪽은 전혀 통증을 느끼지 않는 것 같아. 오른쪽 어깨 관절이 빠졌는데도 왼손으로 내 얼굴을 세차게 내리쳤다."

진의 입술에 희미하게 미소가 떠올랐다.

"그거 참. 조금 정도가 아니라 꽤나 어려운 일이겠구나. 하지만 탄다 님은 내 생명의 은인이다. 최선을 다하지."

바르사가 깊이 머리를 숙였다.

"고맙다."

"아니. 하지만 그가 그렇게 짐승처럼 변했다면 숫제 짐승을 잡는 것처럼 그물이나 밧줄로 묶으면 어떻겠느냐?"

바르사의 얼굴이 흐려졌다.

"나도 처음에는 그렇게 생각했지만, 저것은 탄다의 몸을 도구로밖에 생각하지 않는다. 그렇기 때문에 밧줄로 붙잡으면 살과 뼈를 으스러뜨려서라도 탈출하려 할 것이다. 그것을 막을 도리가 없다. 말이 통하는 상대도 아니고, 기절하는 일도 없다. 밧줄로 잡는다고 해도 아마 저것은 탄다의 몸이 너덜너덜해질 때까지 가만히 있지 않을 것이다. 그렇게 되면 밤이 되기도 전에 탄다는…."

진이 얼굴을 일그러뜨렸다.

"그렇군."

바르사는 끔찍한 상상을 떨쳐내려는 듯이 고개를 저었다.

"그래서 말이다, 우리가 먼저 호수에 도착할 정도만 시간을 끌어주면, 그 뒤에는 저것이 쫓아오게 놔두는 편이 탄다의 몸을 위하는 길일 게다. 그래서 너에게 부탁한 것이다."

"알았다."

진이 고개를 끄덕였다. 그러고나서 문득 떠오른 듯 덧붙였다.

"참. 잊을 뻔했구나. 오늘 밤에 황태자 전하도 호반에 가신다."

"뭐라고!"

바르사와 토로가이가 소스라치게 놀라 눈이 휘둥그레졌다. 바르사가 혀를 차며 말했다.

"그 심정은 이해하지만, 너무 위험하지 않을까? 왜 말리지 않았느냐?"

진이 달래듯이 말했다.

"사냥꾼 젠과 윤이 곁을 지킬 터이니 옥체에 해를 입는 일은 없을 것이다."

바르사와 토로가이가 서로 마주 보았다. 걱정스러운 것은 몸이 아니라 혼인데, 그것을 지금 진에게 말한들 아무 소용이 없다. 고민이 배가된 심정으로 바르사는 한숨을 쉬었다. 이에 진이 무거운 공기를 떨쳐내듯이 단호하게 말을 이었다.

"여하튼 나는 최대한 오래 그 꽃 지킴이 요괴라는 것을 붙잡아두겠다. 그 이외의 일은 지금 걱정해도 소용이 없지."

만반의 준비를 갖추고 바깥문에 손을 댔을 때, 바르사가 뒤돌아 진을 보았다. 하지만 그저 살짝 호흡을 가다듬었을 뿐, 말은 나오지 않았다. 진은 그 표정에 가슴이 저려왔다. 바르사는 분명 '몸을 둘로 나눌 수 있다면' 하고 생각하는 게 틀림없다. 진이 탄다를 상처 입힐까봐 두려우면서도, 이제부터 필사적인 싸움을 해야 하는 진에게 차마 아무 말도 건네지 못하는 것이다. 진이 갑자기 바르사의 팔을 붙잡았다.

"도저히 막을 수 없게 되면, 나는 탄다의 왼쪽 발을 노리겠다. 그것도 뼈를 노릴 생각이다. 알겠지?"

진이 바르사의 눈앞에서 허리에 찬 가죽띠를 풀더니 십자 모양으로 칼집과 칼자루에 친친 감았다. 절대로 칼을 칼집에서 빼지 않겠다는 의사 표시였다. 바르사가 깊이 감사하는 마음을 담아 진을 바라보며 낮은 목소리로 말했다.

"이번에는 내가 자네에게 빚을 지는구나. 언젠가 반드시 은혜를 갚겠다."

진이 사람 좋게 웃었다.

"천만에. 이것은 내가 은혜를 갚을 기회인걸. 잊지 말아라. 너까지 이 계산에 끼어들면 복잡해져서 감당이 안 된다. 자, 준비를 마친 듯하니 이제 갈까?"

선두에 진, 그다음이 바르사, 그리고 토로가이가 밖으로 나갔다. 마지막으로 유그노가 풀밭에 나간 순간, 모두가 깜짝 놀랄 정도로 강한 기척이 서쪽 숲 위에서 솟아올랐다.

"방어막을 푼다."

토로가이가 중얼거리자, 바르사와 진은 유그노를 사이에 두고 자리를 잡았다. 유그노는 핏기 가신 얼굴로 뚫어지게 숲을 응시했다. 토로가이가 눈을 감고는 가슴 앞에 양손을 모았다가 기합과 함께 쫙 벌렸다.

순간 검은 그림자가 나뭇가지 위에서 쏜 화살처럼 일직선으로 유그노에게 덤벼들었다. 진이 감아올리듯이 검을 휘둘렀다. 쿵 하고 둔탁한 소리가 나며 칼집으로 옆구리를 맞은 꽃 지킴이가 땅바닥으로 떨어졌다.

"가라!"

진이 소리치기도 전에 바르사가 우두커니 선 유그노의 팔을 붙잡고 달리기 시작했다. 바르사는 뒤돌아볼 수가 없었다. 인간이라면 진이 가한 충격에 한동안 숨이 막혀서 꼼짝도 할 수 없을 것이었다. 하지만 꽃 지킴이는 아파하는 기색

하나 없이 벌떡 몸을 일으켰다. 바르사의 공격으로 관절이 빠진 오른쪽 어깨는 스스로 끼워 고친 것 같았다.

'그렇구나, 이 녀석은 인간이 아니로구나.'

꽃 지킴이의 눈을 보고서야 진은 가슴이 서늘해졌다. 분명 탄다의 얼굴이었지만 그 온화한 표정은 어디에도 없었다. 얼굴이 표정 하나로 이 정도까지 변하는구나. 꽃 지킴이가 무릎을 굽히는 것을 보고 진은 꽃 지킴이가 자신을 뛰어넘어 유그노를 쫓아가려 한다는 사실을 알아챘다. 다음 순간 진의 머리 위로 훌쩍 뛰어오른 꽃 지킴이의 복사뼈를 진이 아슬아슬하게 붙잡았다. 하지만 그러는 바람에 몸이 통째로 끌려가 땅바닥에 쓰러지고 말았다. 꽃 지킴이는 왼쪽 복사뼈를 붙잡은 진의 손을 오른발로 걷어차려들었다. 그 순간 진은 복사뼈를 놓고 땅바닥을 굴러 박차고 일어났다. 하지만 꽃 지킴이가 조금 더 빨랐다. 꽃 지킴이는 진 따위에게 전혀 신경 쓰지 않고 유그노가 달아난 쪽으로 내달리기 시작했다.

진이 칼집에 든 검을 쥐더니 꽃 지킴이의 발을 향해 힘차게 던졌다. 검은 절묘하게 양발 사이에 끼어들어갔고, 꽃 지킴이는 내동댕이쳐지듯 땅바닥에 넘어졌다. 진이 꽃 지킴이에게 덤벼들어 재빨리 양팔을 겨드랑이 밑으로 빼내 후두부에서 깍지를 꼈다. 이렇게 하면 양 어깨와 목 관절을 확실히 장악하게 되어 상대는 꼼짝 못할 뿐만 아니라, 진의 힘에 따라서 목이 꺾일 수도 있다. 뒤쪽으로 체중을 실으면서, 진은 이것으로 꽃 지킴이를 붙잡았다고 생각했다. 이대로 가능한 한 오래 자세를 유지하면 되는 것이다. 요령껏 발을 공격해 지면에 쓰러뜨려서 양손과 양발로 단단히 휘감으면, 힘이 유지되는 한은 붙잡아둘 수 있을 것이다.

진은 바르사와 마찬가지로 어릴 적부터 실전에 준하는 무술을 익혀왔다. 실력이 어느 정도의 경지에 이른 뒤에는 심지어 체중까지도 조절할 수 있게 되었다. 진은 결코 체구가 큰 편이 아니었지만, 몸의 무게중심을 옮기는 법과 호흡법으로 체구가 훨씬 큰 남자보다도 몸을 무겁게 만들 수 있었다. 이 정도까지 상대를 제압하면 놓치지 않는다는 절대적인 자신이 있었다.

그렇기 때문에 팔 밑에서 꽃 지킴이가 꿈틀거리자 너무나 놀라 가슴이 꽉 조여오는 공포를 느꼈다. 꽃 지킴이가 팔을 등 쪽으로 구부리기 시작한 것이다. 우두둑 하고 꽃 지킴이의 팔뼈가 부러지며 내는 소리를 듣고, 진의 등에 식은땀이 배어났다.

'이 녀석, 양팔을 부러뜨려서라도 움직일 생각이로구나!'

꼼짝없이 제압당한 양팔을 부러뜨림으로써 진의 팔 밖으

로 빠져나가려는 것이다. 탄다의 몸뚱이란 꽃 지킴이에게는 도구에 불과하다던 바르사의 말이 생각났다. 양팔을 부러뜨리든 잘리든 생명이 남아 있는 한 꽃 지킴이는 유그노를 뒤쫓을 것이다. 그 순간 진은 꽃 지킴이가 얼마나 무시무시한 존재인지를 뼈저리게 깨달았다.

진은 재빨리 팔을 풀고는 꽃 지킴이의 오금을 걸어찼다. 무릎이 덜커덕거리며 흔들리더니 꽃 지킴이가 고꾸라졌다. 진이 다리를 벌려 그 사이에 꽃 지킴이의 양다리를 넣고는 꽃 지킴이의 무릎 바깥쪽을 정강이로 눌렀다. 그러고는 꽃 지킴이의 뒷덜미를 오른손으로 눌러 머리를 움직이지 못하게 움켜쥐었다. 꽃 지킴이가 머리를 누르는 진의 오른손을 양손으로 붙잡으려들자, 진은 왼손을 세워 내리치기를 반복했다. 그러나 무시무시한 힘을 가진 꽃 지킴이는 위에서 덮친 진을 뒤집으려고 끊임없이 몸부림쳤다.

진의 이마에 땀이 샘솟았다. 싸우기 시작한 뒤로 시간이 얼마나 지났는지 알 수가 없었다. 꽤 오랫동안 진은 오로지 꽃 지킴이를 꽉 누르고서 공격해오는 손을 쳐내기만 하다가 마침내 한 순간 피로감을 느끼고 집중력을 흩뜨리고 말았다. 그 순간 꽃 지킴이의 오른손 손톱이 진의 오른팔을 할퀴었다. 뜨거운 통증에 진은 엉겁결에 왼손으로 상처를 눌렀다.

그러자 꽃 지킴이의 온몸이 새우처럼 튀어올랐고, 진은 놀랄 틈도 없이 땅바닥에 나가떨어지고 말았다.

꽃 지킴이가 일어나서 진에게 덤벼들었다. 이 남자를 쓰러뜨리지 않고는 유그노 곁으로 갈 수 없다는 사실을 깨달은 것이다. 그의 움직임은 사람이 싸우는 방식과 전혀 달랐다. 마치 짐승이 덤벼들듯이 손톱과 이로 할퀴고 물어뜯으려드는 것이었다. 엄청난 속도로 진의 얼굴을 향해 손을 내리치기도 했다. 진은 간신히 얼굴을 틀었지만 왼쪽 눈 옆이 손톱에 찢어지고 말았다. 아뿔싸, 눈에 피가 흘러들어 앞을 보기가 힘들어졌다. 꽃 지킴이가 목을 노리는 것을 알아차렸을 때 진은 힘을 조절할 여유를 잃고 말았다.

소리를 지르며 목을 물어뜯으려 덤비는 꽃 지킴이의 턱을 향해 진은 오른쪽 주먹을 힘껏 날렸다. 그리고 다시 한 번, 뒤로 넘어간 꽃 지킴이의 목구멍에 주먹질을 했다. 마침내 진의 몸에서 꽃 지킴이가 떨어져나가자 진은 어깨로 꽃 지킴이를 밀어 쓰러뜨리고, 손바닥을 세워서 수도(手刀)로 왼발의 복사뼈 위를 내리쳤다. 뼈가 부러지는 감촉이 그대로 손에 전해져왔다.

'마침내 해냈다'고 생각한 순간, 이럴 수가. 꽃 지킴이의 오른손이 진의 뺨을 세차게 내리쳤다. 몽둥이로 얻어맞은 것처럼 무시무시한 충격이었다. 간신히 급소는 벗어났지만, 옆으로 튕겨나간 진은 땅바닥에 내동댕이쳐지면서 정신을 잃고 말았다. 몸을 일으키려던 꽃 지킴이는 그제야 왼발에 힘이 들어가지 않는다는 사실을 알아차렸다. 잠시 땅바닥에 주저앉아 왼발을 만지더니, 놀랍게도 납작 엎드려 양손과 한쪽 발로 달리기 시작했다. 짐승 같은 자세로 달리는 속도는 사람이 달리는 것과 차이가 없었다. 꽃 지킴이로 둔갑한 탄다는 유그노가 사라진 방향으로 눈 깜짝할 사이에 모습을 감췄다.

2

산의 호수

오후의 햇살이 기울기 시작할 무렵, 바르사 일행은 말을 멈췄다. 바르사가 먼저 말에서 내려 앞에 가던 토로가이를 안듯이 바닥에 내렸다.

"아아, 힘들구나, 힘들어."

토로가이가 투덜대면서 아픈 허리를 폈다. 유그노가 주르르 미끄러져 말에서 내리더니 땅바닥에 털썩 주저앉았다. 예전에 두어 번, 부잣집에서 노래하고 돌아가는 길에 사례로 말을 얻어탄 적이 있긴 하지만 자기 혼자서, 게다가 엄청난 속도로 말을 달리는 바르사의 뒤를 쫓아가는 것은 전혀 다른 경험이었다. 무릎 안쪽이 까지고 허벅지가 덜덜 떨렸다. 한동안은 다리가 후들후들거려 똑바로 일어설 수도 없었다.

"괜찮으냐?"

바르사가 옆에 주저앉더니 새파래진 유그노의 얼굴을 들여다보았다. 유그노는 쥐가 날 듯 경련하는 다리를 주무르며 고개를 끄덕였다. 바르사가 유그노의 어깨에 손을 얹었다.

"잠깐 쉬자. 이 정도 달렸으니까 사람의 발로는 쫓아오기 힘들 게다."

탄다의 집을 나와 야시로 마을에서 말을 타고, 이미 5단(약 다섯 시간) 가까이 시간이 흘렀다. 이들은 야시로 마을에서 청궁천으로 나와 얕은 여울을 건넌 뒤에, 벌목꾼들이 목재를 옮길 때 사용하는 길을 따라 산의 별궁 쪽으로 온 것이다.

바르사가 말을 세운 곳은 벌목꾼의 짐말들이 물을 마시며 쉬어가는 곳이었다. 여기서부터 목재를 운반하는 길은 북쪽으로 멀찌감치 벗어나 산의 별궁과는 다른 방향으로 흘러간다. 이 지점부터는 벌목이나 사냥이 허용되지 않는 황가의 영역이기 때문이다.

바르사는 유그노와 토로가이를 쉬게 놔두고서 말 등에서 짐을 내렸다. 이곳 샘물은 대나무 관을 통해 물을 끌어다 땅에 묻은 커다란 나무상자에서 받게 되어 있다. 바르사는 졸졸 떨어지는 차가운 물을 대나무 물통에 받아 두 사람에게 가져다줬다. 그러고 난 뒤 말을 끌어다 실컷 물을 마시게 해주었다. 여물 주머니를 각각 목에 걸어주자, 말들은 요란한 소리를 내면서 먹기 시작했다. 그 모습을 지켜보자니 일행들도 무척 배가 고파졌다. 쫓기듯이 계속 달리는 바람에 잠깐씩 쉴 때도 요기할 생각을 못했던 것이다.

'호위무사로서는 실격이로구나.'

속으로 중얼거리며 바르사는 짐에서 댓잎에 싼 슈르지를 꺼냈다. 말린 고기를 잘게 다져 달콤하고 짭짤하게 졸인 뒤 갓 지은 밥에 섞어 만든 주먹밥이다. 바르사가 볼이 미어지게 슈르지를 밀어 넣는 것을 보고, 토로가이가 손을 내밀었다.

"대단하네요."

숨이 곧 끊어질 것 같은 어조로 유그노가 중얼거렸다.

"나는 도저히 못 먹겠어요."

바르사가 유그노 옆에 앉더니 주머니에서 자그마한 나무 용기를 꺼냈다. 뚜껑을 여니 꿀에 졸인 향기로운 마이카 열매가 담겨 있었다. 바르사는 빨간 열매를 너댓 알 꺼냈다.

"조금씩이라도 좋으니까 입에 넣어봐라. 천천히 씹어 삼키는 거야."

내키지 않는 듯이 얼굴을 찌푸리며 열매를 입에 넣은 유그노의 눈이 금세 커다래졌다. 놀라울 정도로 상큼하고 달콤한 향기가 입 안 가득 퍼졌기 때문이다.

"마이카 열매가 이렇게 맛있는 줄 몰랐어요."

유그노가 나지막이 말하자, 바르사가 미소 지었다.

"탄다가 만든 비장의 마이카 꿀조림을 조금 가져왔지. 로가라는 향기로운 풀과 꿀로 오래 졸여서 만든 것이다."

"그렇군요. 머리가 맑아진 느낌이에요. 피로가 가시는 것 같아요."

"그렇지? 피로 회복에는 최고의 약이지."

문득 추억 속의 한 장면이 선명하게 떠올랐다. 열여덟 살 무렵이었을까? 지그로에게 훈련을 받고 거의 쓰러질 지경이 되어 집에 돌아오니, 탄다가 마이카 열매를 접시에 수북이 담아 가져다준 적이 있다. 그때 먹은 마이카 맛은 평생토록 잊히지 않았다. 화끈거리는 온몸의 통증이 싹 가시는 느낌이 들었으니까.

토로가이가 손을 뻗어 마이카 열매를 하나 집어들었다.

"치유는 여자의 장기라고들 하지만, 그런 것만도 아니다. 탄다는 천성적으로 치유에 소질이 있지. 이런 것을 만들어주다니, 그야말로 최고지."

유그노가 흘끗 바르사를 보았다. 바르사는 심각한 표정으로 손 안의 열매를 바라보고 있었다. 모두가 마이카 열매를 먹고나자, 바르사는 풀로 손을 닦고는 얼른 일어섰다.

"자, 갈까? 달이 뜨기 전에 호수에 도착해야 해."

샘물 옆 나무에 말을 묶어두고, 바르사가 조금 가벼워진 짐을 단창에 걸쳤다. 여기서부터는 길이 없는 산속을 걸어가야 한다. 바르사가 선두에 서고, 이따금 낫처럼 생긴 큰 칼로 덤불을 쳐내면서 길을 만들어갔다. 그 뒤를 유그노가 따르고, 맨 뒤에서 토로가이가 걸었다. 바르사는 척척 길을 만들며 앞으로 갔지만, 유그노도 토로가이도 익숙지 않은 승마에 지쳐 속도가 처질 수밖에 없었다. 도중에 몇 번이나 휴식을 취하면서 이들은 열심히 앞으로 나아갔다.

이윽고 해가 서쪽으로 기울기 시작하면서 순식간에 빛이 옅어졌다. 서쪽을 바라보는 나무껍질이 옅은 석양빛에 물든 나무들 사이로 세 사람은 묵묵히 걸었다. 마침내 해가 완전히 저물자, 바르사는 잠시 멈춰 서서 여행용 호롱을 꺼냈다. 부싯돌과 부싯깃을 사용해 등을 밝히는 솜씨가 아주 능숙했다. 여행용 등은 가는 대나무로 짠 바구니 안에 초를 세운 것으로, 짧은 손잡이가 있어 몸에서 거리를 두고 들게 되어 있다.

"이건 네가 들어라."

바르사가 여행용 등을 유그노에게 건네고 또다시 길을 만들면서 걷기 시작했다. 유그노가 든 등불 빛은 바르사의 발밑까지는 닿지 않았지만, 바르사의 걸음걸이는 흐트러지는 법이 없었다. 이따금 사소한 소리에 놀라 새가 울면서 날아가는 것 외에는, 바르사가 휘두르는 칼 소리와 세 사람의 발소리만 들릴 뿐이었다.

토로가이는 걷는 내내 꿈속에 있는 것 같은 기분이 들었다. 젊을 적에 산의 부름을 받아 하염없이 산속을 걸어 호수에 이르렀던 그 꿈속을. 캄캄한 산속을 걷고 걷고 또 걸어, 마침내 그때와 똑같이 갑자기 눈앞이 확 트였다. 깊은 산으로 둘러싸인 너른 호수가 세 사람 앞에 검게 펼쳐져 있었다. 토로가이는 머릿속이 마비되는 듯한 충격을 받고 멈춰 섰다.

"아아, 그 호수다."

토로가이의 갈라진 목소리에 바르사와 유그노가 뒤를 돌아보았다. 토로가이는 호수를 멍하니 바라보며 서쪽 산을 손가락으로 가리켰다.

"나는 그때 저쪽에서 여기로 산을 빠져나왔다. 저 산 너머에 내 고향 마을이 있다. 아이들의 무덤도…."

토로가이는 차가운 손으로 얼굴을 문지른 것 같은 느낌이 들었다. 아이들의 죽음과 남편에 대한 기억이 마치 격류처럼 뇌리에 흘러들었다. 언제부턴가 무의식중에 과거로부터 눈을 돌리고 기억의 뚜껑을 덮어버렸다는 생각에, 토로가이는 쓸쓸한 심정이 되었다. 아주 먼 옛날에 버리고 온 과거, 등을 돌리고 멀리 떠나 잊으려고 노력해온 과거가 다시금 차가운 손을 뻗어온 것 같았다. 게다가 호숫가에 솟은 산의 별궁이라니.

등줄기에 차가운 기운이 기어올라오는 듯해 토로가이는 몸을 떨었다. 커다란 문과 나무로 복잡하게 짜인 지붕. 그때 꿈에서 본 궁전과 똑같았다. 52년 전에 꿈속에서 본 호수와 그 안에 거꾸로 우뚝 솟아 있던 궁전. 그것은 기나긴 시간을 훌쩍 뛰어넘어, 지금 눈앞에 있는 이 궁전을 투영해 나타났던 것일까? 토로가이는 크게 숨을 들이마시고는 스스로를 다그쳤다.

'바보 같으니라고. 산의 별궁은 그 꿈을 본떠 만든 궁이야. 나와 똑같은 꿈을 꾸고 지은 것이지. 똑같다는 말은 챠그무의 전갈로 듣지 않았더냐?'

토로가이는 왜 이토록 두려워지는지 잘 알았다. 그녀는 눈을 감고 다시 한 번 자신을 타일렀다.

'나는 52년 전의 불행하고 연약한 토무카가 아니다. 나는 주술사, 대지 위를 걷는 자 토로가이다.'

그러고는 바르사와 유그노에게 강한 어조로 말했다.

"자, 방어막을 치자. 가르쳐준 대로 준비해라."

세 사람은 호숫가의 갈대밭을 빠져나가 찰싹거리며 물결

이 밀려오는 물가로 나갔다. 토로가이가 골라온 굵고 긴 갈대 네 개를 물가에 깊이 꽂고는, 갈대 사이로 풀을 꼬아서 만든 새끼줄을 쳤다. 바르사와 유그노는 역할을 나누어, 갖고 온 질그릇 접시 네 개에 숯을 놓고 등잔에서 불을 옮겼다. 그러고는 불꽃을 더 키우기 위해 냄새 나는 마른 풀을 불 위에 얹었다. 타오른 마른 풀에서 흰 연기가 봉화처럼 피어올라 천천히 호숫가로 흘러갔다.

3
달의 문

　어디선가 바르사를 부르는 목소리가 들려오는 것 같았다. 바르사는 고개를 들어 호숫가를 끼고 돌아 다가오는 네 사람의 그림자를 보았다. 바르사의 가슴에 갑자기 기쁨이 솟구쳤다.

　"바르사!"

　챠그무가 거의 구르듯이 달려왔다. 한 해 사이에 키가 훌쩍 자라 있었다. 목소리도 더 이상 높고 날카로운 아이의 음성이 아니라, 변성기가 시작되어 어른스럽게 굵어진 터였다.

　"어이! 조심해라. 방어막을 무너뜨리면 안 된다! 살짝 뛰어넘어서 들어와라."

　토로가이가 파르르 소리치고서야 챠그무는 간신히 발걸음을 늦췄다. 시키는 대로 살짝 줄을 넘어 들어온 챠그무는 바르사를 보더니 얼굴을 일그러뜨렸다. 예전 일이 다시 생각난 것이다.

"이 녀석, 많이 컸는데, 챠그무."

감격에 겨워 갈라진 목소리로 인사를 건넨 바르사가 챠그무의 머리를 끌어안았다. 가슴께밖에 오지 않던 챠그무가 지금은 바르사의 어깨에 얼굴을 묻었다. 챠그무는 바르사를 힘껏 끌어안으며 흐느껴 울었다. 바르사도 챠그무도, 서로 두 번 다시 만나지 못할 거라고 여기고 있었다. 이 밤이 지나면 두 사람은 또다시 헤어져야 한다. 챠그무의 뒤를 이어 슈가와 사냥꾼 젠, 윤이 방어막 안으로 들어와 잠자코 두 사람을 지켜보고 있었다.

"달이 떠오른다."

토로가이의 목소리에 모두가 하나가 된 듯 하늘을 올려다보았다. 산의 능선에서 불그스름한 반달이 얼굴을 내밀었다.

"자, 달이 호수에 얼굴을 비추기 전에 나는 초혼제 준비를 해야 한다. 모두 조용히 앉아 자리를 지켜다오."

토로가이의 말에 바르사도 정신을 추슬렀다. 챠그무가 겸연쩍은 얼굴로 바르사에게서 떨어져 땅바닥에 앉으려 하자 사냥꾼 윤이 당황한 듯 움직이기 시작했다.

"잠시 기다리십시오, 전하."

그는 짊어지고 있던 깔개를 내리더니 얼른 바닥에 깔았다. 챠그무는 불만스러운 얼굴로 깔개를 내려다봤지만, 바르사가 고개를 끄덕이자 하는 수 없이 그 위로 올라앉았다. 바르사는 한쪽 구석에 선 슈가에게 시선을 돌려 깊숙이 고개를 숙였다. 인사를 가장한 감사의 표현이었는데, 슈가도 그 마음을 느낀 것 같았다. 슈가는 입가에 잠시 미소를 짓고는 곧바로 진지한 표정으로 답례했다.

바르사는 대조적인 몸집의 두 사냥꾼에게도 목례를 건넸다. 땅딸막한 자라목 사냥꾼 젠은 무표정한 채로 목례를 보내왔지만, 얼굴에 바르사에게 베인 상처가 여전히 남아 있는 윤은 잠시 망설인 뒤에야 굳은 표정으로 고개를 까딱했다.

바르사는 이따금 새소리만 울려퍼질 뿐 정적에 휩싸인 어둠 속에서 사방을 살폈다. 꽃 지킴이의 기척은 느껴지지 않았다. 미행당하지 않고 무사히 여기까지 올 수 있었던 것 같다. 하지만 기뻐할 마음은 전혀 들지 않았다. 너덜너덜한 몸으로 어둠을 헤치고 달려오는 탄다의 모습이 뇌리에 떠올랐기 때문이다.

'와서는 안 돼, 탄다.'

그렇게 생각하면서도 마음속 깊은 곳에서 또 다른 생각이 떠오르는 것을 막을 수가 없었다.

'살아 있는 모습을 보여줘, 탄다.'

어느 틈엔가 달은 밝게 빛나는 반원이 되어 중천에 걸렸다. 달빛을 받은 산의 윤곽이 또렷이 드러났다. 건너편 호숫가에 솟은 산의 별궁 지붕에도 서리처럼 희끄무레한 빛이 깃들었다. 쥐새끼 한 마리 기척을 보이지 않는 밤이었다. 갑자기 유그노가 몸을 움찔거렸다.

"저 궁전, 뭔가 이상하지 않아?"

모두가 유그노가 손가락질하는 호수를 바라보았다. 어두운 수면에 마치 거울에 비치는 것처럼 또렷이 산의 별궁이 비쳤다. 하지만 달빛으로 비치는 것치고는 너무나 또렷했으며, 게다가 바람이 수면을 흔들어 잔물결을 일으켜도 흔들림이 없었다. 챠그무가 몸을 떨며 중얼거렸다.

"달도 이상해….'

하늘에 걸린 달은 아름다운 반달이다. 그런데 호수에 비친 달은 둥글었다. 모두가 지켜보는 사이에도 달은 순식간에 차올라 점점 보름달에 가까워지고 있었다. 마치 저절로 창문이 열리는 것처럼. 이윽고 달이 완전히 보름달이 된 순간, 소스라치게 높고 날카로운 소리가 울리기 시작했다. 휘파람소리와도 같은 그 소리가 차츰 높아짐에 따라, 바르사는 묘한 기척을 피부에 느끼기 시작했다.

"바람?"

바르사가 중얼거리자, 슈가가 고개를 저었다.

"수면은 흔들리지 않는다. 이 불꽃도, 갈댓잎도."

그러나 앉아 있는 사람들은 모두 살갗에 바람을 느꼈다.

"이…."

모두가 일제히 그것을 발견하고는 숨을 멈췄다. 여기서 바라보는 산의 별궁은 불빛 하나 없이 어둠에 잠겨 있다. 하지만 수면에 거꾸로 뒤집힌 궁전에는, 건물을 잇는 복도 깊숙한 곳에서 불빛이 흔들리기 시작했다. 은은하고 부드러운 등불이.

"꽃이다."

챠그무가 중얼거렸다.

"저건 중정에 있는 꽃의 빛이야."

몽롱하고 졸린 듯한 그 어조에 바르사는 깜짝 놀라 챠그무의 팔을 붙잡았다.

"끌려가면 안 돼, 챠그무! 정신을 똑바로 차려야 한다."

챠그무가 흠칫 놀라며 몸을 떨었다. 다른 사람들도 꾸벅꾸벅 졸다가 두들겨맞고 일어난 듯한 얼굴로 바르사를 보았다.

"모두 정신 바짝 차리란 말이다! 저것이 바로 꿈을 유혹하는 꽃이다. 지금 저쪽과 이쪽은 아주 가까이 이어져 있다. 긴

장을 늦추면 끌려간다고!"

소리치는 바르사 역시 꿈속에서 외치는 것처럼 현실감을 느낄 수가 없었다. 마치 대기가 미지근한 액체로 변해버린 것만 같았다. 그때 좌우로 천천히 흔들리던 토로가이의 몸에서 희미한 빛이 새어 나오기 시작했다. 반딧불이의 빛과 비슷한 옅은 황색 빛이었다. 순식간에 그 빛이 토로가이의 이마로 모여들었다. 그리고 바르사는 태어나서 처음으로 혼을 보았다. 아름다운 새로 둔갑한 토로가이의 혼이 빛을 내면서, 흰 실을 끌며 날아올라 일직선으로 수면의 달을 향해 빨려들어갔다.

🙝🙞

토로가이는 기류에 휘말린 새처럼 빠른 속도로 달을 향해 돌진했다. 주위에 아련히 피어오른 푸른 안개는 동트기 전의 어슴푸레한 푸른빛을 연상시켰다. 토로가이의 마음속에 경고의 종소리가 울렸다.

'이 안개에는 강한 주술의 힘이 있다. 사로잡혀서는 안 된다…'

하지만 그런 생각도 슬금슬금 허물어져버리고, 푸른 안개 속을 미끄러지듯이 내려가는 사이에 토로가이 안에서 시간이 거꾸로 흐르기 시작했다. 건물을 잇는 복도를 몇 개나 통과해 나무가 울창한 정원으로 내려섰을 때, 토로가이는 52년이라는 세월을 잊고 스무 살 아가씨 토무카로 돌아가 있었다.

그리고 회색 옷에 암녹색 허리띠를 맨 키 큰 남자를 보자, 토무카는 살갗을 찌르는 듯한 기쁨을 느꼈다. 그 기쁨은 이윽고 따뜻한 행복감이 되어서 토무카를 감쌌다.

'토무카, 그 아이는 어디 있지?'

꽃지기의 말을 듣고 토무카는 화들짝 놀라 두 손을 내려다보았다.

'없네! 분명히 지금까지 안고 있었는데.'

팔 안에 남은 것은 갓난아이의 온기가 사라진 뒤의 썰렁한 느낌뿐이었다.

'괜찮아, 토무카, 그 아이를 불러봐. 틀림없이 돌아올 테니까.'

토무카는 안심했다. 그렇다, 나는 아이가 어디 있는지 알고 있다. 그 아이를 이 팔로 불러올 방법도. 토무카는 팔을 벌려 아들을 불렀다.

＊＊＊

동시에 여러 가지 일이 벌어졌다. 토로가이가 꽉 쥐고 있던 참억새 이삭이 갑자기 확 타오르는가 싶더니, 방어막의 줄이 안쪽부터 튕겨나가듯이 끊어지며 날아갔다. 순간 갈대밭에서 세 발 달린 짐승 그림자가 튀어나오더니 유그노에게 덤벼들었다. 바르사가 간신히 유그노와 그 그림자 사이로 미끄러져 들어갔지만, 이내 엄청난 힘으로 밀려나고 말았다.

"요괴여!"

사냥꾼 윤이 소리치며 검을 뽑아드는 것이 보였다. 바르사는 꽃 지킴이의 겨드랑 밑으로 팔을 넣어 오른쪽 발목에 발을 걸더니, 혼신의 힘을 다해 꽃 지킴이를 넘어뜨려 그 위를 덮쳤다. 그 바람에 꽃 지킴이의 등을 노리고 내리친 윤의 검은 바르사의 왼쪽 어깨를 관통하고 말았다. 깜짝 놀란 윤이 검을 뽑자, 챠그무가 소리치면서 바르사에게 달려갔다. 칼이 빠져나간 어깨를 손으로 누르고 솟아나는 피를 막으려는 사이, 꽃 지킴이가 바르사 밑에서 발버둥치기 시작했다. 바르사는 몸을 벌떡 일으켜, 오른팔 하나로 꽃 지킴이를 어깨에 짊어졌다. 그대로 꽃 지킴이를 메고 가려 했지만, 꽃 지킴이는 두 주먹을 꽉 쥐고는 바르사의 등을 쳐댔다. 바르사는 고통을 참지 못하고 신음하며 꽃 지킴이를 떨어뜨리고는 그 위로 쓰러지고 말았다. 윤이 또다시 꽃 지킴이를 베려고 덤벼드는 순간 젠이 앞을 가로막았다.

"너는 전하를 지켜라!"

윤이 그의 신호에 따라 움직이자 젠은 바르사의 목을 잡으려 하는 꽃 지킴이의 양팔을 막았다. 밭은 기침을 하며 바르사가 고개를 들었다.

"죽이지 마. 이건 탄다야."

"알고 있다."

젠이 꽃 지킴이를 바르사 밑에서 끌어냈다. 하지만 꽃 지킴이 요괴가 자기 팔을 부러뜨려가며 벗어나기 위해 몸부림치자 모두 안색이 변했다.

유그노는 몹시 겁에 질려 있었다. 꽃 지킴이 요괴가 자기에게 덤벼들어 독수리 발톱처럼 구부러진 발가락을 목으로 뻗쳐왔을 때, 무시무시한 공포감에 사로잡혀 완전히 넋을 잃은 것이다. 유그노는 부들부들 떨리는 발을 필사적으로 움직여, 서로 뒤엉킨 채 사투를 벌이는 사람들로부터 멀어지기 위해 호수 쪽으로 뒷걸음질 쳤다.

그때 어디선가 향기로운 냄새가 풍겼다. 향기는 마치 고향 집의 화덕에 걸린 냄비에서 새어 나오는 김처럼 따뜻하게 유그노를 감쌌다. 귓가에는 정겨운 목소리가 감돌았다.

'유그노.'

아아, 어머니다. 어머니의 목소리다. 몽롱한 머리로 유그노는 그렇게 생각했다. 무서운 꿈을 꾸었을 때 달래주던 그 부드러운 목소리. 어머니의 목소리를 듣는 순간, 겁에 질려 굳었던 몸에서 힘이 쭈욱 빠지며, 눈 깜짝할 사이에 악몽에 대한 기억이 밀려나갔다. 그리고 견딜 수 없이 어머니를 만나고 싶어졌다.

'어서 오너라.'

혼이 태어난 저 정원에서 꽃의 부드러운 불빛이 유혹하듯이 흔들렸다. 유그노는 풀밭에 무릎을 꿇었다.

❧❀❧

꽃의 세계에 갑자기 종말이 다가오기 시작했다. 마치 예고처럼 바람이 한 자락 불어온 것 같았는데, 어느새 바람 소리가 휘익 높아지더니 점점 거세게 변했다. 탄다는 바람이 거칠어지자 더 이상 망설일 필요가 없다고 판단했다. 그리고 새로 둔갑해 카야를 찾으러 날아올랐다.

꽃의 불빛이 거센 바람에 흔들려, 그 주위로 수많은 그림자가 춤을 추었다. 어딘가의 꽃송이가 떨어진 것인지 꽃잎이 휙 날아왔다. 숨 막힐 것 같던 꽃향기가 달콤한 죽음의 냄새로 변해갔다. 탄다는 뜻대로 날 수 없다는 사실을 깨닫고는 오싹해졌다.

'이 바람 탓일까, 아니면 저쪽 세계에서 꽃 지킴이로 둔갑한 내 몸이 죽어가는 걸까.'

어느 쪽인지 알기도 전에 견딜 수 없는 피로가 몰려들기 시작했다.

'카야만은 구하고 싶다….'

탄다는 필사적으로 날갯짓을 해 세차게 흔들리는 꽃송이 하나에 다가갔다. 그러자 꽃송이가 크게 휘청거리나 싶더니 꽃잎을 흩뿌렸다. 탄다는 간신히 꽃잎을 맞지 않고 몸을 피했다. 바람에 떨어지는 꽃잎 속에서 어렴풋한 사람 형체가 떠다니다가 내려오는 것이 보였다. 그 사람 형체를 본 순간, 탄다는 곧바로 새에서 사람으로 돌아왔다.

"카야!"

본능적으로 소리치면서 탄다는 연약한 소녀의 몸을 꽉 껴안더니, 자기 몸을 아래로 향해 등부터 땅에 닿도록 중정으로 내려갔다. 바닥에 부딪쳐도 생각만큼 충격이 크지는 않았다. 중정의 물은 어느 틈엔가 모래 같은 것으로 변해 있었다. 탄다의 팔 안에서 소녀가 몸을 꼼지락거렸다.

"카야, 정신이 드니?"

탄다의 목소리에 카야가 당황한 듯 얼굴을 탄다 쪽으로 돌렸다.

"삼촌? 여기가 어디야? 왜 내가 이런 곳에 있지?"

계속 꽃이 떨어져, 수없이 많은 사람 형체가 마치 여문 과

실처럼 중정으로 떨어지기 시작했다. 사람들은 떨어진 후에
도 갓난아이처럼 몸을 둥글게 말고 누워 꼼짝하지 않았다.
그들을 일으키러 가야 한다고 생각했지만, 탄다의 몸은 뜻대
로 움직여주지 않았다. 어마어마한 피로가 온몸을 뒤덮은 것
이다.

'카야를 새로 둔갑시켜야 하는데….'

그렇게 생각하면서도 탄다는 움직이지 못했다. 몸이 마비
되는 듯한 공포가 가슴 한구석에 싹트더니 서서히 몸 전체로
퍼져나갔다.

'결국 이런 곳에서 죽는 건가?'

하고 싶던 일들, 자기 앞에 펼쳐졌을 미래가 석양빛처럼
점점 옅어지다가 서서히 꺼져갔다.

"삼촌? 왜 그래, 삼촌? 도대체 뭐가 어떻게 된 거야!"

카야가 탄다를 흔들면서 겁에 질린 목소리로 소리쳤다. 탄
다는 간신히 기운을 짜내 들릴 듯 말 듯한 목소리로 말했다.

"카야, 여기서 도망쳐야 한다. 실이 보이니?"

"실?"

카야는 눈을 가늘게 떴다. 그러고는 자기 이마에서 반짝이
는 실을 발견하고 놀라 소리쳤다.

"보여! 삼촌, 실이 보여!"

탄다는 카야의 팔을 붙잡았다.

"내가 이제 너를 새로 둔갑시킬 거야. 그러니까 새가 되거든 그 실을 따라 계속 날아가라. 그렇게 하면 집으로 돌아갈 수 있어."

"나를 새로 둔갑시킨다고? 삼촌, 그런 것도 할 줄 알아?"

탄다가 간신히 입꼬리를 끌어올리며 미소 지었다.

"알고말고. 이래봬도 주술사거든."

탄다는 잠시 눈을 감았다. 그러고는 천천히 눈을 뜨더니 카야의 마음에 최면을 걸기 시작했다. 새로 둔갑시키기 위한 마지막 단계에 이르는 순간, 하지만 몸이 말을 듣지 않았다. 납덩이처럼 몸이 무거워지면서 눈앞이 아득해졌다.

※

젠은 꽃 지킴이를 누르고 있던 손을 천천히 떼어내고 바르사를 올려다보았다. 바르사는 부상당한 어깨를 누른 채 완전히 변해버린 탄다의 몸을 멍하니 내려다보았다. 질그릇 등불에 비친 그 얼굴을 보고, 바르사는 탄다의 몸이 한계에 이르렀다는 사실을 깨달았다. 가슴 한복판이 검에 찔린 것처럼 고통스러웠다. 마음을 뒤덮은 모든 것이 그 순간 무너지며, 슬픔이 차디찬 냉기가 되어 온몸으로 퍼져갔다.

바르사는 더 이상 움직이지 않는 탄다 옆에 무릎을 꿇고는 머리를 끌어안고서 이마에 자기 이마를 갖다 댔다. 이가 딱딱 부딪치는 것을 멈출 수가 없었다. 목이 메여 숨을 쉴 수가 없었다.

"탄다."

바르사의 눈에서 눈물이 흘러나왔다.

"죽으면 안 돼, 탄다."

⊱⋇⊰

바르사의 목소리가 들려온 듯했다. 탄다는 남은 기운을 끌어모아 눈을 떴다. 몸이 여전히 묵직했지만, 살고 싶다는 의욕이 꿈틀거리기 시작했다. 그 의욕이 미약하나마 몸을 움직일 힘을 끌어내는 듯했다. 탄다는 팔꿈치를 짚고 상체를 일으켰다. 놀랍게도 눈앞에는 걱정스러운 듯이 자신을 바라보는 카야가 앉아 있었다. 그랬다. 카야를 위해서도 지금 죽을 수는 없다.

여기까지 생각했을 때 문득 탄다는 떨어지기 시작하는 꽃의 밑동을 보았다. 꽃지기 곁으로 바싹 붙어선 젊은 여인이 보였다. 휘몰아치는 바람을 전혀 느끼지 못하는 듯, 여인은 마치 누군가를 안으려는 것처럼 손을 벌리고 멍하니 서 있었다. 아직 젊은 야쿠족 여인인데, 그 얼굴이 분명 친숙했다.

'설마.'

탄다는 숨을 삼켰다. 그리고 있는 힘을 모두 쥐어짜서 소리쳤다.

"사, 사부님! 토로가이 사부님!!"

여인이 이상하다는 듯이 탄다를 돌아보았다. 두 사람의 눈이 마주친 순간, 여인의 눈동자에 퍼뜩 빛이 스쳤다.

"탄다?"

토무카는 탄다를 본 순간, 몸속 저 깊은 곳까지 전율이 흐르는 듯했다. 잠들어 있던 무언가가 벌떡 몸을 일으키더니, 푸근하지만 맥없이 처지던 얼굴에 주름과 함께 당당한 표정이 돌아왔다.

'토무카, 추하게 늙고 있구나. 조심하는 게 좋겠다!'

꽃지기가 엄한 어조로 말했다. 토무카가 요란하게 머리를 흔들며 웃는 순간, 그 얼굴은 완전히 토로가이로 돌아와 있었다.

"그런가? 그렇게 추한가? 이게 바로 나다. 52년이나 걸려 만든 내 얼굴이지."

토로가이가 꽃지기를 노려보았다.

"넌 꽃지기가 아니다. 망할 것이 추잡한 덫을 놓고 말이야! 그런 덫에 걸리다니 부아가 치미는구나!!"

토로가이가 불꽃으로 둔갑해 남자한테 덤벼들었지만, 남

자는 흔들리다가 어느새 사라져버렸다. 그 순간 남자가 보여주던 환영이 전부 사라지고, 토로가이는 폭풍처럼 강한 바람이 휘몰아치는 세계로 내팽개쳐졌다. 바람에 흩날리는 꽃잎과, 모래처럼 무너져 희미해지다가 사라져가는 궁전.

"이 녀석이 큰일이네!"

토로가이가 중얼거리고는 바람 속에 웅크린 탄다에게 다가가려고 했다. 하지만 탄다의 모습이 갑자기 모래바람에 뒤덮이면서 보이지 않게 되었다.

'보내지 않겠어.'

가늘고 높은 여자의 목소리가 울려왔다.

'우리는 모두 여기 있을 거야. 돌아와라! 내 손에서 도망쳐 간 아들들이여!'

4
파멸의 바람과 노랫소리

모두가 더 이상 움직이지 않는 탄다를 몸으로 덮어싼 바르사를 지켜보고 있었다. 그러던 순간, 슈가는 문득 시야 안에서 뭔가가 움직이는 듯해 고개를 돌렸다. 슈가의 두 눈이 커다래졌다. 호숫가 풀 속에 무릎을 꿇은 유그노의 몸이 천천히 앞으로 고꾸라지는 것이 아닌가.

"유그노 씨!"

슈가의 목소리에 윤이 외치는 소리가 겹쳤다.

"황태자 전하? 전하! 어찌 된 일이옵니까?"

슈가는 당황해 돌아보았다. 챠그무가 윤의 부축을 받아 필사적으로 몸을 일으키려고 했다. 그러나 마치 술에 취한 사람처럼 몸을 지탱하지 못하고 챠그무는 그만 윤의 팔 안에 무너져 내렸다. 어디선가 사람의 목소리가 멀리서 들려오는 것 같았다. 슈가는 챠그무 쪽으로 다가가려 했지만, 꿈속에서 달리는 것처럼 뜻대로 나아갈 수가 없었다. 바르사도 슈가와 윤의 새된 소리에 고개를 들었다. 그러고서 주위의 경치가 묘하게 일그러지는 것을 알아차렸다. 호수에 비친 달을 향해 소용돌이치며 흘러가는 바람이 모두를 끌어들이는 것이었다.

신기하게도 바람이 눈에 보였다. 그뿐만이 아니다. 유그노와 챠그무의 이마에서 혼의 빛이 부풀어 오르며 빠져나가려 하는 것까지도 바르사의 눈에는 똑똑히 보였다. 그리고 토로가이의 이마에서 나온 실과 비슷한 실이 몇 개나 하늘을 날아 호수의 궁전으로 사라지는 것도. 저것이 꽃에게 사로잡힌 사람들의 혼과 몸을 잇는 실일 것이다. 바르사는 무릎에 손을 짚고 혼신의 힘을 짜내 일어섰다. 몇 번이나 벼랑 끝에 선 것처럼 아슬아슬한 위기를 극복해온 탓일까? 이럴 때일수록 바르사의 정신은 냉정하고 차분해진다.

"슈가! 윤! 챠그무를 흔들어라! 절대로 잠들게 놔둬선 안 된다!"

그렇게 소리치고서 바르사는 곁에 아무도 없는 유그노를 향해 소용돌이치는 바람을 거스르며 걸어갔다. 바르사는 한

발짝 한 발짝 힘을 주며 유그노에게 다가가더니, 풀밭에 엎
드린 유그노를 한손으로 안아 일으켰다. 유그노의 머리가 마
치 죽은 사람처럼 맥없이 흔들렸다. 이마의 빛이 점점 밝아
지며 밖으로 나가려고 안간힘을 쓰고 있었다.

'탄다.'

바르사가 마음속으로 탄다에게 물었다. 주술에 대해 아는
바가 없는 것이 지금처럼 아쉬웠던 적이 없었다.

'어떻게 하면 이 녀석을 깨울 수 있을까.'

그 순간 한 가지 생각이 뇌리를 스쳤다. 바르사는 고개를
들고 주위를 둘러보며 큰 소리로 외쳤다.

"나무 정령 리여! 너희들의 소중한 사람이 끌려간다!"

여기는 산속 물가다. 나무 정령 리가 산다는 조건에 들어
맞는다. 모습은 보이지 않더라도 반드시 어딘가에 그들이 있
을 것이다.

"나무 정령 리여! 너희들의 소중한 사람을 붙잡아다오!"

유그노는 그리운 어머니의 목소리에 이끌려서 그쪽으로
가려 했다. 혼이 태어난 곳, 푸르스름한 정원과 키 큰 아버지,
호수 밑바닥에 보이는 풍경이 견딜 수 없이 그리웠다.

'어서 오너라.'

듣기 좋은 목소리가 들려온다. 유그노는 발버둥치며 떠오르려 했다. 그러나 갑자기 무언가가 몸을 꽉 붙잡았다. 자그마한 손들이 몇 개나 달라붙었다. 그 손에 붙잡힌 순간, 뜻밖에도 선명하게 어릴 적에 처음으로 들은 나무 정령 리의 노래가 떠올랐다.

아무것도 필요 없다. 혼을 감동시킬 만한 노래를 부를 수 있다면. 리의 저주에 걸릴 것을 알면서도 샘 가장자리에서 나무 정령들을 향해 노래하던 그때의 열정이 가슴에 북받치면서, 유그노의 내면에는 그 노래가 일깨우는, 온몸을 전율케 하는 열기가 피어올랐다. 그리고 그 열기를 느끼는 순간 어머니의 목소리를 가장해 죽음으로 유혹하던 목소리의 마력은 힘을 잃었다. 유그노는 온몸에 매달린 나무 정령들에게 미소를 보냈다.

'괜찮아. 아무 데도 가지 않아.'

유그노는 빠져나가려던 혼이 육신으로 돌아오는 것을 느꼈다.

"유그노."

바르사의 목소리가 들렸다. 나무 정령들과 마찬가지로 바르사 역시 유그노의 팔을 붙잡고 있었다.

"눈을 떠라, 유그노."

팔을 붙잡은 바르사의 손에서 뜨거운 열기가 전해졌다. 간절한 기원을 담아 힘주어 자기를 부르는 그 손에서 떨림이 고스란히 전해져왔다. 유그노는 마음 저 밑바닥에서 꿈틀대는 무언가를 느꼈다.

멀리서부터 챠그무를 부르는 남자들의 목소리가 들려왔다. 몇 번이고 몇 번이고 되풀이해서 부르는 소리의 울림과 바르사의 손에서 전해지오는 떨림이 유그노 안에서 차츰 겹치더니, 서로 강한 맥동이 되어 몸을 흔들기 시작했다. 생명을 부르는 소리의 울림, 온몸의 기운을 담아 뱃속에서부터 부르는 소리의 울림.

유그노를 붙잡은 나무 정령 리가 그 소리에 공명해 몸을 흔들며 중얼거리기 시작했다. 그 주문이 유그노의 마음을 흔들며 기분 좋은 떨림이 되어 북받쳐 올랐다. 풀, 나무, 벌레, 새, 짐승, 물고기, 돌, 물. 이 산속 호숫가에 있는 모든 것으로부터 고요하면서도 강력한 파동이 전해져왔다. 이윽고 유그노가 눈을 뜨더니 몸을 일으켰다. 그러고는 천천히 일어서서 미소 지었다.

'몸을 떨어라, 떨어.'

유그노는 키득키득 웃기 시작했다. 거품이 올라오듯이 쑥스러운 기쁨이 샘솟았다.

'자, 흔들어줄게, 간질여줄게, 떨면서 펄쩍 뛰어라!'

갑자기 유그노의 목구멍에서 소리가 솟구쳐 나왔다. 온몸을 공명시켜 뿜어내는 높은 노랫소리였다. 나무 정령들이 즐겁게 공명하고, 갈대밭이 떨리고, 천지가 떨리기 시작했다. 노랫소리는 곧 참을 수 없는 기쁨이 되어 호수를 흔들었다. 호수 안으로 사라진 수많은 실, 생명과 혼을 잇는 실이 노랫소리에 흔들리고 고동치며 반짝반짝 빛나기 시작했다. 노랫소리가 바람이 되고 천지의 목소리가 되었다.

❧❊❧

꽃의 세계는 급격하게 힘을 잃었다. 궁전도 바람에 모래가 날리듯 희미해졌다. 이제까지와는 전혀 다른 바람이 꽃의 세계에 불기 시작했다. 악의로 가득 찬 무거운 모래바람에 갇혔던 탄다는 어느 순간 그 모래바람을 날려보내고 다가오는 상쾌한 바람이 얼굴에 스치자 강렬한 환희를 느꼈다. 눈부신 아침 햇살이 얼굴에 비친 것처럼 따스한 기쁨이었다. '포기하지 마' 하는 바르사의 목소리를 들은 듯한 기분이었다.

"응."

탄다가 중얼거렸다.

"포기하지 않을게."

마치 물이 스며들듯이 몸에 힘이 돌아왔다. 카야의 눈에도 빛이 깃들었다.

"이 바람, 좋은 냄새가 나네. 벼꽃 속을 지나가는 바람 같아. 아니야, 좀 더 강렬한 냄새야. 여름에 풀밭에서 풍기는 훈훈한 열기 같아."

두 종류의 바람이 세계를 흔들었다. 하나는 죽음의 냄새가 나는 바람. 또 하나는 한여름의 초원에서 느껴지는 열기처럼, 삶의 냄새가 담긴 신기한 바람. 두 바람은 비비 꼬인 실처럼 서로 뒤엉켜 소용돌이치면서 불어왔다. 주위가 온통 바람에 물결치는 드넓은 초원으로 변해 있었다.

탄다는 천천히 일어섰다. 중정에 떨어진 사람들도 바람을 맞고는 흠칫 몸서리치며 몸을 일으켰다. 그들은 당황한 듯한 얼굴로 걷기 시작했다. 처음에는 걸음걸이가 어설펐지만, 이윽고 뭐라 형용할 수 없는 미소를 만면에 떠올리는가 싶더니 하나둘씩 잇달아 튀어오르기 시작했다. 탄다도 카야도 끝없이 펼쳐지는 한여름의 초원에 서서 바람에 물결치는 풀을 바라보았다. 자연스럽게 가슴 깊은 곳에서부터 두근거림이 들려오면서 무작정 달리고 싶어졌다. 두 사람은 잠시 마주 본 뒤 튀어나가듯이 달리기 시작했다. 달리면 달릴수록 점점 더 빨리 달리고 싶어졌다. 카야는 이마에서 뻗어나온 실이 빛나는 것을 보았다. 그 실에서부터 온몸으로 뜨거운 것이 고동치며 흘러들었다.

'돌아가고 싶다.'

코끝이 찡했다. 아침에 샘으로 물 뜨러 갈 때의 안개 냄새, 맨발바닥으로 느끼는 차가운 풀, 지저귀는 새소리, 가족의 얼굴, 친구의 얼굴, 그런 것들이 연이어 떠올랐다. 그리고 머리 위 저 높은 곳, 푸른 어둠 저편에 보름달이 보이기 시작했다. 수많은 실이 그 보름달을 향해 뻗어 있었다.

"날아올라라!"

탄다의 목소리를 듣고는 카야는 마치 실에 끌려 올라가듯이 공중으로 붕 날아올랐다. 소용돌이치는 바람에 휩쓸리면서 보름달로 빨려갔다. 눈부신 빛이 온몸을 감쌌다. 탄다는 꿈꾸던 혼들이 옅은 반딧불처럼 빛나는 구슬이 되어, 제각기 자기 생명의 실에 끌려 올라가는 것을 지켜보았다.

그러나 탄다에게는 끌어올려주는 실이 없었다.

'이제 다 끝났구나.'

탄다는 문득 토로가이 사부를 떠올렸다. 이 바람이 불어오기에 앞서 모래바람에 빨려들어가기 전에, 분명히 토로가이 사부님을 보았다. 그것은 꽃이 보여준 환영이었을까? 토로가이 사부님을 찾으려고 한 발짝 내딛었을 때, 탄다는 뭔가가 발을 칭칭 휘감는 것을 느꼈다. 거무스름한 뿌리였다.

'너는 보낼 수 없다. 우리와 함께 영원히 자야 한다.'

뿌리는 순식간에 뱀처럼 탄다를 휘감더니 무시무시한 힘으로 조여오기 시작했다. 거세게 조이는 뿌리로부터 뻥 뚫린 검은 구멍으로 빠져드는 듯한 외로움과 슬픔이 배어 나왔다.

'가지 마.'

탄다는 필사적으로 매달리는 팔을 느꼈다. 그 슬픔이 탄다의 마음을 깊이 흔들었다.

'그토록 슬프냐?'

저항하려는 기력이 약해지며, 탄다의 몸에서 점점 힘이 빠져나갔다. 그 순간, 뺨을 후려치듯 거센 고함소리가 들려왔다.

"뭘 하느냐, 이 어설픈 제자야!"

토로가이가 뚜벅뚜벅 걸어오더니 뿌리에 휘감긴 탄다 앞에 섰다.

"이 얼간이 같으니라고! 도대체 무엇에 얽힌 것이냐. 내가 열심히 가르친 것을 전부 잊었느냐? 너는 주술사다! 절망한 혼과 공명해서 어쩔 셈이냐! 상대를 가엾이 여기거든 온힘을 다해 구할 노력을 해야지! 자, 당장 끊어버려라."

부끄러움과 안도감이 북받쳐올라 탄다는 저도 모르게 눈물을 흘리며 웃음 지었다. 탄다는 이내 눈을 감더니, 조여오는 힘을 무시하고 물로 둔갑해 뿌리에서 빠져나왔다. 구슬픈 울부짖음과 함께 뿌리가 빠직거리며 일어서더니 꽃지기의 모습으로 변했다. 그러자 토로가이가 꽃지기에게 다가가 손을 쭉 뻗더니 어깨를 움켜쥐었다.

"다른 사람 뒤에 숨지 말고 앞으로 나오라, 제1황비여."

꽃지기의 얼굴이 일그러지며 흔들리더니 고통스러운 여자의 얼굴이 그 밑에서 모습을 드러냈다. 제1황비가 쇳소리로 대답했다.

'손대지 마라! 미천한 자 같으니라고!'

그러나 토로가이는 손을 떼지 않았다.

"내가 아직 토무카라면 손을 떼고 양손으로 눈을 가렸겠지. 하지만 나는 주술사 토로가이다. 신분을 초월한, 이 세상과 저세상의 경계에 있는 자."

토로가이가 조용히 말했다.

"황비마마. 당신 이름은?"

하얀 얼굴이 파르르 떨렸다.

'리아노….'

"그렇다면 리아노, 나는 말이다, 너의 혼을 부르러 여기에 왔다."

리아노라 불리자 여자의 얼굴이 흔들렸다. 제1황비로서의 자존심이나 긍지가 약해지는 듯했다. 그 아래에서 나타난 것은 창백하기 그지없는, 만지면 부서질 것 같은 여린 얼굴이었다.

'나는 돌아가지 않는다.'

리아노가 중얼거렸다. 리아노의 팔 안에 아들 사그무의 모습이 희미하게 떠올랐다.

'황태자 사그무가 없는 세상으로는 돌아가지 않을 테다.'

토로가이가 리아노의 어깨를 움켜쥔 손에 힘을 주었다.

"진정으로 그 아이가 여기 있다고 생각한다면, 너는 좀 더 행복해 보여야 마땅하다. 그리고 이런 저주로 꽃을 덮어씌우지도 않았을 것이다. 자식 잃은 슬픔은 무엇으로도 사라지지 않는다. 자식을 잃은 지 50년이 지났지만 내 마음속에도 만지면 아픈 슬픔이 여전히 잠자고 있다. 하지만 이토록 슬퍼하면서도 계속 살아가는 것은 왜일까? 사람이란 자기가 생각하는 것보다 훨씬 강한 생물이기 때문일 것이다."

토로가이의 얼굴에 울음과 웃음이 복잡하게 뒤섞인 표정이 떠올랐다.

"자, 떼쓰는 아이처럼 증오에 매달려, 그저 울기 위해서 우는 것은 그만두자꾸나. 너를 만지면서 나는 알게 되었다. 너의 증오나 슬픔이 약해지기 시작한 것을. 부끄러워할 필요는 없다."

리아노가 고개를 들어 처음으로 토로가이의 얼굴을 마주 보았다.

"내가 여럿 다른 사람이 된 듯한 느낌이구나. 챠그무를 유혹했을 때는 그 아이를 여기에 가둬 제2황비에게 나와 똑같은 슬픔을 맛보게 하고 싶었다. 그렇게 간절하게 원했는데, 여기서 꽃이 되어 그 아이의 꿈을 안는 사이에 그 마음이 희미해졌다. 그 아이가 여기를 떠나갔을 때도 힘찬 날갯짓소리에 현혹되어 붙잡아둘 수가 없었다.

유그노를 가슴에 안고 꿈들을 깨우는 바람이 되지 못하게 하면서, 모두가 다 같이 작아져 사라지기를 원했는데. 이 바람 안에서는 원래의 세계로 돌아가는 것이 당연한 것 같구나. 자기 혼일 텐데도 뜻대로 되지 않는 것이 참으로 이상하도다."

리아노의 입술에 서글픈 미소가 번졌다.

"나는 참으로 여러 가지 꿈을 꾸었다. 남자 꿈, 여자 꿈, 소녀 꿈, 소년 꿈…."

토로가이가 쓴웃음을 지었다.

"힘들었겠군. 꿈을 꾸느라 피곤했겠구나."

리아노의 미소가 깊어졌다. 리아노는 살며시 고개를 끄덕였다.

"10년, 아니 20년이 넘도록 꿈을 꾼 깃만 같다."

"이 바람의 향기를 맡으면 아침 햇살이 떠오르지 않느냐?"

리아노는 눈을 가늘게 뜨고는 생명의 냄새가 나는 바람을 얼굴에 맞았다. 토로가이는 꽃의 줄기에 묻혀 있던 꽃 지킴이의 가면이 거뭇거뭇 시드는 것을 보며 나지막이 말했다.

"봐라. 이 바람조차 깨울 수 없는 혼들도 있다."

꽃송이에서 떨어져 웅크리고 있던 몇 개의 잠든 얼굴로부터 생명의 실이 끊어졌다. 그 얼굴들은 서서히 검게 변하더니 점차 걷혀가는 꽃의 줄기 너머 어둠으로 빨려들어갔다.

"잠은 죽음과 무척 가깝지. 지칠 대로 지친 혼들은 지금 잠든 채로 저세상의 어둠으로 미끄러져 내려갔다."

토로가이는 리아노의 팔을 꽉 움켜쥐더니 힘찬 목소리로 말했다.

"자, 이제 슬슬 눈을 뜨지 그래. 언젠가 뜨고 싶어도 눈을 뜰 수 없는 날이 올 테니까. 리아노, 너에게 주술사인 내가 줄 수 있는 최고의 선물을 주지. 너를 하얀 새로 변신시켜 하늘을 나는 기쁨을 맛보게 해주마. 새가 되어라, 리아노. 아름다운 날개로 바람을 가르며 날아오르는 하얀 새를 머릿속에 그려라. 꿈에서는 생각이 곧 힘일지니!"

리아노는 당황한 듯 잠시 움직임을 멈추더니, 이윽고 한 차례 숨을 내쉬고는 반딧불이처럼 빛을 발하면서 아름다운 하얀 새로 변했다. 토로가이의 목소리에 떠밀려 리아노는 날아올라 날갯짓을 하더니 일직선으로 달을 향해 날아갔다. 토로가이는 리아노가 흰 빛 속으로 사라지는 것을 지켜본 뒤, 멍하니 달을 올려다보는 탄다의 정강이를 냅다 걷어찼다.

"아얏!"

탄다가 다리를 누르며 신음했다.

"이 바보 멍텅구리야! 쓸데없는 수고를 끼치고 말이야!"

탄다는 울음과 웃음이 뒤섞인 눈으로 토로가이를 바라보았다. 그러다가 갑자기 얼굴을 굳혔다. 토로가이는 탄다의 시선이 등 뒤를 향한 것을 알아차리고 돌아보았다. 키 큰 남자가 토로가이를 응시하며 우두커니 서 있었다. 토로가이는 할 말을 잃고 그 남자를 바라보았다. 기억에 남은 것보다 훨씬 나이 든 얼굴이었다. 꽃지기가 미소를 지었다.

'우리 아들이 바람을 넣어주었군요.'

꽃지기의 목소리가 갈라져 알아듣기 힘들었다. 모습도 차츰 흐릿해지는 듯했다. 꽃지기는 토로가이와 탄다를 보면서 말했다.

'무사히 씨가 맺혔고, 꿈들도 대부분 돌아갔습니다. 거기 있는 당신의 다른 아들이 많은 도움을 주었지요. 그런 식으로 원한을 품은 꽃 지킴이로 만들고 싶지는 않았지만, 수정을 해준 꿈의 힘이 강해서 좀처럼 뜻대로 할 수가 없었거든요….'

"하지만 이따금 도와주셨잖아요."

탄다가 말하자, 꽃지기가 고개를 끄덕였다.

'그렇지요. 꽃 지킴이가 그 아이의 목청을 망가뜨리지 않도록 최대한 도왔습니다.'

꽃지기는 달을 올려다보았다.

'달이 기울기 시작했습니다. 이 꽃의 시간은 이제 곧 끝납니다.'

꽃지기의 몸은 이미 잠자리 날개처럼 엷어져 있었다. 그 투명한 손으로 꽃지기가 토로가이의 손을 잡았다.

'안녕, 사랑스러운 토무카. 꽃의 생명은 영원히 반복되지만, 당신과 사랑했던 나의 시간과 세계는 이제 사라집니다. 진정한 이별의 시간이 왔습니다. 안녕, 사랑스러운, 사랑스러운, 토무카….'

토로가이가 이를 악물었다.

"안녕."

꽃지기는 토로가이의 손 안으로 녹아들듯 사라졌다. 토로가이가 앓는 듯 신음했다. 꽃지기의 모습과 함께 꽃지기의 마지막 소망이 두 손에 격류처럼 흘러드는 것을 느끼고, 그 소망을 받아 꽉 끌어안았다.

토로가이는 크게 호흡하며 허공을 보았다. 그러고는 탄다를 흘끗 보더니 새로 둔갑해 힘차게 날갯짓을 해 날아올랐다. 탄다도 곧바로 새로 둔갑해 토로가이를 뒤따랐다. 두 마리의 새는 힘차게 날갯짓 하며 닫히려고 하는 천공의 달을 향해서 쏜살같이 날아갔다. 달은 이미 반달에 가까워져 있었다.

"빠져나간다! 가늘어져라!"

토로가이와 탄다는 눈부신 빛 속을 몸을 비틀어 빠져나갔다. 그 순간 상쾌한 바람이 두 사람을 감쌌다.

⊱✳⊰

유그노는 호수에 비치는 달에서 빛줄기들이 떠올라 멀리 날아가는 것을 보았다. 그 빛에서 나온 실이 흔들릴 때마다 맑고 아름다운 음색이 허공에 울렸다. 순식간에 호수 안의 달이 기울더니, 거꾸로 뒤집힌 궁전이 흐릿하게 사라져갔다. 궁전의 빛이 완전히 꺼지는 순간 마치 그 빛을 전부 빨아들이기라도 한 것처럼, 빛나는 새 두 마리가 호수 위로 높이 떠오르는 것이 보였다. 문득 외로움이 북받쳐왔다. 태어난 이래 줄곧 봐온 꽃이 사라져버렸다. 꽃은 유그노에게 마음속에 늘 피어 있는 붉은 등불이었다. 유그노가 소리를 내어 울기 시작했다.

　주위에서 웅성거리는 소리가 났다. 무언가 말하는 토로가
이의 목소리가 들렸고, 바르사를 비롯한 여러 사람이 환호성
을 지르고 있었다. 하지만 유그노에게는 그 모든 것이 머나
먼 곳에서 움직이는 희미한 그림자로밖에 여겨지지 않았다.
유그노는 천천히 일어서더니 그들에게서 조금 떨어진 풀숲
에 주저앉았다. 기운이 쪽 빠진 것처럼 몸이 나른했다. 나무
정령들과 노래한 후에는 온몸에 정기가 가득 차오르는데, 지
금은 왠지 생명의 등불이 꺼져버린 것처럼 공허했다. 유그노
는 풀숲에 누워 눈을 감았다. 누군가가 걱정스러운 듯이 말
을 건네는 듯했지만, 슬며시 손을 들어 내젓고는 내버려두라
며 쫓아버렸다.

　얼마쯤이나 그러고 있었을까?

　문득 눈을 떠보니 유그노는 푸르스름한 어둠 속에 서 있었
다. 철이 든 이후 줄곧 봐온 그 꿈의 정원에 서 있는 것이었
다. 고개를 돌리자 푸른 어둠 속에 우두커니 선 사람의 그림
자가 보였다. 유그노는 가무잡잡하고 체구가 작은 노파에게
천천히 다가갔다.

　"토로가이 님."

토로가이는 낮에 본 얼굴보다 한층 온화한 표정으로 미소 짓고 있었다.

"여기는 꽃의 꿈속인가요?"

"아니다. 너를 내 꿈으로 부른 것이다. 너를 만져보니 쓸쓸한 것 같기에."

유그노가 살짝 고개를 끄덕였다.

"꽃이 사라졌을 때, 내 안에서 등불이 꺼져버린 것 같았어요. 가슴이 텅 비어버렸죠."

토로가이는 손을 뻗어, 어린아이에게 하듯이 유그노의 뺨을 살며시 어루만졌다.

"유그노, 꽃은 사라진 것이 아니다. 여기를 봐라."

토로가이가 손바닥을 펴자, 그 주름투성이 손바닥 위에 자그마한 씨앗 하나가 얹혀 있었다.

"이건!"

"그래. 꽃의 씨앗이다. 꽃지기가 마지막에 내 손에 남기고 갔다."

토로가이는 손바닥 위에서 그 자그마한 씨앗을 굴렸다.

"이 씨앗을 맺은 꽃이 도대체 뭐였는지, 언제 태어났는지, 어디서 왔는지 나는 모른다. 어디선가 본 등불색 꽃일 수도 있지만, 그것조차 나는 확실히 알지 못한다."

토로가이의 손 위에 있는 것은 어디에나 있을 법한 자그마한 갈색 씨앗이었다. 그런데 이게 어쩐 일인가. 유그노가 바라보는 사이에 갑자기 씨앗이 어렴풋이 흔들리더니, 작은 씨앗 대신 희고 큰 씨앗이 나타났다. 어안이 벙벙해 바라보는 사이에, 그 흰 씨앗은 또다시 흔들거리다가 형태를 바꿔 갈색 씨앗으로 되돌아갔다.

"이것은 다른 색, 다른 형태의 씨앗으로든 변하지만, 돌로 변하는 경우는 없다. 이것은 말이다, 제 성질에 맞기만 하면 꿈에 따라 얼마든지 모습을 바꾼단다."

토로가이는 눈을 들어 유그노를 바라보았다.

"누군가가 꿈을 꾸어야만 비로소 형태를 갖추는 꽃이기 때문에, 수정을 한 제1황비의 꿈한테 그런 식으로 지배당하고 말았을 게다. 그래도 수정해서 씨앗을 남기고 떨어진다는 성질만은 지켜진 셈이다."

토로가이가 한쪽 뺨을 일그러뜨렸다.

"꽃지기는 말이다, 아마도 그런 성질을 지키는 힘일 게다. 꿈의 지배를 받으면서도 씨앗을 남기고 지도록 지키는 역할을 하는 거지."

"그럼 꽃 지킴이는요?"

유그노의 질문에 토로가이가 빙긋이 웃었다.

"꽃 지킴이는 너를 지키는 역할이 아니었을까?"

"예?"

"다른 세계에 있는 소중한 너를 지키기 위한, 그 세계로부터 끌어들인 혼을 지배하고 몸을 조종하는. 원래는 그런 존재였을 거다."

"그런데 제1황비의 의지에 따라 변해버렸다?"

고개를 끄덕인 토로가이의 미소에 갑자기 독기가 스쳤다.

"아마도 제1황비의 의지와 꽃의 의지 사이에는 딱 한 가지 공통점이 있었을 게다. 네가 꽃과의 유대를 끊고 도망치는 것을 막는다는 공통점 말이지. 너를 그날 밤 꽃한테 데려가기 위해 꽃 지킴이를 보내기로 했다는 점에서는 아마도 둘의 의지가 일치했을 거다."

유그노는 오싹 소름이 돋았다.

"단 제1황비는 네 목청을 망가뜨리려 했지만, 그것은 꽃의 의지는 아니었다. 꽃지기는 꽃이 제1황비에게 지나치게 휘둘리지 않도록 최선을 다했다고 말했거든."

토로가이가 씨앗을 집어들었다.

"이 꽃은 아마도 솜털로 바람에 날려 머나먼 곳까지 이동하는 꽃과 비슷할 것이다. 네가 나무 정령의 소중한 사람 리투루엔이 된 것도 아마 우연은 아닐 것이고. 사람의 혼도 생명도 모두 전율케 하는 노래를 부르며, 기나긴 생명을 얻어서 이 나라 저 나라를 정처 없이 떠도는 너만큼, 솜털을 실어 나르기에 적합한 사람은 없으니까. 꽃과 깊이 교감한 제1황비는 그런 꽃의 성질을 간파했는지도 모른다. 그러니까 네가 생명의 바람을 불어넣어서 꿈들을 해방시킬까봐 두려웠을 것이고, 그래서 꽃 지킴이를 시켜 뒤쫓게 했겠지. 악몽 속에서 무서운 어머니가 꽃 지킴이를 시켜 네 목을 망가뜨리게 하려 했다는 말을 네가 전했을 때, 왜 그토록 너의 노래에 집착하는지 참 이상했지. 이제 생각해보면 이해할 만하다."

유그노는 힘없이 미소 지었다.

"그럼 이제 내 역할은 끝난 셈이네요. 그래서 이렇게 텅 빈 것 같은 기분이 드는군요."

토로가이가 소리 내어 웃었다.

"천만에. 네 인생은 이제부터 시작이다."

유그노는 천천히 고개를 저었다.

"하지만 어쩐지 몹시 지쳐버렸어요. 노래하고 싶은 마음조차도 메말라버린 걸요."

토로가이가 웃음을 참더니 조용히 유그노의 손을 쓰다듬었다.

"유그노, 너는 말이다, 새벽과 석양의 아이란다. 이 푸르스름한 어둠처럼, 밤과 낮의 경계에 있지. 네 노래는 밝은 햇빛처럼 생명을 일깨우는 힘을 갖고 있다. 그 힘의 원천은 밤의 꿈이었던 셈이다. 잠은 낮의 피로를 풀어주고, 꿈은 혼을 치유해준다. 악몽조차도 혼의 밑바닥에 가라앉은 상처를 끄집어내 바람을 쐬어 말려주지. 리들은 네 혼과 공명해서 노래를 탄생시켜왔다. 너에게 꿈이란 것은 노래하는 힘 그 자체인 셈이지."

유그노가 입술을 깨물었다. 토로가이가 조용히 물었다.

"너는 계속 노래하고 싶으냐? 아니면 보통 사람처럼 살고 싶으냐? 사람이란 강한 생물이다. 비록 노래를 잃는다고 해도, 네가 지금 느끼는 허무감조차…, 살다보면 서서히 익숙해져 결국은 사라져갈 것이다. 뭔가 달리 살아갈 길을 찾도록 내가 도와주지. 아마도 평온하게 살 수 있을 게다."

유그노의 얼굴이 일그러졌다. 서글픈 듯한 미소를 띠고는 유그노는 천천히 고개를 저었다.

"나는, 나는 노래하지 않고는 살아갈 수가 없어요."

토로가이가 고개를 끄덕였다.

"그렇다면 손을 내밀어라."

토로가이가 뭘 하려는 건지를 깨달은 순간, 등골이 서늘해졌다.

'그때와 똑같다.'

유그노는 생각했다. 샘 앞에서 처음 노래를 부르던 어릴 적의 그 공포와, 그보다 더욱 강력하고 간절한 마음.

'다시 한 번 그때와 똑같은 갈림길에 이르렀다.'

유그노는 그렇게 생각했다. 이제까지 몇 번을 생각했던가? '어린 시절의 그날, 샘 옆에서 노래하지 않았다면 과연 어떤 인생이 기다리고 있었을까' 하고. 이제 잘 알 듯했다. 갈림길의 저쪽에서 기다리는 어떤 미래의 행복도, 이쪽에서 기다리는 어떤 불행도, 노래하고 싶은 이 마음과 비교하면 빛을 잃고만다는 것을.

유그노는 얌전히 손을 내밀었다. 그 손바닥에 토로가이가 꽃의 씨앗을 올려놨다. 씨앗에는 사람의 피부와 비슷한 온기가 있었는데, 유그노의 손에 오르자마자 씨앗은 곧 흔들리며 손 안으로 스며들어 사라졌다. 그리고 온몸으로 천천히 열기가 퍼졌다. 그 순간 열기와 함께 꽃 속에서 졸던 꿈들의 기억이 격류처럼 유그노의 혼으로 흘러 들어왔다. 유그노는 신음하며 양손으로 얼굴을 감쌌다. 사람들의 마음이, 타는 듯한 소망이, 그리고 그것이 이루어지지 않는 데 대한 애절한 슬픔이 소용돌이치며 흘러 들어왔다. 몇 가지 인생이 어지러운 격류가 되어 유그노의 몸 안을 빙빙 돌았다. 사람들이 보낸 기나긴 세월이 눈 깜짝할 사이에 밀려왔다. 이윽고 그 꿈의 소용돌이가 조용히 혼의 밑바닥으로 가라앉을 무렵, 그러다가 씨앗이 완전히 혼으로 녹아들었을 때, 유그노의 혼은 근본부터 변하기 시작했다.

천천히 양손을 내리고 유그노가 얼굴을 들었다. 살갗도 머리카락도 이십대 젊은이의 모습이었지만, 유그노의 눈과 표정에서 토로가이는 처음으로 깊은 세월의 흔적을 보았다. 어린아이만이 가질 수 있는 한없이 밝은 빛은 사라졌지만, 그 대신 다른 이의 아픔을 자기의 아픔으로 느낄 줄 아는 사람만의 그윽한 빛이 나타났다. 사람들의 꿈을 자기 마음에 녹아들게 함으로써 꿈에 숨겨진 아픔을, 꿈을 꾸지 않고는 견딜 수 없는 사람의 아픔을 유그노는 처음으로 알게 되었다.

"꿈들을 단단히 끌어안았구나."

토로가이가 온화하게 미소 지으며 속삭였다.

"네 노래는 이제까지와 같은 경쾌함이나 발랄함은 잃었을지도 모른다. 그 대신 나무 정령들과 노래할 때가 아니어도 틀림없이 누군가의 혼을 깊이 감동시키는 노래를 부르게 될 것이다. 내가 이 세상을 떠날 때 너를 부를 터이니, 그 노래로 나를 저세상으로 보내주기 바란다."

유그노는 고개를 끄덕였다. 토로가이는 유그노의 손을 잡왔다.

"머나먼 옛날, 네 혼에서 꽃이 태어났는지, 꽃에서 네 혼이
태어났는지, 아니면 원래 하나의 생물이었는지, 그건 모르겠
다. 하지만 말이다, 아마도 너와 꽃은 떼어내기 힘들게 서로
뒤엉켜 있을 게 분명해."

토로가이는 유그노를 응시하며, 마치 주문을 외우듯이 중
얼거렸다.

"너는 새벽과 석양의 아이, 푸르스름한 어둠의 아이, 꽃씨
의 솜털을 신고 머나먼 세계로 나르는 바람. 네 안에서 이 씨
앗은 선잠이 들고, 네가 밤을 맞을 때 새싹이 트고, 너의 마
지막 꿈으로 형상을 얻어 누군가의 꿈을 유혹해, 마침내 또
다시 꽃을 피울 것이다. 이제까지 그래왔던 것처럼. 고리의
끝은 또 다른 고리의 시작이다."

유그노는 토로가이를 응시했다. 토로가이는 용기를 북돋
우듯 유그노의 어깨를 두드렸다.

"경쾌하게 노래하며 날아가거라, 내 꿈의 아들이여."

유그노는 선잠에서 깨어나 천천히 몸을 일으켰다. 날이 밝
았을 거라고 생각했지만, 아직 주위는 캄캄했다. 모닥불이
흔들렸고, 바르사를 비롯해 모두가 걱정스러운 얼굴로 탄다

를 둘러싸고 있었다. 긴 꿈을 꾼 것 같았지만, 토로가이와 대화하는 꿈을 꾸는 동안 실제로 지난 시간은 얼마 되지 않는 것 같았다. 모닥불 옆에 누워 있던 토로가이가 몸을 일으키는 것이 보였다. 토로가이는 머리를 돌려 유그노를 보더니 슬쩍 미소를 지었다. 그러고는 벌떡 일어서서 탄다 곁으로 걸어갔다.

5
깨어남

차가운 것이 얼굴에 닿는 바람에 탄다는 잠에서 깨어났다. 눈을 뜨려 했지만 눈꺼풀이 어찌나 무거운지 뜻대로 움직일 수가 없었다.

"왼쪽 발목이 멋들어지게 부러졌군."

"진이 수도로 부러뜨렸을 거야. 내가 탈구시킨 어깨 관절은 괜찮아진 것 같지만, 역시 아직 많이 부었네. 아 참. 왼쪽 고막도 아마 찢어졌을 거야."

바르사의 목소리다. 우웅우웅 소리가 멋대로 울려 잘 알아들을 수는 없지만. 또 한 사람은 전혀 기억에 없는 목소리였다.

"가장 큰 문제는 과로겠군요."

"그럴 게야. 아마 아무것도 먹지 않았을 테고. 왼발이 부러진 상태에서 어떻게 그렇게 짧은 시간에 여기까지 올 수 있었는지 지금도 알 수가 없어."

그러자 귀에 익은 기침소리가 귓가에 울렸다.

"흠. 피로나 통증을 못 느끼는 상태였으니 가능한 일이지. 우리는 말을 타고 오긴 했지만, 말 달리기 쉬운 길로 멀리 돌아왔고 도중에 몇 번이나 쉬었으니까."

사부님의 목소리라는 걸 알아차렸을 때 문득 전신에 감각이 돌아왔다. 탄다가 신음했다. 아프다기보다 견딜 수 없이 무거웠다. 온몸에 납을 부어넣은 것만 같았다. 부드러운 손이 뺨을 어루만졌다.

"탄다! 정신이 드니? 탄다, 들려?"

바르사의 목소리가 들렸지만, 대답할 처지가 아니었다.

"신음하고 있어."

"그야 당연히 그렇겠지. 얼마나 힘들겠어. 어이, 바르사. 너답지 않구나. 허둥대지 마라."

어이가 없다는 듯한 토로가이의 목소리가 들려왔다.

"괜찮아. 이 녀석, 비록 생명은 약해졌지만 죽을 정도는 아니다. 이 토로가이의 진단을 못 믿겠느냐?"

"믿어요. 하지만 통증을 완화시키는 약 같은 건 없나요? 아까 나한테 준 약은 무척 잘 듣던데. 그걸 마시게 하면 안 되

제4장 꽃의 밤 293

나요?"

기름종이를 펴는 듯 부스럭거리는 소리가 났다.

"그럴까? 정신이 든 것 같으니 이걸 먹여보지. 머리 좀 들어봐라."

바르사의 손뿐만 아니라 단단한 손 하나가 더 몸을 받쳐 일으켜주었다. 조심스럽게 천천히 받쳐주었지만, 그래도 현기증이 심하게 일었다. 이마에 얹어두었던 물수건이 무릎으로 떨어져, 그제야 겨우 앞이 보였다. 빙빙 돌던 주위가 서서히, 서서히 안정되자, 걱정스러운 듯이 자기를 응시하는 여러 얼굴이 희미하게 보였다. 아직 한밤중일 것이다. 모닥불이 활활 타오르는 것을 보니. 곧 입에 차가운 물이 닿았다.

"탄다, 물이야. 알겠어? 약을 먹는 거야. 목이 메지 않도록 조심해서 마셔야 돼."

약의 쓴맛이 입 안에 퍼졌다.

'라이골 뿌리구나. 이걸 이렇게 많이 마시면 잠이 들 텐데….'

여기까지 생각한 것을 마지막으로 탄다는 또다시 깊은 잠에 빠져들었다.

그다음 눈을 떴을 때는 눈꺼풀 속으로 흰 빛이 춤을 추었다. 얼굴이 희미하게 따뜻했다. 부드러운 아침 햇살이었다.

탄다는 눈을 감은 채로 웅성거리는 소리를 들었다. 기름진 생선 익는 냄새가 고소하게 감돌았다. 재에 넣고 찌는 냄새다. 얇게 구운 라다 냄새도 났다.

"어깨는 괜찮아?"

챠그무의 목소리가 들려왔다.

"응. 슈가 님이 말아준 붕대가 꽉 조여서 좀 아프고 움직이기 힘들긴 하지만."

바르사가 대답하자, 간밤에 들었던 생소한 남자 목소리가 들려왔다.

"죄송합니다. 하지만 출혈이 상당히 심했거든요. 상처도 무척 깊었고."

바르사가 낮은 소리로 웃었다.

"뭐, 불평하는 건 아니야. 처치를 해준 것만으로도 감사한 일인걸."

"항상 치료해주던 녀석은 이렇게 뻗어 있으니, 원."

토로가이 사부님의 미소를 머금은 목소리가 들렸다. 곧 이어 누군가가 다가오는 기척이 나며 그림자가 드리워졌다. 이마에 뽀송뽀송하고 따뜻한 손이 느껴졌다. 바르사의 손이라고 탄다는 생각했다. 기운을 내 눈을 뜨자, 이번에는 확실하게 바르사의 얼굴이 보였다. 반년 만인데도 전혀 변하지 않은 얼굴에 천천히 미소가 떠올랐다.

"어이."

낮은 목소리가 듣기 좋다. 탄다도 곧 희미하게 미소 지었다.

"돌아왔구나."

속이 터질 정도로 가는 목소리밖에 나오지 않았다.

"응. 일이 좀 많았거든, 요 반년 동안. 떠돌아다니는 동안 무척 신기한 일도 있어서, 네가 있으면 좋겠다고 생각한 적이 몇 번이나 있었지."

굳은살이 박인 딱딱한 손이 뜻밖에 부드러운 움직임으로 이마에 흘러내린 탄다의 머리카락을 쓸어올렸다.

"기력이 돌아오거든 이야기하자. 네가 저쪽 세계로 혼을 날려보낸 동안 일어난 일까지 전부."

탄다가 고개를 끄덕이며 눈을 감았다. 그리고 또다시 깊은 잠으로 빨려들어갔다.

⋙⋘

탄다가 잠드는 것을 지켜보던 바르사는 모닥불 옆으로 돌아왔다. 유그노가 익숙한 손놀림으로 재에서 라다를 꺼내 재를 탁탁 털어냈다.

"자, 다 됐어요. 이제 먹죠."

토로가이가 맨 먼저 손을 내밀었다. 쌀가루를 물과 소금으로 이겨 얇게 찐 라다는 구운 생선을 말아 먹어도 좋고, 말린 고기를 말아서 먹어도 맛이 좋다. 모두가 취향에 따라 구운 생선과 말린 고기를 나누어 먹었다. 사냥꾼들이 말린 고기를 먹는 것을 보고는 챠그무가 말을 건넸다.

"젠과 윤도 생선을 먹어라. 내가 잡아도 좋다고 했으니 걱정하지 않아도 된다. 산의 별궁에서는 하녀들도 이 호수의 물고기를 먹으니까."

그 말을 듣고서야 두 사람은 얼굴을 마주 보더니, 곧 호수에서 잡아온 물고기에 손을 댔다.

"묘한 하룻밤이군요."

슈가가 말했다. 그러고는 라다를 먹는 유그노에게로 시선을 돌렸다.

"물론 저 꽃이 피는 궁전도 놀라웠지만, 나한테는 네 노래가 가장 놀라웠다."

"넌 나무 정령의 소중한 사람 리투루엔이로구나."

슈가를 뒤따라 나지막이 말을 이은 사람은 놀랍게도 평소 거의 목소리를 들을 일이 없던 사냥꾼 젠이었다. 윤이 놀라 동료를 돌아보았다.

"뭐지, 그 리 뭣인가 하는 것이?"

젠은 손등으로 입을 닦았다.

"어렸을 때 숙모와 함께 먼 길을 떠난 일이 있었다. 도중에 산길을 걸어야 해서 야쿠족 길잡이를 고용했지. 숙모가 노래를 좋아해서 종종 노래를 불렀다. 하지만 산속 샘 근처에 이르자 그 야쿠족 길잡이는 숙모에게 노래를 그만하라고 했지. 산속 물가에는 나무 정령 리가 있어서, 목청 좋은 사람이 노래를 하면 나무 정령 리의 저주에 걸린다면서."

젠은 어깨를 흔들면서,

"그 야쿠족 할아버지는 이야기를 아주 잘하더군. 노래 잘하는 사람이 샘 근처에서 노래하면 리의 흠모의 대상이 되는데, 그게 평생의 재앙이라는 거였지. 그 대신 몸도 마음도 전율케 할 정도로 감동적인 노래를 부르게 된다는 이야기도 그때 들었다. 그땐 참 터무니없는 이야기라고 생각했지만 어쨌거나 재미있는 이야기였지."

하더니 유그노를 보았다.

"네 노래를 들었을 때, 벼락을 맞은 기분이었다. '아아, 이거구나' 하고 생각했지. 이게 바로 그 할아버지가 말한, 리 투루엔, 나무 정령의 소중한 사람의 노래라는 걸 알 수 있었다."

유그노가 어깨를 으쓱하며 미소 지었지만, 그 몸짓에서는 긍정도 부정도 느낄 수가 없었다. 식사가 끝난 뒤 제각기 짐을 다 꾸리자, 챠그무는 젠에게 말했다.

"젠, 그대가 탄다를 업지 않겠느냐? 바르사는 어깨에 부상을 입었고, 유그노 씨에겐 험한 길이 무리일 테니까. 진이 어떻게 되었는지도 걱정이다."

"네…."

젠이 윤을 흘낏 보자 챠그무가 웃음 지었다.

"걱정 마라. 나는 슈가와 함께 곧바로 궁으로 돌아갈 것이다."

챠그무는 짤막하게 말하더니 바르사에게로 시선을 돌렸다.

"뜻밖에 만나게 되어 정말 기뻤어."

바르사는 미소 지었다. 그리고 살며시 챠그무의 어깨에 손을 얹었다.

"그래. 언젠가 또 이렇게 뜻밖에 만나게 될지도 모르지. 우리의 인연은 아무래도 꽤나 깊은 것 같으니까."

챠그무는 크게 숨을 들이쉬고 입술을 꽉 깨물더니 얼굴을 돌렸다. 그러고는 잠시 잠자코 있다가 얼른 슈가에게로 시선을 돌렸다.

"슈가가…."

챠그무는 바르사를 외면한 채로 나지막이 말했다.

"여기 오는 도중에 재미있는 이야기를 해주었어. 다양한 세계가 마치 해류처럼 다가왔다가는 멀어져간다는 이야기를. 인연이란 것도 그럴지도 모르지."

슈가의 등 뒤로 산의 별궁이 보였다. 초여름 녹음이 우거지기 시작한 산의 품에 안겨 조용히 우뚝 솟은 궁전이 호수에 비쳤다. 호수 위 하얀 안개가 걷히자, 수면에 거꾸로 비친 궁전은 마치 구름 뒤로 숨기라도 한 것처럼 보이지 않게 되었다. 아침 햇살 아래에서는 전혀 이상할 것 없는 광경이었다. 그 당연한 사실에 마음이 편안해졌다. 챠그무는 바르사에게 시선을 돌리고 또렷한 목소리로 말했다.

"탄다가 깨어나면 전해줘. 고마웠다고."

바르사가 고개를 끄덕였다.

바람이 갈대밭을 뒤흔들고 지나갔다. 저 멀리 새 한 마리가 힘차게 날갯짓을 하며 그 바람을 타고 호수 위를 미끄러져 날아올랐다.

종장

여름날

　매미 울음소리가 요란한 한여름의 숲을 빠져나가자, 눈 아
래로 어린 벼가 물결치는 푸르른 논이 펼쳐졌다. 쨍쨍 내리
쬐는 강렬한 햇빛 아래 바삐 일하는 사람들이 보였다. 이런
여름날, 잠시만 눈을 돌려도 쑥쑥 자라나는 잡초를 뽑는 것
은 여간 힘든 일이 아니다.

　"어디 있는지 보여?"

　탄다를 부축해 산책 나온 바르사가 물었다.

　"잠깐 기다려. 아아, 저기 있다. 저기 저 논 가장자리에서
잡초를 뽑고 있어."

　바르사는 탄다가 손가락으로 가리킨 쪽을 바라보았다. 다
부진 몸집의 여자가 열심히 잡초를 뽑고 있었다. 그 옆에서

잡초를 뽑는 처녀가 뭐라고 말을 걸었다. 그러자 여자가 허리에 손을 얹고 등을 펴면서 대답하는 것이 보였다.

"이제 모든 것이 예전으로 돌아갔구나."

탄다가 중얼거리자 바르사가 피식 웃었다.

"너는 정말이지, 너무 착해빠졌어. 사례도 제대로 받지 않고 말이야. 목숨 걸고 최선을 다했으니까 아무리 형제라도 사례금을 받아도 되잖아."

"천만에. 형한테 감사하다는 말을 들은 것만으로도 충분히 보상을 받은 거야. 게다가 가지하고 오이를 산더미만큼 받았잖아. 너하고 사부님이 거의 다 먹어버렸으면서."

탄다는 슬슬 피곤해지는지 왼발을 조심스럽게 디디며 나무 그늘에 주저앉았다.

"내가 해낸 일도 아닌데 뭐. 나는 너랑 진 씨를 비롯해 모두에게 대단히 폐를 끼쳤을 뿐인걸. 유그노 씨가 없었다면 살아남지 못했을 테고."

바르사는 탄다 옆에 있는 나무에 기댔다.

"참, 유그노는 제대로 인사도 없이 떠나고는 연락도 없네. 지금쯤 어디서 노래하고 있을까? 참으로 묘한 사내였어. 일전에 병문안 갔을 때 네 조카아이가 아주 적절한 말을 했지. 그 녀석은 곧 노래 그 자체라고. 마음을 뒤흔드는 노래지만,

바람처럼 불어왔다가 스르륵 사라져버리는 것이라면서."

"그걸 알아줘서 다행이야."

바르사가 웃었다.

"그런 건 그 아이도 처음부터 알고 있었을 거야. 알아도 어쩔 수 없는 거잖아, 그런 감정은. 그 아이는 유그노를 사랑했다기보다 밖에서 불어오는 바람을 사랑했던 거니까."

탄다는 씁쓸히 웃었다. 유그노가 카야처럼 여린 아가씨를 노래로 유혹한 것에 대해서는 지금도 용서할 수 없는 마음이 남아 있다. 무사히 돌아왔기에 망정이지, 자칫하면 카야가 죽었을지도 모르는 일이 아니던가.

하지만 바람에게 설교한들 무슨 소용이 있으랴. 바로 그런 사람이기 때문에 유그노는 꽃의 씨앗을 혼에 품고 살아갈 수 있는 거라고 토로가이 사부가 말했다. 탄다에게 그 꽃씨의 행방을 가르쳐주며 토로가이 사부가 한 말이 가슴에 무겁게 남아 있다.

"유그노에게 씨앗을 건넨 것은 말이다, 그 녀석 이외에 씨앗을 품어줄 사람이 없기 때문이란다. 그 꽃은 사람의 꿈을 먹으며 살아가는 꽃. 그렇기 때문에 사람의 세계에 사는 자에게 씨앗을 품게 하는 거지. 하지만 평범한 사람에게 그 꽃은 너무나도 무거운 짐이다. 사람과 꽃 사이에서 태어난 혼이 아니고는 그런 역할을 제대로 맡을 수가 없을 게야. 옛날에는 몰랐는데, 꽃지기가 씨앗을 품게 할 혼의 어머니로서 나를 택한 이유를 지금은 알 것 같구나. 내 혼이 주술사에 적합했기 때문이지. 내가 남의 꿈에 관여하며 살 만큼 강하다는 것을 그는 감지한 거다."

탄다는 묻지 않을 수 없었다.

"나에게는 그 강력한 힘이 없나요?"

그러자 토로가이가 지그시 탄다를 응시하며 말했다.

"너도 물론 강력하다. 하지만 너는 너무 착해서 남의 꿈에 말려들면 목숨을 잃을 가능성이 높지. 유그노가 새벽과 석양의 아이라면, 너는 한낮의 아이다. 먼저 남을 생각하는 부드러운 봄 햇살 같은 사람이지. 유그노는 말이다, 노래에 홀린 아이다. 노래를 위해서라면 뭐든 희생시키지. 너라면 비록 주술사로서의 능력을 버리는 한이 있다 해도 다른 사람의 혼을 죽음으로 이끌지도 모르는 꽃씨를 받아들이지는 않았을 거다. 하지만 말이다, 한낮의 아이만이 할 수 있는 일도 있을 것이다. 만능인 사람은 이 세상에 없다. 나한테는 도저히 불가능한 일이 너한테는 가능한 일도 있는 법이니."

'내 한계를 사부님은 이미 꿰뚫으신 걸까.'

토로가이 사부가 말했듯이, 주술이 보여주는 세계는 바닥

없는 깊은 수렁과도 같다. 깊어질수록 점점 더 그 속을 알 수 없는 세계다. 다른 사람은 물론 자기 자신도 돌아보지 않고 그 속으로 몸을 던질 정도의 열의나 광기가 나에게는 없는 것일까? 탄다는 가슴 언저리에 차가운 전율이 흐르는 것을 느꼈다.

"무슨 생각해?"

바르사의 목소리에 탄다가 정신을 차렸다.

"아아."

탄다는 한숨을 쉬더니 문득 떠오른 생각을 입에 담았다.

"아무리 유그노 같은 사람이라도, 평생 저렇게 떠돌아다니며 살다보면 무척 쓸쓸할 때도 있을 거라는 생각을 했어."

탄다의 나직한 말을 듣고서 바르사는 유그노의 말을 떠올렸다.

'리의 노래는 무서울 정도로 황홀한 기쁨을 주었죠. 하지만 그 대신 그때까지의 내 모든 것을, 심지어 그대로였다면 얻을 수 있었을 내 미래도 앗아갔지요.'

"그럴 거야. 쓸쓸할 거야."

바르사는 중얼거리고는 고개를 돌려 푸르디푸른 나뭇잎들을 올려다보았다.

"하지만 기쁨도 있어. 저기 농사일에 바쁜 저 사람들처럼

대지에 뿌리 내리고 살아가는 사람들과는 또 다른 즐거움이
라고나 할까."

탄다가 바르사를 보더니 미소를 머금은 목소리로 말했다.

"왠지 네 얘기를 하는 듯한 말투인데."

"그래. 내 얘기이기도 하지."

바르사가 하늘을 올려다보며 눈을 가늘게 떴다.

"챠그무를 만나게 되고, 고향을 비롯해 여기저기 다니며
많은 일을 겪었고. 이제야 불행의 망령으로부터 벗어난 느낌
이 들어. 너도 잘 알다시피, 지그로는 내 생명을 지켜주기 위
해서 고향을 버리고 자기 앞에 펼쳐질 미래도 버리고 살다가
갔어. 살아남기 위해서 친구마저 죽여야만 했던 험난한 인
생이었지. 나는 늘 그 점에 감사하면서도, 한편으로는 절대
로 갚을 수 없는 빚으로 느끼면서 지금까지 살았지. 그런 생
각이 큰 잘못이란 걸 깨닫기까지 얼마나 시간이 오래 걸렸는
지."

탄다는 바르사의 말에 깜짝 놀랐다. 바르사가 이렇게 자기
이야기를 털어놓는 것은 처음이었기 때문이다. 바르사는 평
온한 표정으로 탄다를 바라보았다.

"그 정도로 사랑받았다면 나는 믿을 수 없을 만큼 행복하
다고 여기며 살아야 했어. 좋아하는 사람을 지키며 사는 삶

에는 기쁨도 있을 테니까. 아마도 지그로에게도 크고 작은 기쁨이 있었을 거라고 믿고 싶어. 챠그무를 지키면서 나는 행복했거든. 나와는 아무런 혈연이 없는, 다른 사람의 아이인 챠그무를 위해서 죽을지도 모르는 위험한 싸움을 했지만, 그래도 어쩐지 행복했거든."

바르사의 입가가 조용히 올라가며 웃음이 스쳤다.

"나의 불행을 어릴 적부터 저주하기만하다가 이 나이가 되어서야 비로소 행복을 인정할 마음이 들다니, 참으로 한심한 이야기지. 타고난 운명을 저주할 때는 다른 사람과 싸워 상대방을 죽이는 것을 운명 탓으로 돌렸고, 그것을 피로 물든 손으로 살아가는 변명으로 삼아왔어. 그런데 행복에 눈을 뜨니 이제 변명이 안 되네. 여전히 내가 생각할 수 있는 일거리라고는 호위무사밖에 없다니, 이거야 원."

지금까지 모아놓은 돈으로 장사를 시작한다거나, 무술을 가르친다거나, 평범한 사람이라면 몇 가지 길을 생각해낼 것이다. 하지만 그런 식으로 살 마음이 도저히 들지 않도록 만드는 무언가가 아직 바르사의 가슴속에 꿈틀거리는 것이다. 어릴 적부터 품어온 어두운 분노는 그렇게 간단히 사라지지 않았다. 바르사는 나뭇잎 사이를 뚫고 내려와 풀밭에서 춤추는 햇살을 바라보며 나지막이 말했다.

"몸에 흐르는 싸움 욕구를 억누를 수 없는 한, 그로 인한 죽음은 타인의 죽음이든 나의 죽음이든 변명할 여지 없이 내 잘못이지."

탄다가 한숨을 쉬었다. 그러고는 평소와 달리 엄격한 어조로 말했다.

"바보로구나. 그 정도 변명쯤은 너 스스로 허용하면 어때서. 만약 왕위 계승의 추악한 음모에 말려들지 않았다면, 너의 그 추한 욕망도 지금과는 전혀 다른 모습일지도 모를 일이야."

바르사는 탄다의 눈을 마주 보았다. 그 입가에 천천히 미소가 떠올랐다.

"만약 이런 운명이 아니었다면… 만약 사랑이 넘치는 농민의 집에 태어났다면, 나는 지금쯤 아이를 대여섯쯤 둔 어머니가 되어 있을지도 모르지. 그리고 그 나름의 고통을 안고서, 아아, 만약 다른 인생으로 태어났다면 좀 더 즐거운 일, 재미있는 일이 있었을 거라고 한탄하고 있을지도 몰라."

눈에 들어갈 뻔한 파리매를 손으로 쫓으면서 바르사가 고개를 저었다.

"만약이라는 것은 고통스러워졌을 때 꾸는 꿈이야. 깨어나서 보면, 바뀌지도 않고 변할 수도 없는 내가 그대로 있을 따름이지. 나는 꿈을 피신처로 삼을 수 있는 인생을 살지 않았어."

탄다는 눈을 감았다. 매미 울음소리가 비처럼 온몸을 감쌌다.

"꿈에서 돌아오지 않은 사람도 있어."

"뭐?"

"토로가이 사부님 말이야. 꽃 꿈에서는 돌아왔지만, 결국 고향으로는 돌아가지 않고 주술사가 되어버렸으니까."

탄다는 논에서 일하는 사람들을 멍하니 쳐다보았다. 갈림 길에서 내버리고 온 인생이 거기에 있었다. 혼자 그 길을 벗어나 저녁 어스름에 은은하게 빛나는 토로가이의 혼령 새를 쫓아 어두운 산속을 헤치고 들어간 이후, 어느새 22년이라는 세월이 흘렀다. 탄다는 눈을 감고는 그 숨 막힐 듯한 꽃 냄새를 떠올렸다. 밤의 어둠에 희미하게 떠오른 꽃 등불이 중정의 물에 비쳐 흔들리던 그 광경을. 그리고 그 속에서 행복한 듯이 선잠을 자던 수많은 꿈들을.

낮 동안에는 억눌려 있던 생각이 밤에 잠자리에 들면 자유로이 날아오른다. 꿈들의 선잠 속에 나타난 꽃. 만약 거기서 잠들었다면 탄다는 무슨 꿈을 꾸었을까? 그 꿈에서 깨어날 수 있었을까? 꿈은 실제 몸에 비해 지나치게 큰 혼을 지닌 사람에게 허용된, 자유로이 날 수 있는 하늘이자 벗어나고 싶은 덫일지도 모른다. 예전에 토로가이 사부님이 했던 말이 귓가에 되살아났다.

"주술사가 되는 사람은 말이다, 언젠가 한 번은 자기 혼에 휘둘려 벼랑 끝까지 끌려간 경험이 있는 자들이다. 너는 너무 어려서 의식하지 못했을 수도 있지만, 네가 여덟 살이던 그날, 해 저물던 그 저녁에, 너도 그런 벼랑 끝에 닿은 셈이지. 혼령 새는 은은히 빛나서 아름답지만, 평범한 아이라면 분명 그 빛을 무섭다고 느꼈을 것이다. 왜냐하면 혼령 새는 죽음의 테두리를 날아가는 새니까. 그 새에 이끌려 달려온 너는 정령의 목소리에 이끌려 강에 빠지는 아이처럼 죽음으로 끌려간 셈이지."

토로가이는 그렇게 말하며 히죽 웃었다.

"하지만 말이다, 그때 죽지 않고 나 같은 사부를 만나 일단 주술사 대열에 낀 자는, 그다음 번에는 웬만해서는 죽지 않는 법이다. 삶과 죽음 사이에 있는 바늘처럼 가느다란 테두리를 춤추며 걷는 것처럼 어려운 일마저 어느 틈엔가 몸에 익히기 때문이지. 탄다, 잘 기억해라. 너 같은 주술사 수습생은 주술에 빠져들수록 어둠밖에 보지 못하게 된다. 보통 사람에게는 안 보이는 그 세계가 바로 진정한 힘이 있는 세계라고 믿어버리지. 그리고 보통 사람들을 가볍게 보게 된다.

하지만 말이다, 진정한 주술사라면 알아야 한다. 밤의 힘과 낮의 힘이 서로를 보완한다는 사실을. 언젠가 너도 알게 될 게다. 혼을 보지 못하는 보통 사람들이 얼마나 대단한지를. 평범한 나날을 사는 사람들이 얼마나 강한지를 말이다."

그러고는 평소와는 달리 진지한 눈으로 탄다를 보며 말을 이었다.

"그렇게 대단한 사람들도 불현듯 방황할 때가 있다. 낮의 힘으로는 억누를 수 없는 꿈을 갖는 경우가 있지. 주술사는 그런 사람들이 과감하게 날려버린 혼이 죽음의 문턱을 넘기 직전에 데리고 돌아와야만 한다. 밤과 낮의 경계에 선 우리 는 이를테면 꿈의 수호자인 셈이지."

탄다는 눈을 뜨고 한낮의 하얀빛이 춤추는 풍경을 멀리 바라보았다. 매미가 또다시 요란하게 울기 시작했다. 탄다는 바르사에게 말을 건넸다.

"이제 곧 쥬르소 열매가 맺히겠구나. 여름 더위가 이토록 기승을 부리는 걸 보면 올겨울은 꽤나 혹독할 거야. 감기약 을 작년보다 많이 만들어야겠다. 잎 따는 걸 도와주지 않을 래?"

"응, 좋아. 자, 그럼 슬슬 일어날까?"

바르사는 탄다의 팔을 붙잡아 일어서는 것을 도왔다. 그때

논에서 노랫소리가 들려왔다. 고단한 몸을 달래려고 누군가가 시작한 것이리라. 어느새 노랫소리는 하나둘 늘더니, 마침내 유쾌한 합창이 되어 여름 하늘로 퍼져갔다.

풀이 난다, 여름날에는. 뽑아도 뽑아도 자꾸만 생겨난다.
이 풀이 모두 쌀이라면 지금쯤 우린 부자가 되었을 텐데.
아아, 뜻대로 안 되는 세상이여.
아아, 뜻대로 안 되는 여름날이여….

옮긴이의 말

《수호자》시리즈의 저자 우에하시 나호코는 오스트레일리아의 원주민 애보리진을 연구하고 대학에서 문화인류학을 가르치는 교수 겸 문학가다. 1996년에 자신의 전문 분야에 문학적 상상력을 접목시킨 작품 『정령의 수호자』를 발표하면서 일약 일본 판타지 문학을 대표하는 작가가 되었다. 『정령의 수호자』의 인기에 힘입어 3년 뒤인 1999년에 후속작 『어둠의 수호자』를 발표하고, 이어서 작품 8편과 단편집 2권을 더해 총 12권에 이르는 대작 《수호자》시리즈를 무려 16년에 걸쳐 완성했다.

이 역작으로 우에하시 나호코는 수많은 문학상을 수상했다. 뿐만 아니라 해외 여러 나라에서 《수호자》시리즈가 번역 출간되면서 국제적으로도 명성을 떨치게 되었다. 특히 2014년에는 아동문학계의 노벨상으로 불리는 국제 안데르

센 상 작가상을 수상함으로써 세계적으로 주목받는 작가로
우뚝 섰다.

일본에서 《수호자》 시리즈의 인기와 위상은 일본 국영방
송인 NHK에서 방송 90주년 기념작으로서 이 시리즈를 실
사 드라마로 제작하기로 결정한 것만으로도 충분히 짐작할
수가 있다. 2016년 3월에 〈정령의 수호자〉라는 제목으로 방
영을 시작하여 약 3년에 걸쳐서 방영할 예정이니, 일본 내에
서 《수호자》 시리즈를 둘러싼 열기는 한동안 식지 않을 것으
로 보인다. 이제까지 라디오 드라마나 애니메이션으로 제작
된 적은 있으나 생동감 넘치고 현실감 있는 묘사가 가능한
실사 드라마의 제작은 처음이다. 게다가 유명 연예인까지 등
장한 드라마이다보니 지금 일본에서는 우에하시 나호코의
원작 소설이 다시금 주목받으며 많은 기대를 모으고 있다.

《수호자》 시리즈는 종종 '아시아의 『반지의 제왕』'으로 비유되곤 한다. 『반지의 제왕』이 그렇듯이 이 작품 역시 아동부터 성인까지 두루 즐길 수 있는, 독자층의 폭이 매우 넓은 대작이다. 그러나 철저하게 현실과 동떨어진 판타지 세계를 그린 『반지의 제왕』과 비교해서, 《수호자》 시리즈가 그리는 판타지 세계는 우리가 살아가는 이 세계와 매우 가까운 곳에 공존한다. 다른 세계를 인정하고 다른 생각을 받아들일 수 있는 열린 마음을 가진 이라면 언제든 그 세계를 볼 수 있으며 두 세계의 경계를 넘나들 수 있다는 점에서 커다란 차이점을 보이는 것이다.

《수호자》 시리즈는 30세인 주인공 바르사가 37세가 되기까지 7년 동안 경험하는 무용담이자 모험담이다. 또한 첫 번째 책인 『정령의 수호자』에서 바르사의 도움으로 목숨을 구한 챠그무가 11세 어린아이에서 18세 성인으로 성장하는 과정을 그린 성장 이야기이기도 하다. 본편 10권 가운데『정령의 수호자』,『어둠의 수호자』,『꿈의 수호자』,『신의 수호자』는 바르사가 주인공이며,『허공의 여행자』,『푸른 길의 여행자』에서는 챠그무가 주축이 되어 이야기를 이끌어나간다. 그리고 이 두 줄기의 이야기는 세 편 연작인『하늘과 땅의 수호자』에서 하나로 합류하게 된다. 그 과정에서 다양한 민족 문화에 대한 생생한 묘사, 여러 나라의 역사와 정치적 관계에 대한 묘사가 세밀하게 곁들여지면서, 여느 판타지 소설과 차별화되는《수호자》시리즈만의 독특한 세계가 형성된다.

주인공 설정 역시 매우 독특하다. 판타지 소설에서 바르사와 같이 서른 살 여성이 주인공으로 등장한다는 것은 이례적인 일이다. 실제로『정령의 수호자』출간 당시에 일본 출판

사 측에서도 그 점에 대해 난색을 표했다고 한다. 하지만 우에하시 나호코는 무슨 일이 있어도 주인공은 어느 정도 나이가 들어 인생 경험이 풍부하며, 어린 생명을 푸근히 감싸 안을 수 있는 모성애를 지닌 여성이어야 한다는 생각을 떨칠 수가 없었다. 단창을 멘 삼십대 여성이 어린아이의 손을 잡고 도망치는 이미지가 불현듯 저자의 머릿속에 떠올랐고, 이것이 바로 《수호자》 시리즈를 저술하는 계기가 되었기 때문이다. 이렇게 해서 강인하면서도 심성 따뜻한 바르사, 약한 생명을 위험으로부터 구하는 역동적인 여성 무사 바르사가 탄생한 것이다.

바르사의 담대한 캐릭터와 굴곡진 삶 이외에, 황태자 챠그무의 성장 이야기 또한 《수호자》 시리즈에서 중요한 의미를 갖는다. 연약한 어린아이 챠그무가 어느덧 약한 자를 보호하고 생명을 지킬 줄 아는 강인한 어른이 되고, 나아가 주체적으로 이야기를 이끌어가는 중요 인물로 성장하는 과정을 지켜보는 것도 이 작품을 읽는 또 다른 재미다. 위험을 무릅쓰면서까지 자신을 구해준 바르사한테서 영향받아, 챠그무 역시 자신의 목숨이 위태로워지는 것도 개의치 않고 다른 생명을 구하기 위해 최선을 다하는 가슴 훈훈한 장면을 시리즈 곳곳에서 목격하게 된다.

  이 작품을 번역하면서 자연과 생명에 대한 저자의 애정과 경의, 소외받는 이들과 약한 자들을 바라보는 따뜻한 시선에 깊이 감명받았다. 그리고 스스로 선택한 것이 아니더라도 어찌 되었든 자기가 태어난 세계에서 주어진 운명을 받아들이고 열심히 살아가는 사람들의 삶도 이 작품에서 만날 수 있었다. 또한 자칫하면 소홀히 하기 쉬운 소중한 것을 지키기 위해 최선을 다하는 아름다운 모습도 곳곳에서 볼 수 있었다. 작품을 번역하며 이런 것들이 작품에 심오한 의미와 다양한 색채를 부여한다는 생각이 들었다.

　번역자로서《수호자》시리즈의 번역은 새로운 세계에 대한 도전이었으며, 기나긴 호흡이 필요한 작업이었다. 많은 노력과 시간이 드는 힘든 작업이었지만, 매우 흥미롭고 가치 있는 도전이었다는 생각이 든다. 우에하시 나호코의 가치관과 세계관이 흠뻑 배어 있는《수호자》시리즈의 한국어 판 출간에 번역자로서 동참하게 된 것을 기쁘게 생각한다. 저자가《수호자》시리즈를 통해 전 세계의 독자에게 보내고자 하는 메시지가 한국의 독자들에게도 제대로 전달되기를 희망한다.

김옥희